司馬遼太郎『街道をゆく』

神田界隈

用語解説
詳細地図付き

全文掲載
中高生から
大人まで

朝日新聞出版

司馬遼太郎『街道をゆく』〈用語解説・詳細地図付き〉

神田界隈

目次

装幀　芦澤泰偉
地図　谷口正孝
編集協力　榎本事務所

司馬遼太郎『街道をゆく』〈用語解説・詳細地図付き〉

神田界隈

護《ご》持《じ》院ケ《いんが》原《はら》

おなじ神田界隈でも、自然地理的にみて、高低がある。

明治大学やニコライ堂★1などのある駿河台《するがだい》が丘であるのに対し、界隈の南端はひくい。

低所からふれる。

いまの一橋《ひとつばし》講堂★2や共立女子大★3、あるいは学士会館★4があるあたりである。

交叉点に立ってみると、このあたりは沼地ではなかったかという気がしてくる。帰宅してしらべてみたところ、どうやら家康★5の関東入国★6のころはそのようだったらしい。沼といっても、まわりの地形からみて、ごく浅い遊水池程度だったかとおもえる。

このことは、江戸中期に神田勝久という在野の兵学者★7が書いている。勝久は『合戦高名記』とか『事蹟合考《じせきがっこう》』などといった書物をあらわしたひとだが、後者に、家康のころ、木村源太郎という者が、付近四、五町をもらうという約束のもとで埋めたてたとある。

源太郎が何者かは知らないが、もともと武蔵国《むさしのくに》の開墾地主に木村姓がすくなくないと

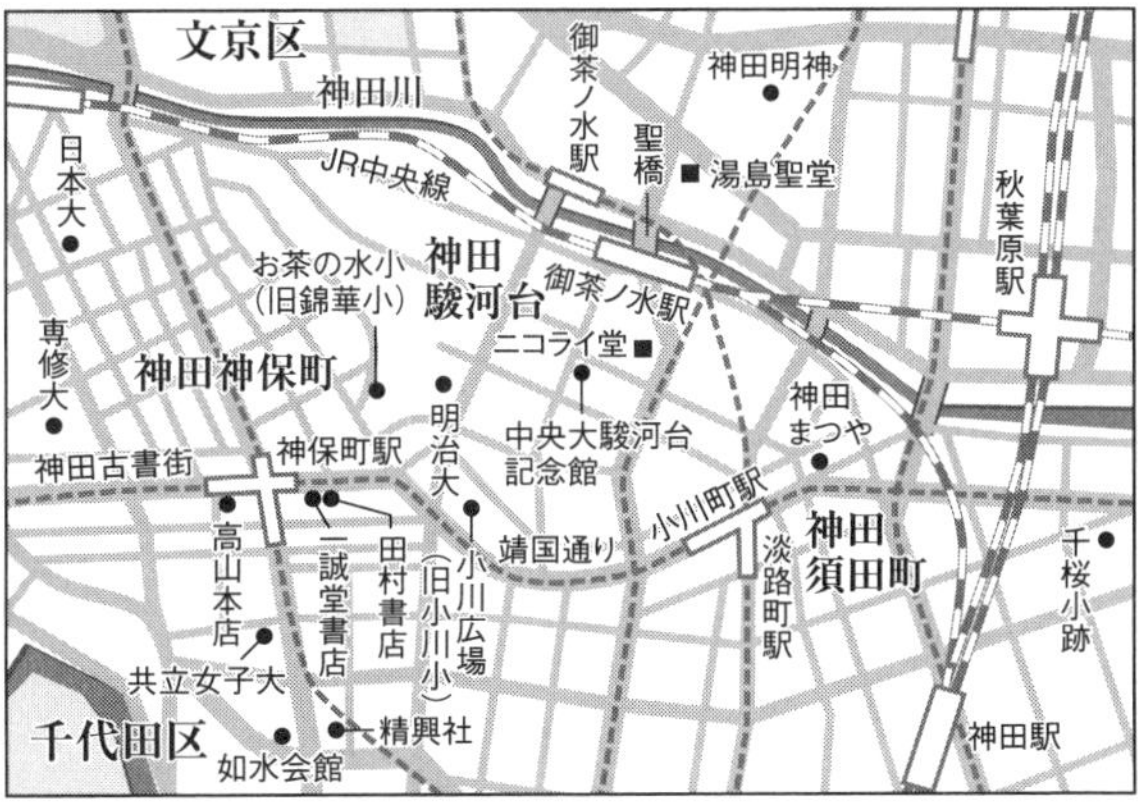

『神田界隈』の舞台

★1 日本ハリストス正教会東京復活大聖堂の通称。明治二十四（一八九一）年にニコライ大主教によって設立された。

★2 一橋大学千代田キャンパスの付属施設。学会や講演会などに利用される。

ころからみて、名主《なぬし》★8（関西では庄屋）級の存在だったのではないか。

家康は、城下町の造成のためにさかんに掘割《ほりわり》★9を掘り、掻きあげた土で低所をうずめるなどした。

沼は、むろんうずめた。命ぜられた在所の木村源太郎は、このようにして「四、五町」を獲得し、江戸の町方《まちかた》の地主へと成長したにちがいない。あとは、武家地《ぶけち》として公収されたはずである。武家地は、将軍が大名や旗本★10の屋敷地とし、わけあたえる土地であった。

埋立地は、広漠としている。いくつかの武家屋敷ができたが、なおも草が生えるにまかされていたろう。

ここに、隆光《りゅうこう》（一六四九〜一七二四）という僧がいた。

大和★11の人で、新義真言宗★12の僧だった。顕密《けんみつ》の秘奥を得た、といわれるが、要するに巧弁で、世渡り上手なひとだったにちがいない。

隆光は犬公方《いぬくぼう》といわれた五代将軍★13綱吉やその生母桂昌院《けいしょういん》の寵を得、その寵をよいことに、江戸城の鬼門（丑寅《うしとら》の方角。北東の隅のこと）を鎮める寺をつくってそこに住したいと申し出た。鬼門は中国思想にはなく、日本独自の迷信で、陰陽道《おんみょうどう》から出た。本来仏教僧が言いたてるべきものではないのである。

★3 明治十九（一八八六）年に設立された日本最初の女子職業学校・共立女子職業学校を前身とし、昭和二十四（一九四九）年に新制大学として設置された。

★4 もともとは旧帝国大学（現在の国立七大学）出身者の親睦《しんぼく》の場とされていたが、今は一部施設を除いて一般利用も可能となっている。

★5 徳川家康《とくがわいえやす》。一五四二年〜一六一六年没。関ケ原で勝利し、江戸幕府初代将軍となる。

★6 天正十八（一五九〇）年のこと。関東を支配していた後北条氏が滅びると、その旧領への国替えを豊臣秀吉《とよとみひでよし》より命じられた。

★7 用兵や戦術について研究し、それを修めた者。軍学者。

★8 村政を担う村の長。村の事務を執《と》る組頭《くみがしら》、百姓《ひゃくしょう》の代表者として村政を監視する百姓代と合わ

おそらく隆光は、前記の草地をながめて、もしここに寺をつくれば登城にも便利がいいとおもったのだろう。

「拙僧が拝領して、御城の鬼門を鎮めましょう」

とでもいったのか、どうか。

綱吉はその気になり、隆光に護持院という寺をつくらせ、広大な境内をもたせたうえ、千五百石★14という大きな寺領もあたえた。

神田橋から神田錦町《にしきちょう》（一～二丁目）、さらには一ツ橋というとほうもない広さの土地である。むろん都心の一カ寺の境内としては非常識なひろさで、隆光がうけていた寵の大きさがわかる。

綱吉は、善悪さだかならぬ将軍だった。学問好きで、湯島に聖堂をたてたのは善であったにちがいないが、他は愚劣な独裁者で、人事が独断的であったばかりか、生類憐《しょうるいあわれ》み★15の令など、天下を公器とおもわず、政治を一個の感情でぬりつぶした人物というほかない。隆光への肩入れなどは、異常なほどだった。

隆光に建てさせた護持院★16は善美をきわめたものだった、ということが、幕府の作事方★17の小吏千坂某の遺談という筆記にもうかがえる。

部屋部屋の襖絵は金銀泥の彩色絵で、方丈★18にはひろい庭があり、べつに花畑という庭園を設け、大きな池が穿《うが》たれていて、水は神田橋の堀へおとしていたという。

せて村方《むらかた》三役と呼ばれる。

★9 地面を掘って作られた水路。

★10 将軍家直属の家臣のうち、知行高《ちぎょうだか》が一万石未満かつお目見得《めみえ》（将軍に拝謁する資格を持つこと）以上の家格の者をいう。

★11 やまと＝現在の奈良県。

★12 しんぎしんごんしゅう＝平安後期の僧である覚鑁《かくばん》を宗祖とする真言宗の一派。紀州根来寺《ねごろじ》（和

護持院の敷地

いま、交叉点からながめている一帯は、その跡である。

交叉点からの風景としては、神田を発祥の地とする共立女子大の大講堂がめだっている。

また、★19関東大震災後、郊外の国立《くにたち》に移った一橋大学の発祥の地でもある。この地を大切にして、いまも一橋講堂や同窓の集会のための如水会館を置いているのは伝統を重んずるゆかしさといっていい。ただ、共立講堂のはなやかさにくらべ、建物に蔦《つた》がおおい、石段に落葉などがつもって、重厚ながら、★20蒼古とした観がないではない。

筋むかいに、学士会館があって、機能よりも権威を感じさせる建物が、この一帯の風致をひきしめているといっていい。

一帯は、護持院境内のあとである。

ともかくも、木村源太郎が埋めたて、のちに隆光が欲ばった境内地をとりこんだこの一帯は、★21八代将軍吉宗の享保二（一七一七）年の江戸大火で一変した。火は護持院はもとより、付近の武家屋敷も焼いてしまい、もとの原になった。

ついでながら享保二年というのはなんとも大火の多い年だった。

正月十三日と同二十二日に、つづけさまに大火があった。後者は★22小石川馬場が火元で、丸ノ内から八丁堀まで焼けた。同年十二月十二日は神田横大工町から火の手があがり、

歌山県岩出市）を本山としていたが、のちに智山《ちさん》（京都智積院《ちしゃくいん》）と豊山《ぶざん》（大和長谷寺《はせでら》）の二派に分かれる。

★13 徳川綱吉《とくがわつなよし》。一六四六年〜一七〇九年没。学問を推奨し、法律や制度の整備によって秩序の安定をはかる文治政治を行った。

★14 こく＝知行高を表す言葉。一石は十斗で、約百八十リットル。

★15 貞享《じょうきょう》二（一六八五）年に発せられた動物愛護の法令。違反者には死刑や入牢《じゅろう》などの罰が与えられ、その厳しさから市民の反感を買った。

★16 美しくて立派なこと。

★17 さくじかた＝幕府の建築や修理などの工事を受け持った者。

★18 ほうじょう＝寺の住職の居室、あるいは客間。

★19 大正十二（一九二三）年に発生した、相模《さがみ》湾を震源地とする巨

日本橋あたりまで焼け、同月二十八日には牛込山伏町で失火があって、麹町、芝田町まで火がおよんだから、年に四度も大火があったことになる。

当時の防火・消防は、類焼をふせぐというしかなく、火消人足《ひけし》が火のおよびそうなあたりの家をこわしたりした。ほかに、

「火除地《ひよけち》」

という防火対策があった。空地《あきち》をつくることだった。

火除地の設置という対策が幕府の手で構じられたのは、右の享保二年の大火より六十年前の明暦三（一六五七）年の大火からである。

それまで江戸城[23]の曲輪《くるわ》[24]の内側にもあった諸侯の屋敷が、以後他に移され、また八丁堀、矢之倉、馬喰町《ばくろちょう》、神田あたりに多くあった寺院を、深川、浅草、駒込、目黒などに移し、あとは空地にし、「御火除地《おひよけち》」とよんだ。

享保二年の大火のあと、護持院は容赦なく他に移され（大塚に移転）、隣接していた武家地も、他に移され、広大な火除地がつくられた。

ひとびとはこの火除地のことを、

「護持院ケ原（あるいは護持院原）」

とよんだ。大きすぎるために、番号がつけられた。

一ツ橋御門にいちばん近いところが「一番御火除地」であった。これが護持院の堂塔《どうとう》[25]

大地震。関東全域と、静岡県や山梨県の一部にまで被害を及ぼした。

★20 そうこ＝古色を帯びて、さびた趣《おもむき》のあること。

★21 徳川吉宗《とくがわよしむね》。一六八四年～一七五一年没。幕政の立て直しと強化を図り、倹約の実行や目安箱《めやすばこ》の設置といった享保《きょうほう》の改革を行った。

★22 現在の東京都文京区の白山《はくさん》通り沿いにあった乗馬の練習を行う広場。

★23 徳川氏の居城で、徳川幕府の所在地。現在の皇居にあたる。

★24 城や砦《とりで》の周囲にめぐらせた石垣などの囲い。

★25 寺院の中にある建物の総称。

伽藍《がらん》のあとだったらしい。

ついで、一ツ橋御門からみて左に設けられたのが「三番御火除地」で、何軒かの諸侯・旗本屋敷を毀《こぼ》った跡地だった。おなじく一ツ橋御門からみて右に設けられたのが「二番御火除地」で、これも武家地だったらしい。もう一つ、四番原というのがあったようだが、私のもっている古地図にはない。

それらを総称して、護持院ケ原とよばれた。

やがて松などがうえられたり、自生したりした。


話がすこしかわるが、幕末、福沢諭吉[★26]（一八三四～一九〇一）が、ここを通って、おそろしかった、という。そのことが、『福翁自《ふくおうじ》伝《でん》』に出ている。

福沢が、大坂の緒《お》方洪庵《がたこうあん》塾[★27]（適塾）で蘭学[★28]をまなび、江戸に出たのは安政五（一八五八）年、数え年二十五歳のときである。

物情騒然とした時代で、このとしの四月に井伊《いい》直弼《なおすけ》[★29]が大老に就任し、六月に日米修好通商条約[★30]に調印し、世上、攘夷論[★31]でわきたっていた。そのとしの九月、井伊はいわゆる〝安政大獄〟[★32]を断行して、反政府論議を力ずくでおさえた。

福沢はその翌年早々、開港したばかりの横浜の外国人居留地を見物し、外国人にオランダ語で話しかけてみたところ、まったく通じなかった。さらには店の棚にならんでい

★26 ふくざわ・ゆきち＝明治時代の思想家、教育者。江戸に蘭学《らんがく》塾（のちの慶應《けいおう》義塾）を開く。人間平等と自由独立をうたった『学問のすゝめ』がベストセラーとなった。
★27 幕末の蘭方医《らんぽうい》緒方洪庵が開いた塾。門人数は六百名にのぼり、福沢諭吉をはじめ多くの著名人を輩出した。
★28 らんがく＝江戸時代中期から後期にかけて、オランダ語で西洋の学術や文化を研究した学問。
★29 一八一五年～一八六〇年没。江戸時代末期の大老《たいろう》。勅許《ちょっきょ》（天皇の許可）を得ないまま日米修好通商条約に調印し、それに反対した者たちを弾圧した（＝安政大獄）。このため、江戸城桜田門外で暗殺される。

るビンのレッテルの文字も読めず、看板さえ読めなかった。福沢ははじめてオランダ語がヨーロッパにおける少数言語の一つにすぎないことを知る。

大きな衝撃だったが、ただちに英語を学ぶ決意をした。

が、江戸末期といえども英語に通じている者は皆無にちかく、かろうじて噂によると長崎のオランダ通詞で江戸に出てきている森山多《もりやまた》吉郎《きちろう》という人が、通じているという。

森山は幕府の外国方につとめていて、役宅が小石川の水道町にあった。

福沢が訪ねて行って教授方をたのむと、森山は、自分はいそがしいのだ、といって難色を示した。たしかにそうで、かれは結ばれたばかりの条約についての公務で多忙をきわめていた。そこをなんとか、といって頼むと、毎朝、出勤前に来るならよろしい、という。

福沢の居所は築地である。

★33築地鉄砲洲《てつぽうず》にある★34中津藩（奥平氏）の中屋敷の長屋で、藩命によって蘭学を教えていた。

築地鉄砲洲から小石川水道町までは、六キロはありそうである。ともかくも通うことにした。むろん、暗いうちに築地を出た。

途中、神田あたりで夜が明けたかもしれない。いうまでもなく護持院ケ原をとおらねばならない。

★30 安政五（一八五八）年に日本とアメリカとの間で結ばれた通商条約。神奈川・長崎・箱館《はこだて》（函館）・新潟・兵庫の開港や外国人居留地の設定などが定められたが、不平等な内容も含まれた。

★31 じょういろん＝外国との通商に反対し、外国勢力を排撃すべきだとする考え。

★32 井伊直弼が彼の政治に批判的な大名や公卿《くぎょう》、幕臣、志士らを弾圧した事件。百名あまりが処罰を受け、八名が死刑となった。

★33 現在の東京都中央区湊《みなと》から明石《あかし》町《ちょう》あたり。武術演習所の講武所《こうぶしょ》が置かれていたことが地名の由来ともいわれる。

★34 江戸時代に豊前国《ぶぜんのくに》（現在の福岡県東部と大分県北部）中津地方に置かれた藩。

やがて水道町の森山家に着くのだが、早朝でも来客があったりして教えてもらえない日が多かった。森山は気の毒がって、

――それなら、夜にきてくれ

といった。福沢は、そのようにした。

往きはまだ明るかったろうが、帰りは夜半になった。護持院ケ原には辻斬り★35や追剝《おいはぎ》★36が出るというのは、むかしから語られつづけてきた。

「素《も》と護持院ケ原と云うて」

と、福沢は『自伝』のなかでいう。この場合の「素《も》と」は、幕末当時ということである。『自伝』で語っている時期は、明治三十一、二年だから、もはや護持院ケ原はなく、そのあたりに学校などが建っていて、様《さま》がわりしていた。

以下、原文である。

丁度《ちょうど》、今の神田橋一橋外《ひとつばしそと》の高等商業学校（註・その後身が一橋大学）のある辺《あたり》で、素《も》と護持院ケ原と云うて、大きな松の樹などが生繁《おいしげ》って居る恐ろしい淋しい処で、追剝《おいはぎ》でも出そうな処だ。其処《そこ》を小石川から帰り途《みち》に夜の十一時十二時ごろ通る時の怖さと云うものは今でも能《よ》く覚えて居る。

★35 武士が刀の切れ味や武術の腕を試すため、夜間に路上で通行人を斬《き》りつける行為。

★36 通行人を襲い、衣服や金品などを奪い取ること。

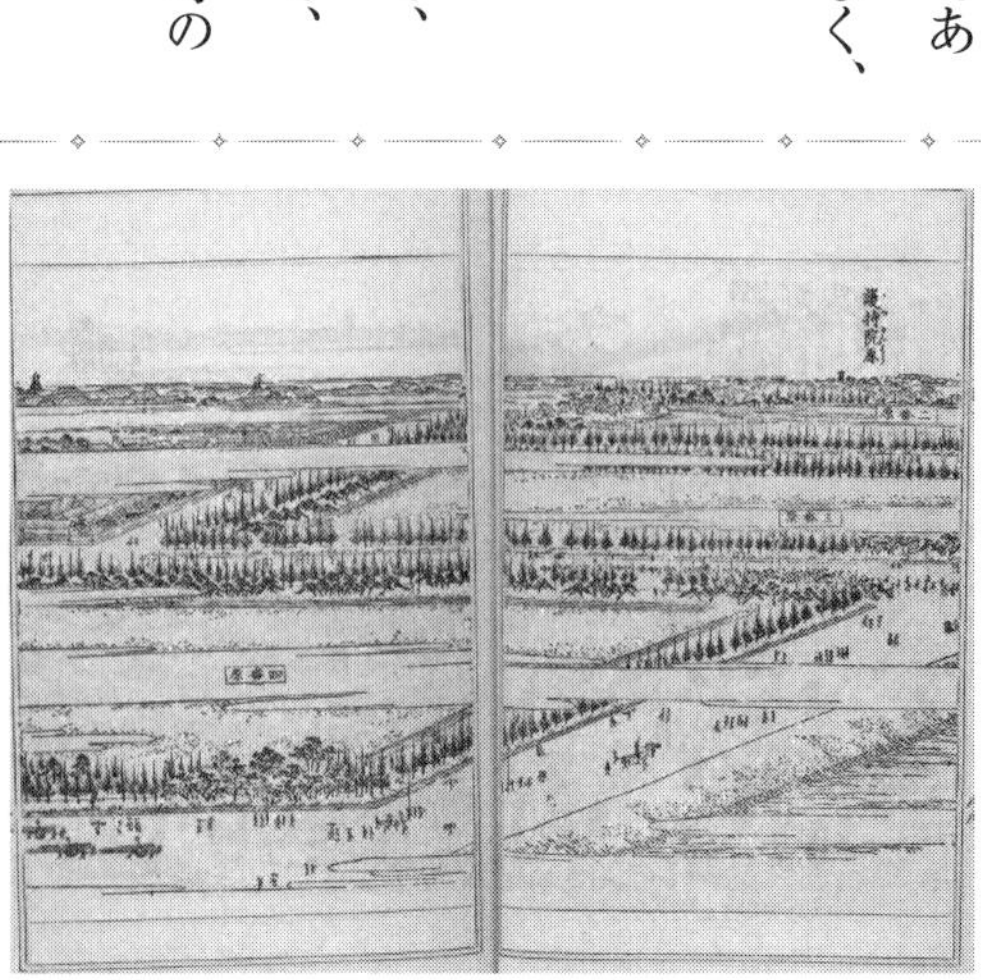

護持院原（『江戸名所図会』より）

明治以前、智者はしばしば臆病であるとされた。おそらく想像力がゆたかだったからに相違ないが、福沢もそのたぐいで、すくなくとも強《つよ》がるひとではなかった。それに流行の攘夷論が大きらいで、洋学者でもあった。いつ攘夷家に斬りかかられるかわからない。

そんな福沢が、英語習得のためとはいえ、夜半護持院ケ原を通るなどはよほどの勇気が要ることだったろう。

護持院ケ原の地域についてくりかえすと、いまの神田錦町から神田橋、一ツ橋あたりにわたっていた。

享保年間には、将軍の[★37]放鷹地だったというから、雉《きじ》なども多かったにちがいない。いつのほどか、幕府の手で、三筋の道路もできた。道路の両側には松など植えられたともいう。げんに[★38]『江戸名所図会』には、松並木が見られる。

幕府には公園の思想がなかったが、享保九（一七二四）年からは毎年二月から八月までのあいだ、[★39]四民の遊園地にした、という書きものもあって、公園の元祖といえなくもない。

しかし、三筋の道路以外は、原野にちかく、草木が生《お》いしげって、とても夜陰に通れるところではなかった。

それでも、福沢は三カ月ばかりかよった。

★37 ほうようち＝鷹狩《たかがり》をする場所のこと。

★38 絵入りの江戸地誌。同名のものは複数あるが、神田の名主《なぬし》である斎藤幸雄《ゆきお》・幸孝《ゆきたか》・幸成《ゆきなり》が親子三代で完成させたものが特に有名。江戸とその近郊の名所旧跡、神社や仏閣などの位置、沿革といったものが描かれている。

★39 士農工商の四つの身分階級。転じて、全ての階層の人間。

やがて森山が、オランダ語は堪能ながら、英語はわずかに綴りが読める程度らしいことがわかり、結局は水道町通いをやめた。

そのあと、曲折のすえ、ジョン・ホルトロップ（John Holtrop）の『英蘭辞典』をみつけ、藩にたのんで五両で買ってもらって独学した。『自伝』によると、「サアもう是《こ》れで宜しい、此《この》字引さえあればもう先生は要らない」ということで、この英蘭辞典をたよりに英文に接した。英文を逐条、オランダ文に翻訳するというやりかたで、ともかくも英文に馴れるということが、福沢の英語習得法だった。以後、福沢は英語によって世界を吸収した。


森鷗外[★40]（一八六二～一九二二）に、『護持院原《ごじいんがはら》の敵討《あだうち》』という短編がある。この仇討《あだうち》の舞台は、護持院ケ原の二番原だった。

この短編については次項にふれる。

ともかくも、江戸時代、すでに繁華で、いまも人出《ひとで》の多い神田界隈に護持院ケ原という原野《はらの》があったというのは、夢のような気がする。

ついでながら、神田にもう一カ所火除地があった。

秋葉原《あきはばら》がそうだった（ただし、明治初年にそのようになった）。

いまは電気器具や弱電関係の店舗の密集地として有名である。秋葉原という地名は、

★40 もり・おうがい＝明治～大正時代の小説家。軍医として働くかたわら、作品の執筆を行う。評論や翻訳なども行っており、その活動は幅広い。代表作に『舞姫』など。

火伏《ひぶせ》の神（秋葉《あきば》権現《ごんげん》）がまつられていたことから出たらしい。

ついでながら、秋葉権現の本来の鎮守の地は遠州《えんしゅう》[★41]の秋葉山で、江戸が火災の難になやまされるにつれて秋葉信仰がひろまった。

秋葉の原の秋葉権現の境内一帯には花がうえられていたために、花岡町という地名もうまれた。

私など、つい秋葉原は神田のうちではないように思ってしまうが、ひとつには火除地だったためにその地に歴史の事歴がふりつもらなかったせいにちがいない。

護持院ケ原は、安政六年に諭吉がとおったころは手つかずだったが、その後、幕府によってこの原に官立洋学校ともいうべき開成所が置かれた。もはや火除地ではなくなったのである。

幕府が日米和親条約[★42]を締結したのは、安政元（一八五四）年である。それまでの日本には、蘭学以外にヨーロッパ学がなく、条約締結後、国際関係の事務をあつかうのに難渋したため、安政四年、各藩から著名な洋学者をあつめて教授とし、蕃書調所《ばんしょしらべしょ》[★43]が開設された。

この蕃書調所をもって東京大学の祖とする考え方が、『東京帝国大学五十年史』（昭和七年刊）においてとられている。

★41 遠江《とおとうみ》の別名。現在の静岡県の西部。

★42 日本とアメリカとの間に結ばれた条約で、これが開国の起点となった。下田《しもだ》と箱館《はこだて》（函館）の開港や、米国船への食料や燃料の補給などが認められた。

★43 幕府が設けた洋学研究機関。洋学の伝授や外文の翻訳などが行われた。

当初、神田小川町におかれた。

この機関はじつによく名称が変った。蕃というのは一字で外国という意味だが、なにやら漢学者流の攘夷臭があるということだったのか、ほどなく洋書調所という名にかわった。

さらに、開成所と改称した。

場所も、神田小川町から、神田一ツ橋門外に移された。つまりは護持院ケ原のまっただなかである。

ここで教えられる外国語は、当初はオランダ語だったが、やがて、英語、仏語、独語科が設けられるようになった。原野の当時からみれば、おどろくべき変貌だった。

開成所は本来、理科系の学校だった。ただし物理学の講義はなく、化学、地理学、数学、それに画学が教えられた。画学は、当時芸術ではなく、すくなくとも明治初年科学技術の分野に属し、その付属技術とされていた。

幕末のぎりぎりになってから、森鷗外にとって同藩の大先輩である西周《にしあまね》★44（一八二九〜九七）が、洋学をもって幕臣にとりたてられた。

西周は、開成所の書物からさまざまな分野を吸収した。法律、経済、哲学にまでおよび、幕府瓦解★45の六年前にオランダに留学して、それらをいっそう深めた。そのあと明治政府につかえ、法制から哲学にいたるまでの西欧語の日本語化に大きな貢献をした。

★44 明治時代の思想家。オランダに留学して法学や経済学を学ぶ。明治維新後は軍制の整備に努める一方、啓蒙《けいもう》思想活動にも尽力した。

開成所

福沢も、幕府瓦解四年前の元治元（一八六四）年、幕臣にとりたてられ、外国奉行翻訳方になった。おそらく開成所にも出入りしたにちがいない。

そのころにはこのあたりに幕府騎兵所という機関なども置かれ、かれが護持院ケ原をゆきしたころからみれば、わずか五、六年のちというのに、うそのように変貌していた。

鷗外の護持院ケ原《ごじいんがはら》

神田に、護持院ケ原という広大な原があったことは、すでにふれた。森鷗外に、その原を題名にした作品がある。

大正二年、雑誌「ホトトギス」★46に掲げた作品で、

『護持院原《ごじいんがはら》の敵討《あだうち》』

という題である。

鷗外は六十一歳で死ぬのだが、その最期の十年のあいだは、主として歴史小説を書い

★45 がかい＝組織全体が崩壊すること。

★46 日本初の俳句雑誌。明治三十（一八九七）年に創刊された。俳句の革新運動の拠点として、大正期に特に隆盛を誇った。

た。右の作品は、その四作目になる。

第一作は、よく知られているように、『興津弥五右衛門《おきつやごえもん》の遺書』で、契機が乃木希典《のぎまれすけ》★47の殉死にあったことも、周知のことである。

鷗外は、若い日のドイツ留学時代、ベルリンにきた陸軍少将乃木希典と知りあった。当時の鷗外の日記に、乃木について、「沈黙厳格」とある。会ったときから、古武士をみるような印象をもった。

日清・日露の役《えき》では、たがいに軍人として共通の戦場を体験したこともあって、鷗外の乃木へのおもいは、いよいよ深まった。その乃木夫妻が、明治天皇の崩御に殉じて死んだ。当時でも、異常な事件だった。

鷗外は衝撃をうけ、すぐさま最初の歴史小説『興津弥五右衛門の遺書』を書き、青山斎場における乃木夫妻の葬儀の日に「中央公論」に送った。

主人公の興津弥五右衛門は、その主君細川三斎から殊遇をうけ、一度は死罪になるべきところを、三斎から不問に付せられた。その殊遇にむくいるには殉死しかないとおもいきわめ、三斎の死のあとを追った。乃木の場合に酷似している。

むろん似ていることが創作の動機だったのではなく、乃木の死は、鷗外自身に鬱積していた倫理的情趣をつよく刺激したのに相違ない。たとえば明治初年、あれほど勇敢な開明家だった福沢諭吉でさえ、変りゆく世の様《さま》をみて、武士らしさということをおもう

★47 一八四九年～一九一二年没。明治時代の軍人。日露戦争では、第三軍司令官として旅順《りよじゆん》攻略を成し遂げた。明治天皇の大葬《たいそう》の日、妻とともに殉死《じゆんし》した。

ことがしばしばであったように、五十前後の鷗外もまたそうだったのではあるまいか。

鷗外は、石見国《いわみのくに》★48津和野藩の旧藩時代を、八歳まですごした。藩医の子とはいえ、父を通し、あるいは近隣の大人たちの風儀を通して、武士的節義のなかで送った。

十一歳、明治五（一八七二）年、医学をまなぶために上京した。いわば〝文明〟の世に入った。

神田小川町に住む同藩出身の洋学者西周の家にあずけられ、十三歳、下谷和泉橋藤堂藩邸跡の東京医学校に入り、二十歳、東京大学医学部を出た。軍医になってからは、生涯、官界の人であった。

鷗外は、その資性において権力への憎悪を秘めていながら、同時に封建的美徳への服従者でもあり、さらには科学思考を身につけつつ、不条理に美を見出す芸術家でもあった。

乃木の死に接したのは、鷗外の五十一歳のときである。世に経《ふ》り、官界にも倦き、権力のうとましさも知り、同時に整備されてゆく明治国家の息ぐるしさも感じている。このなかにあって〝私〟の自由を、江戸初期の興津弥五右衛門や、のちに書く『阿部一族』★49に見出したかもしれず、いずれもそれらは自死のかたちをとっている。武士的な〝私〟の強烈な自己表現であったといっていい。

★48 石見国（島根県西半部）の鹿足《かのあし》郡津和野地方に置かれた藩。

★49 大正二（一九一三）年に発表された短編歴史小説。殉死を許されなかった阿部弥一右衛門が独断で主君に殉じたことをきっかけに、阿部一族の藩への反抗と滅亡が描かれる。

ともかくも、鷗外は、乃木の殉死によって、鷗外の心のなかのくるみのような殻を、はじけさせたかのようで、武士返りとまではゆかずとも、★50質朴《しっぽく》な江戸期の心への回帰といえるかもしれない。

その二作とくらべると、『護持院原の敵討』は、鷗外自身の★51鬱懐がかさねられていることがやや薄い。

むしろ、江戸期の精神の風景を切りとって無言で――主題をあきらかにせずに――提示したかのようである。

題名が示すように仇討の一例を示したもので、作風は、『★52雁《がん》』や『★53ヰタ・セクスアリス』とおなじ作者とはおもえないほどに古格な感情にみちている。

老いた武士が役目で宿直《とのい》をしているときに、金目当でしのびこんだ盗賊に背後から斬られた。賊は老人の素手の抵抗にあわてたのか、金も盗らず、凶器の刀もなげすてて逃げてしまう。

それが、発端である。老武士がこときれるまでに、下手人《げしゅにん》について語った。名は知らぬが顔は見知っている。★54表小使《おもてこづかい》の中間《ちゅうげん》（仲間）だった。

老武士は、かたきを討ってくれるようせがれに言ってもらいたい、とも言った。

親を殺された場合、仇を討つのが、武士社会の不文律であった。

★50 つつましく、純朴であること。

★51 うっかい＝心がふさいで晴々《はればれ》としない思い。

★52 文芸雑誌「スバル」で連載された長編小説。高利貸《こうりがし》の妾《めかけ》お玉《たま》は、東大生の岡田《おかだ》に恋心を抱く。しかし思いを告げられないまま、岡田はドイツへ留学してしまう。

★53 明治四十二（一九〇九）年に「スバル」で発表された短編小説。タイトルの意味はラテン語で「性生活」。主人公金井湛《かないしずか》の幼年期から青年期に至るまでの性生活を綴《つづ》る。

倅《せがれ》が、一人いる。十九になる骨細な若者であった。当人も熱心に復讐をとなえた。願いがゆるされ、法の形式も万端ととのった。介添え人として故人の弟である叔父がひきうけた。叔父は武術の心得があり、かつ思慮ぶかく、剛毅な男だった。ほかに、志願した実直な中間が加わり、三人になった。

あとはひたすらに旅をし、かすかな消息をきいてはかたきをさがす境涯に入る。

仇討は多くの場合、徒労になる。返り討ちされたりもする。

十年、二十年とかたきをさがすうちに路銀《ろぎん》★55が尽き、あるいは旅に病んで死んだりもする。せっかくさがしあてても、相手が死んでいたりもした。

この仇討の場合も、あわやむなしくなりかけたが、偶然が幸いして、本懐を遂げた。

鷗外は、そのいきさつを実歴に沿い、簡勁《かんけい》★56にのべているのである。ただ、かれのいう〝歴史其儘《そのまま》〟にちかいために、固有名詞がくろぐろとしている。

大名の名やらその屋敷、それらの所在地、登場人物の役名、その他こまごまとした事柄を鷗外はゆるがせにしないのである。このため漢字がならび、作品の字面《じづら》を佶屈《きっくつ》としている。

このことは歴史小説にあって避けがたいところだが、読み手の煩《はん》を察してつい省きたいところを、鷗外はそうはしなかった。

冒頭は、こうである。ルビは、掲載当時から打たれている。旧表記のまま、紹介する。

★54 政務の雑用などを片付けるために雇われる人。

★55 旅行に必要な費用。

★56 表現が簡潔で力がこもっていること。

播磨国飾東郡姫路《はりまのくにしきとうごほりひめぢ》の城主《じやうしゆ》酒井雅楽頭忠実《さかゐうたのかみたゞみつ》の上邸《かみやしき》は、江戸城《えどじやう》の大手向左角《おほてむかふひだりかど》にあつた。そこの金部屋《かねべや》には、いつも侍《さむらひ》が二人宛《ふたりづゝ》泊《とま》ることになつてゐた。然《しか》るに天保《てんぽう》四年《ねん》癸《みづのと》巳《み》の歳《とし》十二月《ぐわつ》二十六日《にち》の卯《う》の刻過《こくすぎ》の事《こと》である。当年《たうねん》五十五歳《さい》になる、大金奉行《おほかねぶぎやう》山本《やまもと》三右衛門《ゑもん》と云《い》ふ老人《らうじん》が、唯一人《ただひとり》すわつてゐる。ゆうべ一しよに泊《とま》る筈《はず》の小金奉行《こがねぶぎやう》が病気引《びやうきびき》をしたので、寂《さび》しい夜寒《よさむ》を一人《ひとり》で凌《しの》いだのである。

みごとな書きだしである。

まことに名詞が多すぎるのだが、鷗外は、ものともせずに書いている。もっとも、当時、このようにふんだんに名詞を使ったところで、その名詞の一つずつから多彩な情景をひきだす読者が多かったということもあったろう。

たとえば、酒井氏というだけで、この大名がただの大名でなく、彦根の井伊氏とともに大老職に就《つ》きうる譜代筆頭の家で、幕政につよい影響力をもっていたことがよく知られていた。

その江戸の上邸（上屋敷）とは、藩主とその家族が住む建物である。酒井家の上邸は、その家柄からいって江戸城にもっとも近い場所にあり、老いた読者にはその地理的情景がうかんだにちがいない。

金奉行というのは、その名のとおり、金銭を収納したり保管する責任者である。大きな単位の貨幣（小判など金銀の貨幣）をあつかうのが大金奉行で、小単位の貨幣をあつかうのが小金奉行であった。

山本三右衛門は、五十五歳だという。

ふつうなら四十代で倅にあとをゆずって隠居をする。ところが、三右衛門の倅はまだ十九歳で、このため老いて徹夜の宿直をしている、という江戸期の年齢事情を知れば、夜寒を一人で凌いでいたという文章の陰翳がふかまる。

加害者は、渡りの中間《ちゅうげん》であった。

中間は、足軽と小者のあいだにあるから中間という説がある。足軽はそれなりにりっぱな身分だが、中間は折助《おりすけ》などとも蔑称され、紺看板《こんかんばん》★57に梵天帯《ぼんてんおび》★58、木刀を一本さし、空《から》っ脛《すね》でくらしている。芝居などで、おなじみの姿である。

平素、中間部屋でなかまと相部屋《あいべや》し、風儀がわるく、たえずばくちをうち、そとでは喧嘩を売って酒をせしめたりする。

給金も、安かった。年にわずか二両二分だったという。鷗外は、このとしは奥羽その他の凶作のために江戸の物価が騰貴した、といい、犯人の〝心得ちがい〟の背景を察してやっている。

下手人は、酒井家では亀蔵と自称し、二十歳だった。しごとは、表小使で、走り使い

★57 雇い人や中間などが着る、紺木綿《もめん》のはっぴ。背や襟《えり》といった部分に主家の紋所《もんどころ》や屋号が染め抜かれている。

★58 長さが三尺の手ぬぐいを帯代わりにして使う、三尺帯のひとつ。

をする。

亀蔵は、神田久右衛門町代地の★59口入屋《くちいれや》富士屋治三郎方からきた。下請宿《したうけやど》（職業的な保証人）は若狭屋《わかさや》亀吉である。鷗外がそのようなことまで丹念に書いているのは、中間の存在が浮草のようなものだということを暗《あん》にいっているのかもしれない。

また、明治社会にも口入屋が存在し、下働きの男女を紹介していたから、読者の実感にふれさせるためだったのかもしれない。

亀蔵は、★60紀州《きしゅう》うまれと称していた。しかしじつは、★61泉州《せんしゅう》（和泉国《いずみのくに》）某郡某村吉兵衛倅の虎蔵だったことがのちにわかる。中間の身もとのいいかげんさが、この作品の綿密さのおかげでわかる。しかし筋だけを追う場合には、名詞の森にさまよいかねない。

三人は、わずかな路銀を懐中にし、仇をもとめて、四方を歩いた。はじめ★62上州《じょうしゅう》高崎へ行ったのも、あてがあったわけではなかった。

次いで前橋へゆき、★63甲州《こうしゅう》へゆき、★64信州《しんしゅう》へ出、★65越後《えちご》を歩き、★66越中《えっちゅう》に入り、★67尾張《おわり》に南下し、★68伊勢《いせ》にむかい、大坂で逗留したりもした。相手は本来住所不定の男だから、原文（ルビがついている）でも、「日本国中で捜さうとするのは、米倉の中の米粒一つを捜すやうな」ものであった。

一時、紀州の亀蔵をつきとめるべく伊勢から紀州にゆき、さらには四国にわたった。

★59 仲介などをする人。奉公人などを紹介する人。
★60 紀伊の別称。現在の和歌山県、および三重県南部の一部。
★61 現在の大阪府南部。
★62 上州は上野《こうずけ》の別称。現在の群馬県南央部の地名。
★63 甲斐《かい》の別称。現在の山梨県。
★64 信濃《しなの》の別称。現在の長野県。
★65 現在の新潟県。
★66 現在の富山県。
★67 現在の愛知県西部。
★68 現在の三重県東部。

九州まで足をのばしたのである。

歳月が流れた。九州から大坂にもどってきたときは路銀が尽きそうになり、叔父の九郎右衛門は按摩《あんま》★69になり、中間の文吉は〝淡島さん〟とよばれる物貰いになって、わずかな銭をかせいだ。

ついに、若い倅宇平《うへい》の心がくじけた。

このあたりが、小説好きの者にとっておもしろい。

鷗外は宇平のくじけを倫理や正義の基準から見ようとはせず、医学的に見ている。宇平を躁鬱《そううつ》的な症状のもちぬしとしてえがいているのである。はしゃぐ（躁）のと落ちこむ（鬱）のとは山と谷のようなもので、一つの疾患の相《そう》のちがいにすぎない。宇平もそうで、この症状が高まると、「朝夕平穏《てうせきへいをん》な時《とき》がなくなつて」（原文）たえず興奮し、つねにいらいらする。かつては饒舌だったが、ある時期からだまりがちになった。ささいなことでひとの言葉尻をとって、怒ったりもした。その怒りも、陽気に爆発せず、ぶつぶつと拗《す》ねるのである。ついには叔父に食ってかかり、自分はこんなことをしていることに希望を見出せない、と言い、もはやお暇《いとま》したい、とまでいった。

鷗外はむろん躁鬱病ということばはつかわず、いっさい医学くさくなくのべているが、あきらかにかれは宇平の変節を医者としてあつかっている。躁鬱病の症状例が作品に用いられたのは、この『護持院原の敵討』がはじめてではないかとおもえる。

★69 筋肉をもみほぐして血行を良くし、疲労や肩こりなどを取り除く療法。また、それを職業とする人。

そのあげく、宇平は居なくなった。

おもしろいのは、仇討の筆頭人が消えたのに、残された二人が動じもせずに、あたかも機械になったかのように、仇をさがすというしごとをやめなかったことである。叔父（故人の弟）山本九郎右衛門は、つねに平然として窮迫やら、希望のなさやら、行動の単調などに耐えている。

それ以上に、中間の文吉はふしぎな男であった。

文吉は、唐突に訪ねてきた人物である。宇平と、その叔父の九郎右衛門が旅立ちの支度をしているときで、自分は酒井様で表小使をつとめていたから、亀蔵の人相を知っている。すでにお暇をとってきたから、ぜひお供をしたいという。

故人にはすこし世話になったと言いたてるだけで、縁などはない。押して、仇討に加わりたいというのである。四十を越えていたが、体は頑健そうだった。

叔父の九郎右衛門は文吉の実直そうな人体《にんてい》が気に入って、宇平の供にした。といって、乏しい路銀では給金など与えることができなかった。

でありながら文吉は、ながい旅の空の下で二人によくつくし、仇を討つという志操★70を変えなかった。もし文吉がいなかったらこの仇討は成就《じょうじゅ》できなかったろう。

文吉のような人間が、仇討という非日常性のなかに出てくるというのが、西洋をもふくめて近代以前のおかしさである。

★70 しそう＝自分の主義や考えなどを固く守る意志。

とくに江戸時代はつよく身分が固定されていた。しかし、文吉は英気をもっている。

この初老の男は、近江《おうみ》★71浅井郡の人で、農村からはみ出て江戸に出、若いころから諸家を渡って中間奉公をした。中間の給金では妻子ももてぬまま、四十をすぎた。すえに希望があるわけではなく、これが自分の一生かとおもう気持がつよかったろう。

江戸封建制という蚕棚《かいこだな》★72の一隅にいる人間にとって、英気があればあるほど、鬱懐のやり場がなかった。せめて他人の仇討をたすけて、人生に意義を見出したいとおもったにちがいない。

ただし、作者の鷗外は口がおもく、そのあたりについては沈黙している。

ただ、一行が大坂で窮迫のどん底におちたとき、九郎右衛門は文吉をあわれみ、その無償の労を謝しつつも暇《いとま》を遣《や》ろうとした。が文吉は、

「檀那《だんな》、それは違ひます」(原文)

と、つよくいった。仇討の供をするからにはすでに命はないものとおもっている。足腰の立つあいだは、よしやお暇《いとま》が出ても、影が形に添うように離れない、といったから、九郎右衛門も文吉の善意にあまえることにした。

ここでも鷗外はいっさい論理的基準をもちださず、文吉のありのままを示すにとどめている。

かれら二人は最後に江戸にもどり、両国の花火の見物衆のなかで、下手人をみつけた。

★71 現在の滋賀県北部にあった郡。琵琶《びわ》湖の北部に位置し、伊香《いか》郡を間に挟む形で東西に分かれていた。

★72 蚕(カイコガの幼虫。繭から絹糸がとれる)を飼うための何重にも重なった棚。

ふたりは、あとをつけた。そのあとの叙述は、鷗外の好む地名が生きてくる。★73横山町をまがり、★74塩町《しおちょう》から★75大伝馬町、★76本町を横切って★77石町《こくちょう》河岸に出、★78竜閑《りゅうかん》橋、★79鎌倉河岸にかかる。月があかるくて、相手の影を見うしなうことがない。

神田橋外の護持院二番原にさしかかったのは、子《ね》の刻ごろであった。

この原こそ、争闘の場所としてちょうどいい。二人はとびついて男をとらえ、まず早《はや》縄《なわ》でしばった。夜陰ながら、文吉が走って故人の娘りよをよびだした。りよが到着したとき、九郎右衛門は虎蔵（亀蔵）の縄を解いた。虎蔵がりよに飛びかかってきたので、りよがけなげにも一番太刀をつけた。とどめは、九郎右衛門が刺した。

作品は、自然の黒木の皮をすこし剝《は》いだだけのように、素朴さを重んじている。だから、護持院ケ原の描写はない。おりから原頭に月が射している。風が吹いていたかどうかも、鷗外は語らないのである。

★73 東京都中央区北部の地区。現在の地名としては日本橋横山町。

★74 現在の東京都中央区日本橋本町四丁目。

★75 東京都中央区北部の地名。江戸時代に伝馬役《てんまやく》が居住したことからこの町名がついた。

★76 現在の日本橋本町二・三丁目、日本橋本石《ほんごく》町二・三丁目、日本橋室町二・三丁目を含む東京都中央区の地名。

★77 現在の東京都中央区日本橋本石町にあった河岸。

★78 東京都千代田区の、竜閑川と日本橋川の合流点付近にかけられていた橋。

★79 現在の東京都千代田区内神田にあった河岸。

茗《めい》渓《けい》

家康が、秀吉から関東八カ国★80をもらったのは、天正十八（一五九〇）年の八朔《はっさく》（八月一日）である。

いまの東京の歴史はそのときからはじまるといっていい。

すこし、むだばなしをしたい。

秀吉が天下に勢威を示しはじめた初期、家康はなお有力な対抗勢力だった。

当時の家康は、その出身地である三河《みかわ》★81を中心に、天正十（一五八二）年以後、旧武田家★82などの領地（甲斐《かい》・信濃《しなの》・駿河《するが》など）を加え、七十七万石ほどの版図をもっていた。

秀吉と家康の両勢力が対峙《たいじ》★83したことがある。

天正十二（一五八四）年の小牧《こまき》・長久手《ながくて》の戦い★84がそうで、家康はいちはやく小牧山の高地を手に入れて塁を築き、これが戦いを有利にした。

★80 関八州とも。江戸時代の相模《さがみ》（神奈川県）、武蔵《むさし》（東京都と埼玉県）、安房《あわ》（千葉県南部）、上総《かずさ》（千葉県中部）、下総《しもうさ》（千葉県北部と茨城県南部）、常陸《ひたち》（茨城県北東部）、上野《こうずけ》（群馬県）、下野《しもつけ》（栃木県）のことを指す。

★81 現在の愛知県の東部。

★82 甲斐国《かいのくに》の守護大名、武田信玄が周辺を征服して中部地方の大大名となるが、その子勝頼《かつより》の代に織田信長に攻められ滅亡した。

★83 現在の静岡県中東部。

★84 羽柴秀吉（のちの豊臣秀吉）と徳川家康、織田信雄《のぶかつ》連合軍が尾《お》張国《わりのくに》小牧・長久手、および伊《い》勢国《せのくに》内で繰り広げた戦い。織田信長死後の織田政権の継承問題が発端《ほったん》となった。

双方、前哨戦を演じたが、結局、秀吉の申し入れで和睦し、そのあと、家康は秀吉政権の傘下《さんか》に入り、客分であるかのように、一目《いちもく》おかれた。

家康は、その後も東海一円の王として根を張っていたばかりか、秀吉とはちがい、譜代の家臣も多かった。

譜代衆というのは、是《ぜ》も非もなく主のために命をなげだすという気分を継承している。しかもかれらは東海地方の山河を知りつくしていたから、家康には地生《じば》えの強味があった。

秀吉は、当然ながら家康を他に移したかった。しかしそのことは生きた歯を抜くような困難をともなう。

秀吉は、機会を考えていた。かれが天下の勢《せい》をこぞって小田原の北条氏★85を攻囲したのは、天正十八（一五九〇）年のことで、当然ながら家康も従軍した。

北条氏が、相模《さがみ》の小田原を城下とする関東一円の大勢力だったことはいうまでもない。

防戦にあたって、北条氏は、箱根・伊豆の大山塊を要塞化した。小田原の主城をまもる城として、宮城野城、湯本城、片浦城があり、また箱根山脈の内外にあるものとして、新荘城、足柄《あしがら》城、山中城、浜居場《はまいば》城、鷹ノ巣城、韮山《にらやま》城、徳倉城、泉頭城があり、ほかに駿河・伊豆の海にのぞむ城として、獅子浜城など五つの城塁があり、さらには中山道《なかせんどう》★86方面には松井田城、西牧城を張り出させ、甲州《こうしゅう》路や上州《じょうしゅう》・武蔵《むさし》方面をふせぐために、鉢

★85 相模国《さがみのくに》（神奈川県）小田原を中心に栄えた戦国大名。鎌倉《かまくら》幕府の執権《しっけん》である北条氏と区別するため「後北条《ごほうじょう》氏」とも呼ばれる。

★86 江戸を起点とする江戸時代の主要な五つの街道のひとつ。五街道は、ほかに東海道、甲州街道、日光街道、奥州街道がある。

形城を強化した。

秀吉は一部をのぞいて力攻《りきこう》せず、長期に包囲して敵の弱るのを待った。ときに、総力をあげて一城を攻めつぶした。家康は、この作戦に終始従軍した。

秀吉にとってこの大攻囲戦は、天下にその勢いを示す一大野外劇のようなもので、ひとびとにこの新政権に抗しがたいことを知らせるのが、目的でもあった。この攻囲期間中のいつであったか、秀吉は家康に、関八州つまり北条の版図をそっくりあなたにさしあげましょう、といったのである。

筆者不明（家康の家臣らしい）の『武功雑記《ぶこうざつき》』という本には、秀吉が家康をともなって小田原にむかうときだったという。浮島ケ原（現・沼津市・富士市）で駕籠より降り、家康をまねいて眼前の富士山をほめながら、ふともらした、とある。

秀吉にとって、言い出し方がむずかしい。動作のなかで、不意をつくように拍子をみつけねばならない。

『関八州古戦録』の著者も徳川家の家臣らしいが、名は不明である。著者の自序があり、そこに享保十一（一七二六）年とあって、上梓《じょうし》のとしがわかる。

その本によると、秀吉は、小田原城が落城寸前のとき、城を見おろす高所に家康をさそい、ゆったりと立小便した。

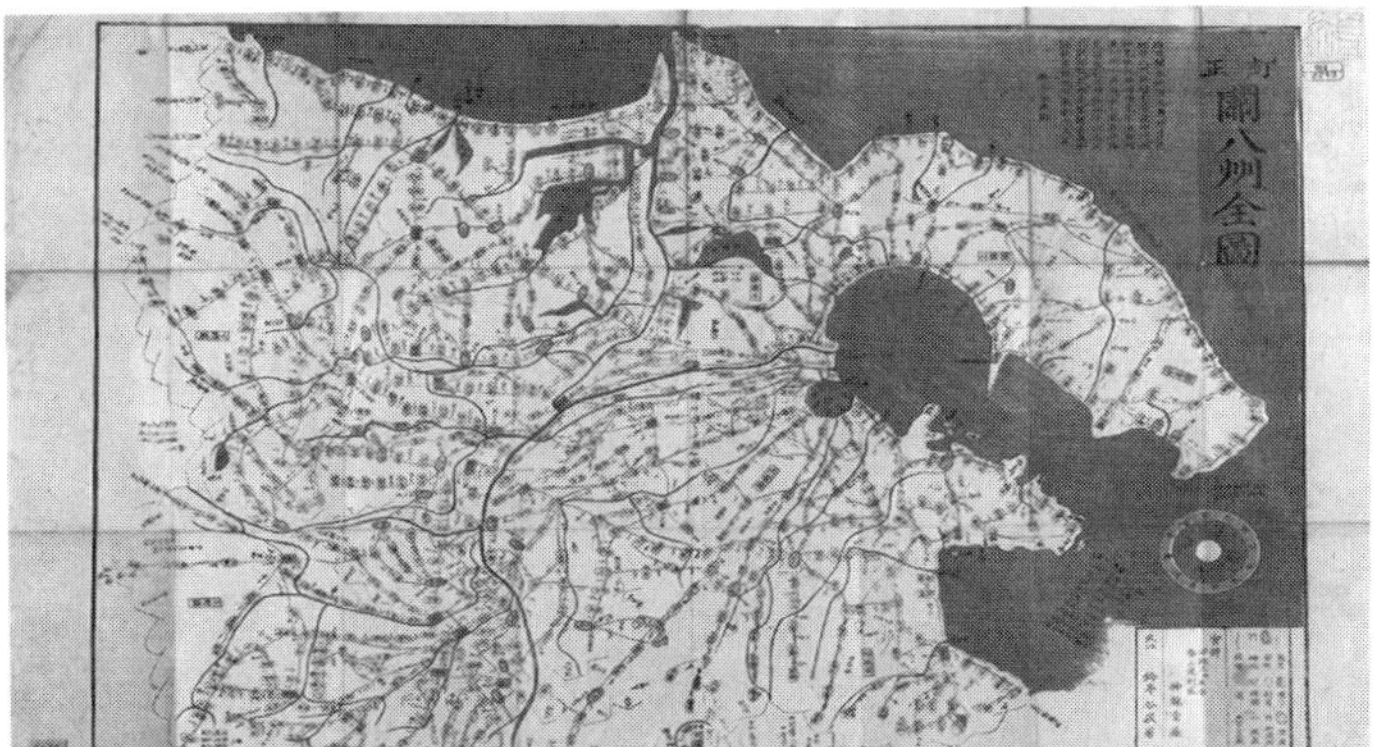

「訂正関八州全図」

「家康主《ぬし》モいざ小便ヲめされヨ」

放尿しつつ、もはやあの城も落ちます、

「左《さ》アラバ、関八州ハ貴客ニ進《まい》ラスベシ」

この伝承のほうが、秀吉らしい。


家康は、恐怖を感じたらしい。

この場合、拒否が（現在の領国に固執する気持が）顔色に出れば秀吉はめざとく察して、家康はゆくゆく謀反《むほん》をおこすのではないかと想像するにちがいない。

家康が、どう反応したかは、どの伝承にもない。ただ家康の行動はすばやかった。かれは自分の陣営にもどると、早々に先祖伝来の領国をひきはらうべく家臣に内命したことは、たしかである。

ところで、首都たるべき地のことである。秀吉はまったくの親切から、

「居所ハ、江戸城然ルベシ」

といったという。そのことは『名将名言記』という本にある。家康以下三代のあいだの諸将の逸話を書いたもので、著者は幕臣かと思えるが名はなく、奥書《おくがき》によって安永九（一七八〇）年の刊行であることがわかる。

江戸しかるべしと秀吉がいったのは、かれの貿易立国の思想から出ている。秀吉自身、

港湾にのぞむ大坂に根拠地を進めたし、他の有力大名もこの影響をうけ、たとえば広島、岡山といったような海浜に居城を築くようになった。もはや内陸の要害の地にこもる時代は、おわったのである。

それにしても、江戸とは意外だったらしい。

室町時代の武将で、高名な歌詠みでもあった★87太田道灌《おおたどうかん》（一四三二〜八六）が江戸の地に城を築いた（完工は一四五七年）とはいえ、百数十年前のむかしばなしにすぎない。道灌の死後、太田氏はしだいにおとろえ、大永《だいえい》四（一五二四）年には小田原北条氏のものになり、北条氏の城代がこれを守ってきた。むろん、城下町などが形成されたわけではなかった。

家康の家来の多くは、心を暗くした。

『岩淵夜話集』というのは、著者名がわかっている。享保十五（一七三〇）年、九十二歳で没したという兵学者大道寺友山で、広島の浅野家その他の諸大名の賓客となって生涯をすごした。この本は一種の家康伝で、誕生から死までの公私の逸話や雑事を年代順に記録している。

さて、江戸に城をおくということが家中《かちゅう》にひろまったとき、

★87 扇谷上杉家の重臣で、兵法に長じ、和漢の学問や和歌にもすぐれたが主君に暗殺された。

「諸人、手を打《うち》て、是《これ》を如何《いか》にと驚く」

と、同書ではいう。

「子細《しさい》は、其《その》時代迄《まで》は（註・江戸という土地は）東の方《かた》平地の分は爰《ここ》も彼処《かしこ》も汐入《しおいり》の葦《あし》原《はら》にて……」

町屋や侍屋敷を置きうる土地は十町ほどもない、というのである。西の方は、はるかに茅《かや》の原で、武蔵野へとつづき、どこを締《しま》りという様《さま》もない、ともいう。

その上、城も小さく、堀の幅も狭く、城の門やら塀やらはあさましいばかりに粗末である。……

同書によると、家中のほとんどは、

「小田原か鎌倉」

と願ったというのである。小田原も鎌倉も古来、関八州の治所《ちしょ》だった。

もし俗論どおりになっていれば、どちらも山がせまり、地がせまく、港湾においても期待できず、とてもその後日本国の中心にはなってはいなかったに相違なく、俗論のつまらなさの典型のようなはなしである。

関東移封が正式にきまったのは、小田原落城の直後で、天正十八年七月のことである。

家康はすぐさま先発組を派遣し、みずからは翌八月一日、八朔の日に江戸城に入った。

この年の夏から秋にかけて、記録的なほどに長雨がつづいた。

雨のなかの江戸の浦は、陰鬱だったにちがいない。沼や茅《かや》の原、あるいは汐びたしの湿地などに降りしきる雨のなかを、掻きあげの土塁（石垣はなかった）のやぶれ城に入った家康の心中は、決して晴れやかでなかったにちがいない。それに、関八州といっても、当時は穫れ高は東海地方よりずっと低かったのである。

以上、ながながと江戸草創のことにふれてきたのは、江戸が百万の人口を養うべく自然に存在した土地ではなかったということをいうためである。

江戸の地は、すべて人の手で造成された。造成のための諸人の労苦は凄惨なほどで、ひとびとは鍬《くわ》でもって高所をくずし、低所には堀を掘り、土を掻きあげて湿地をうずめて地面らしくした。造成には、三代将軍家光★88以後までかかった。江戸・東京の土一升には、おびただしい人間の汗や脂がしみこんでいる。

さて、話を神田界隈にもどす。

家康が江戸に入ったころは、新橋と浜松町をむすぶ南北のあたりは浅い海の底にあった。海が日比谷でふかく北へ入りこみ、北端が江戸城に近く、城内から漁師が漁《すなどり》をするすがたが見られた。

四方が荒涼としているなかにあって、城の北東に隆起して、

★88
徳川家光《とくがわいえみつ》。一六〇四年～一六五一年没。武家諸法度《ぶけしょはっと》や参勤交代といった制度を整備し、江戸幕府の政治の基礎を築いた。またキリシタンを弾圧し、鎖国体制を強化する。

「神田山（のちに、駿河台《するがだい》）」

とふるくからよばれてきた高地とそのふもとだけが、人里がましかった。

神田山の南が低地になっていて、古くから田園がひらかれており、農家や町家が点在していた。これが、その後下町として発展してゆく神田界隈であった。古記録に、「町屋百戸あまり」存在していたというのは、おそらく現在の大手町から神田橋あたりだったのではないか。

また、当時の地形を想像する上で、

「平川《ひらかわ》（平河）」

という川が見のがせない。江戸城付近は川がすくなく、入国当時、宝の川のようにおもえたのに相違ない。

平川の上流は、その当時古川とよばれていた。いまのJR渋谷駅あたりをながれていたが、いまは道路下に入って下水道化している。

そのころの古川は北西から東南へ流れ、当時、小石川（小日向《こびなた》台地の南麓）にあった大沼に入り、さらに流れて平川という名にかわる、というぐあいだった。

平河村という村落も、すでにあった。当時所在したのは、いまでいうと皇居大手濠《ぼり》の北側あたりだったが、家康の江戸城再造営によって他へ移され、その後、この地名は町名としてのこり、麹町《こうじまち》平河町と神田平河町にわかれた。

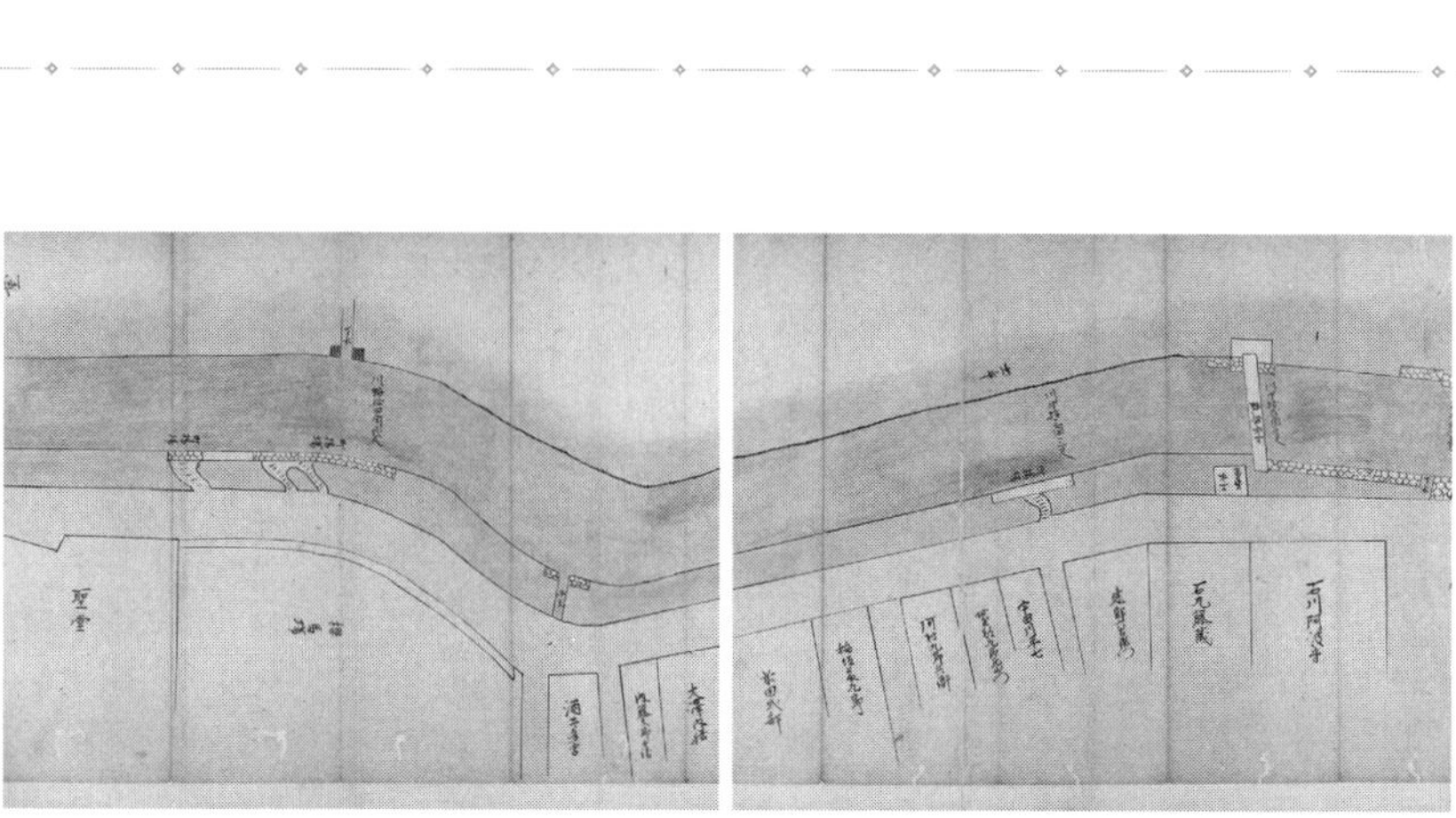

平川は幾筋かの支流があり、その大部分が家康の江戸城再造営によって、濠《ほり》の水になった。

さらに西から東にながれる川として神田川があったことも、ゆゆしいことだった。

古川（平川）も湧き水が水源だが、神田川もいまの三鷹市の井之頭《いのかしら》池で湧き出た水を水源としている。

神田川は、上流が飲み水（上水《じょうすい》）としてつかわれ、さらには江戸城の濠《ほり》をも満たした。

家康の命で、いわゆる「神田上水」を工事したのは、大久保《おおくぼ》忠行《ただゆき》である。

通称を、藤五郎《とうごろう》という。

大久保一族が三河以来の譜代であることはいうまでもないが、藤五郎は家康の若かったころにおこった一向一揆《いっこういっき》との戦いで片脚がつかえなくなった。

餅菓子をつくるのが上手で、家康のためにつねに工夫し、うまい餅菓子をつくって食べさせ、とくに三方ケ原《みかたがはら》の戦い（武田信玄の西上軍との戦い。元亀《げんき》三年・一五七二）のとき、六種の餅菓子をつくって献じた。

なんだか童話の主人公のような人物だが、土木にもあかるかった。

かれは神田川を丹念に調べた。水源の井之頭池に行って湧水のさかんなさまを見、その流れが東流して途中、善福寺川や妙正寺《みょうしょうじ》川をあわせるのも見た。

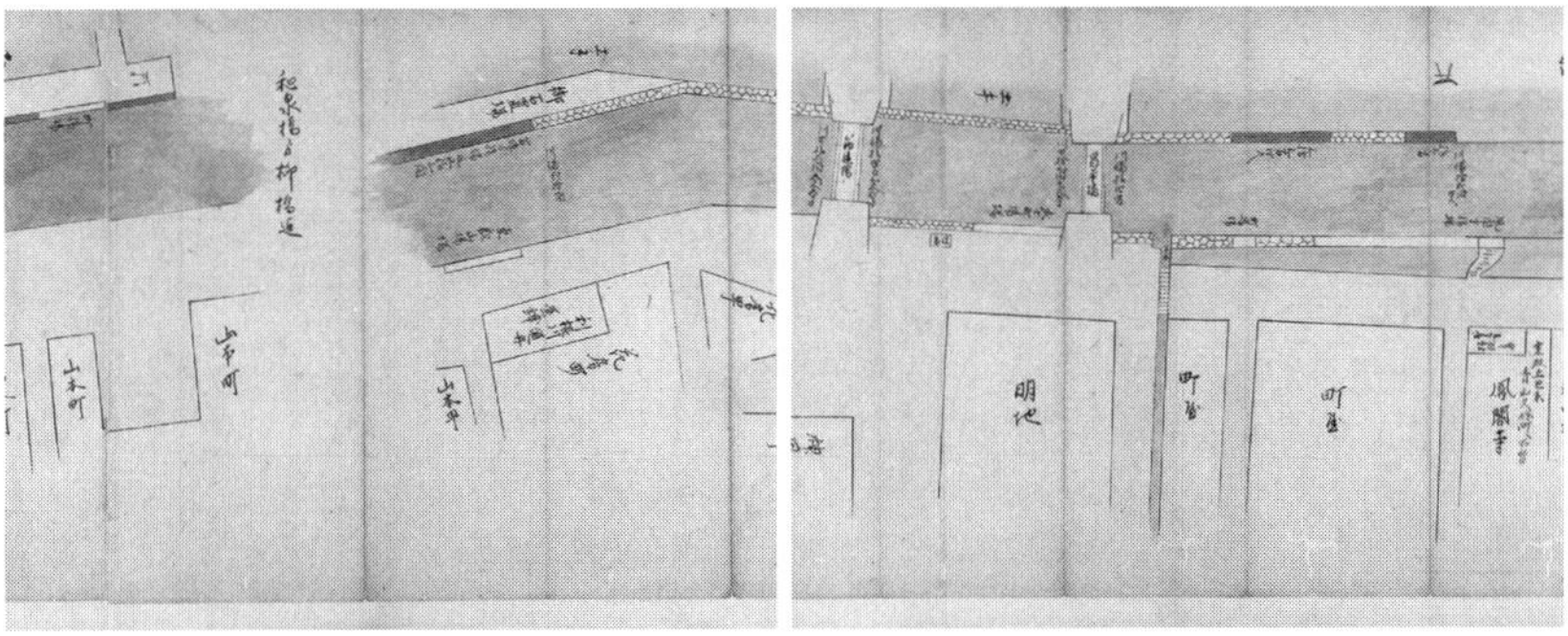

『神田川通絵図』より

上流の水質がじつにいいのを見て、これを上水として江戸に引き、神田一円の市街地に給した。

おそらく藤五郎よりのちの工事かとおもえるが、神田上水はさらに発展し、水を対岸へ万年樋《まんねんい》でわたしたり、また地を掘って木管、石樋を埋設して江戸城の東一円に給水するようになった。その水のあまりは、一石橋《いっこくばし》や呉服橋御門あたりで、神田川下流にもどした。

ともかくも家康入国以来、江戸でおこなわれつづけた土木工事は大変なものであった。一例をあげると、「神田御茶ノ水掘割《ほりわり》」である。

いま聖堂のある湯島台地（文京区）と、神田山（神田台・駿河台）とはもとはつづいた台地だったが、ふかく濠《ほり》を掘ってこれを切りはなし、その人工の渓《たに》に神田川の水を通したのである。

現在の聖《ひじり》橋は、関東震災後、昭和三年にかけられた橋で、湯島台と駿河台をむすんでいる。下はふかぶかと渓をなし、神田川が流れている。この掘削は江戸初期の工事である。

施工いっさいは、仙台の伊達政宗[★89]がうけもったという。着工は大坂夏ノ陣[★90]（元和《げんな》元年・一六一五）のあとで、元和年間というから、その間、家康の死があった。家康は命

★89 だて・まさむね＝一五六七年〜一六三六年没。安土《あづち》桃山時代から江戸時代初期の武将。出羽《でわ》（山形県、秋田県）を中心に勢力を拡大し、奥州《おうしゅう》を制覇する。仙台藩の祖となった。

★90 徳川氏が豊臣氏を攻め滅ぼした戦い。大坂冬ノ陣で結んだ和議の内容を無視し、徳川方が大坂城の内堀を埋めたため、戦いが再開された。大坂城は陥落、豊臣秀頼（58ページ注116参照）とその母淀殿の自刃によって豊臣氏は滅亡した。

じただけで、着工の風景は見なかったにちがいない。
工事ははかどらなかった。おそらく断続しておこなわれたのだろうが、完工したのは約四十年後の万治二（一六五九）年という大工事であった。

たかが濠《ほり》一つといってしまえばしまいだが、工事がおわって歳月を経てみると、意外に美しい景観であることがひとびとにわかった。

ふかく削られた崖には草木が生《お》いしげり、人工の谷に清流がながれ、のちに建てられる湯島の聖堂がみえ、水道橋ちかくは石垣が組まれ、川に上水懸樋《じょうすいかけとい》とよばれた屋根つきの木橋が架設されている。いわば当時の都市美というべきものだった。

やがて江戸名所の一つになり、多くの絵師によって描かれた。漢学者は気どって崖下を流れる神田川の人工渓谷を賞し、茗渓などと名づけた。諸橋轍次《もろはしてつじ》の『大漢和辞典』にはわざわざ「茗渓」という一項がたてられ、「東京都文京区御茶の水の谷の雅称」とある。この谷をさかいにして南が神田で、御茶ノ水駅のさらに南に、茗渓通りという名の繁華な通りが、東西にのびている。

家康は、晩年は駿府《すんぷ》城に住んでいた。その死後、家康の側にいた旗本衆が江戸に移るについて幕府が用意した屋敷地が神田山で、駿河衆があつまって住んだために、駿河台とよばれるようになった。

江戸初期の奇傑大久保《おおくぼ》彦左衛門《ひこざえもん》忠教《ただたか》も、駿河台の住人だった。明大通りから紅梅通り

お茶の水（『江戸名所図会』より）

に入ったあたりにある杏雲堂《きょううんどう》病院がその跡だという。

彦左衛門は駿府の家康のもとで仕えていたから、はじめからの江戸住まいでなく、家康の死とともに駿河台に移った一人だったかとおもえる。神田山が駿河台になるころは、削られてずいぶん低くなっていたはずである。

その著『三河物語』全三巻三冊の初稿本は元和八（一六二二）年に脱稿した。しかしさらに寛永三（一六二六）年ぐらいまで手を入れつづけていたというから、おそらく駿河台での日々は、この稿を書くことで明け暮れたろう。

於《お》玉《たま》ケ《が》池《いけ》

神田界隈は、世界でも有数な（あるいは世界一の）物学びのまちといっていい。

江戸時代からそうだった。維新後もそうで、多くの私学（明治大学、法政大学、中央大学、日本大学、東京理科大学、共立女子大など）が神田から興ったことでもわかる。

その理由は、江戸に、圧倒的多数の武士が居住していたというほかに、見あたらない。

神田於玉ケ池

旗本八万騎と俗称される幕臣とその家族が、江戸住まいだった。

それに三百大名の藩邸がこのまちにあり、定府《じょうふ》★91・勤番★92の家来が住んでいたから、百万をこえる江戸人口の半分ちかくが武士か、武家奉公人だった。

かれらの子弟は、当然ながら学問と武芸を学ばねばならない。さらには地方から修学や練武のために江戸をめざしてくる者が多かった。

それらの私塾がとくに神田に集中したのは、地の利によるものだったにちがいない。

武のほうでいえば、江戸末期、神田於玉ケ池にあった千葉周作★93（一七九四〜一八五五）の玄武館が代表的なものだったろう。

流儀は、周作みずから編んだ北辰一刀流で、こんにちの剣道の源流のひとつになった。

ついでながら北辰というのは北極星のことである。

千葉氏は平安時代からの関東の古族で、下総国《しもうさのくに》千葉でおこり、源頼朝の鎌倉幕府の創設に参加したために、その族人は四方にひろがった。

千葉氏は平安のむかしから北斗七星（妙見大菩薩《みょうけんだいぼさつ》のこと）を信仰した。家紋も星辰《せいしん》をかたどったからその一刀流に〝北辰〟とつけたのは、千葉氏の一刀流ということである。

陸中《りくちゅう》・陸前《りくぜん》（いまの岩手県を中心に、宮城県や秋田県の一部をふくむ）に千葉姓が多い。

★91 幕府の役職にある大名などが、参勤交代をせずに江戸に定住すること。

★92 諸大名の家臣が国を出て江戸や大坂の藩邸などに勤めること。

★93 ちば・しゅうさく＝江戸時代末期の剣術家。北辰《ほくしん》一刀流《いっとうりゅう》の開祖で、江戸三大道場のひとつとされる玄武館を開いた。

於玉ケ池跡（於玉稲荷）

いまの岩手県境にちかい宮城県の太平洋岸の漁港気仙沼《けせんぬま》にも千葉姓の家がすくなからずあって、周作の千葉氏はそこから出た。農民身分だった。

ついでながら、江戸時代、剣客として名をなした者は農民身分の出身者が多かった。封建制という身分固定の社会にあって、学問か医学か武術に傑出すれば身分上昇の機会があった。

父の忠左衛門も、気仙沼ではきこえた剣客だった。

子の周作の天分をみて、これに望みを託し、ともなって江戸に出てきたのである。もっともいきなり江戸に入ることに臆したのか、下総（千葉県）の松戸にとどまった。ひとつには忠左衛門には馬医者としていい腕があったから、人馬の往来の多い松戸の宿場で馬を診療しつつ生計を立てた。

幸い、松戸にも町道場があった。浅利《あさり》又七郎義信《またしちろうよしのぶ》★94が道場主で、江戸ではきこえた達人だった。

周作はこの門に入り、やがて浅利をしのぐほどの腕になったから、浅利は自分の師匠の中西忠兵衛《なかにしちゅうべえ》につけた。

中西家は代々つづいた剣の名流であった。

四代前に中西忠太《ちゅうた》という名人が出て小野派一刀流を修め、中西派をおこした。

日本剣術史上、中西忠太がわすれがたいのは、宝暦年間（一七五一～六四）に、はじ

★94 一七七八年～一八五三年没。剣術家。突きの名手として知られ、若狭小浜藩酒井家の剣術指南役をつとめた。

めてこんにちあるような面《めん》、籠手《こて》、胴などの防具と竹刀《しない》を考案したことである。
それまでの剣術修行は刃引《はびき》の刀をもちい、主として型を学ぶものだったが、竹刀と防具の考案によって剣術修行は画期的にかわった。他流も、しだいにこれにならった。

千葉周作は、大男だった。

六尺ほどの背があり、膂力《りょりょく》★95がつよく、六寸ばかりの碁盤を片手でもって五十匁《もんめ》の蠟燭の火をあおり消したといわれている。

かれは剣術に、体育論的な合理主義をもちこみ、古来、秘伝とされてきた技法のいっさいを洗いなおして、万人が参加できる流儀を編みだした。剣術史上の周作の位置は、明治初年に柔術の諸流を再検討してあらたに柔道を興した嘉納治五郎《かのうじごろう》★96（一八六〇～一九三八）に似ている。

たとえば、周作は、

稽古前、食事は成るたけ減少すべし。

という。右のことばは、『千葉周作遺稿』（千葉栄一郎編・昭和十七年・桜華社刊）に出ている。このひとことでも、かれが神秘主義者でないことがわかる。

★95 筋肉の力。また、腕の力。

★96 明治～昭和期の教育者・柔道家。兵庫県生まれ。明治十五（一八八二）年、講道館を創設。柔術を改良して柔道の普及に努めた。日本初代ＩＯＣ（国際オリンピック委員会）委員。

「めしを軽く食って稽古をせよ」

まことに、平明★97というほかない。

周作は、相撲見物がすきであった。稽古場も、よくのぞいた。剣術にとり入れていいものはないかと心がけていたのだろう。見ると、相撲とりたちは、稽古前に食事をとるが、中程度の椀に薄い粥《かゆ》二杯より以上は食べないということを知った。

周作は、いう。

「人目《ひとめ》を忍びて多く食せしものは、相撲稽古にかかりて、息合ひ早く弱り、中々人並の稽古出来かぬるものなり」

また、言う。

剣術は、どの流儀でも右足でもって〝踏み据《す》える〟ものである。

周作も、そのように教える。ただし、

「左足はよくない」

と頭からいうのではなく、左足を踏み据えにつかうのは、むかしから〝撞木《しゅもく》足〟だという。坊さんが鐘をつくとき、撞木のつなをにぎって左足を前に出すが、あの姿勢を思えばいい。あれではどうにもならないよ、というのである。

試みに、やってみろ、とまでいう。

★97 へいめい＝わかりやすく、はっきりしていること。

進退自由ならずして、器用の働きは成らぬものなり。若し箇様《かやう》の人ならば試めし見るべし。極めて無器用のものなり。

丹念というほかない。

また、竹刀の柄のにぎり方まで教えた。かたくにぎってはいけない、という。

「手の内堅《かた》きものは、多くは無器用にて」

と、周作はいう。太刀の持ちようは、

「第一、小指を少しくしめ、第二、紅《べに》さし指は軽く、第三、中指は猶《な》ほ軽く、第四、人さし指は添《そ》へ指と云うて添ゆる計《ばか》りなり。箇様になくては、敵に強くは当らぬものなり」

このおかげで、よそで五年かかるところを、千葉に通えば三年ですむ、という評判が立った。

その周作が、神田於玉ケ池に道場を設けた。

於玉ケ池という池は、江戸初期にはなお存在したらしい。

戦国時代、太田氏が江戸城主だったころ、桜を池畔にうえたから桜ケ池とよばれたと言い、そこに茶店があって、お玉という美しい娘がいたともいう。そのお玉が恋のもつ

お玉が池（安藤広重『東都旧跡尽』より）

れから池に身投げをしたからお玉ケ池とよばれるようになったというのだが、太田氏時代の江戸に茶店などあったかどうか疑わしい。

蛙が多くて、オタマジャクシがたくさんいたからお玉ケ池だともいう。これなら伝説のほうがいい。

周作のころは、於玉ケ池はほとんどが町方《まちかた》の地所だった。

かれは浪人だから、他の町人や借家人《しゃくやにん》と同様、町役人の支配をうけざるをえない。

やがて周作は盛名を得て、水戸徳川家から召しかかえられた。町住まいのままの仕官《しかん》だったが、水戸の家の家中《かちゅう》になると、町役人の支配をうけることはない。

その上、幕末の風雲期に入ると、殿さまの★98水戸斉昭《みとなりあき》（烈公）が天下の志士の輿望《よぼう》をになっていたから、神田於玉ケ池の千葉道場に入門する若者はいよいよふえた。そのなかに土佐の★99坂本龍馬（一八三五〜六七。主として桶町の千葉貞吉《ちばさだきち》〔定吉〕の道場にいた）、またのちに新徴組（新選組の前身）をおこす出羽《でわ》の★100清河八郎（一八三〇〜六三）、さらには★101桜田門外ノ変に参加する薩摩《さつま》の★102有村次左衛門《ありむらじざえもん》（一八三八〜六〇）などがいた。この顔ぶれをみれば千葉道場のふんいきがにおいとれる。

神田に、俎橋《まないたばし》という名の橋と一区画があった。いまの町名でいうと、神田神保町《じんぼうちょう》三丁目と九段北一丁目にかかっている橋で、その一角に神道無念流の斎藤弥九郎《さいとうやくろう》（一七九

★98 のちの徳川斉昭（129ページ注225参照）。

★99 さかもと・りょうま＝幕末の志士。土佐藩士。千葉道場に学んだのち、脱藩。勝海舟《かつかいしゅう》（149ページ注256参照）に師事。慶応二（一八六六）年、薩長《さっちょう》同盟成立に尽力。大政奉還を成功させたが、京都で暗殺された。司馬さんの『竜馬がゆく』の主人公。

★100 きよかわ・はちろう＝幕末の志士。剣を千葉周作に学んだ後、文久三（一八六三）年二月幕府の浪士組（後の新選組）編成に応じ、その中心人物となる。同年に暗殺された。

★101 大老《たいろう》の井伊直弼《いいなおすけ》が江戸城桜田門外で襲撃され殺された事件（安政七〈一八六〇〉年）。日米修好通商条約の無勅許調印や安政の大獄での弾圧などに憤慨した尊王攘夷《そんのうじょうい》派の水戸浪士らが引き

八〜一八七二）の道場があった。もっとも、のち天保九（一八三八）年の大火で焼けて、三番町に移った。

「練兵館」

という素朴な名だが、当時神田では千葉の玄武館と人気を二分する勢いだった。門人に長州《ちょうしゅう》や九州の諸藩の者が多かった。

門人名簿に、二人の有名な長州人がいた。

もっとも著名な長州人は、塾頭をつとめた★103桂小五郎（木戸《きど》孝允《たかよし》）だった。生没は、一八三三〜七七。

桂より後輩の長州人御堀耕助《みほりこうすけ》（一八四一〜七二）は、十八歳で江戸に出て右の斎藤道場に入り、桂が去ったあと塾頭をつとめ、師匠のかわりに諸藩の藩邸に稽古をつけてまわった。

聡明で機敏で、じつにいい男だったらしい。当時太田市之進といったが、太田、御堀ともに史上著《あらわ》れるところがすくないのは、明治四年に病死したことによる。

御堀耕助は、江戸での修行を終えたあと、九州で学問を学び、帰藩して★104世子《せいし》に★105近侍《きんじ》した。

元治元（一八六四）年の★106蛤御門《はまぐりごもん》ノ変では★107浪士隊の参謀になり、敗れて長州に帰ると、義勇軍御楯隊《みたてたい》の総督になり、★108幕長戦争では芸州《あき》口で防戦して幕軍を押しかえした。その

起こした。

★102 江戸後期の薩摩藩士。桜田門外ノ変の際に重傷を負い、そのまま自刃した。

俎橋近辺

★103 かつら・こごろう＝幕末〜明治時代初期の政治家。西郷《さいごう》隆盛《たかもり》と薩長同盟を結び、倒幕運動を指導した。明治政府では中心的存在となり、五箇条の御誓文《ごせいもん》の起草や版籍奉還、廃藩置県などを主導する。

あと藩の参政になった。さらには維新直後、藩命で欧州視察をしたから、新政府の要人になるべくうまれてきたような人物だった。

ただ帰国したあと、いっさい公務を辞し、三田尻★109で病死した。知る者はみな惜しんだ。死の前、三田尻で看病をしていた無名の従弟があり、御堀は見舞いにくる人ごとに、

「この者をたのむ」

といった。のちの乃木《のぎ》希典《まれすけ》のことである。

千葉周作に、話をもどす。

かれが神田於玉ケ池に移ったのは、その界隈に有名な塾があつまっていたからだろう。名ある詩人の結社があるかと思えば、四方にきこえた学者の学塾が軒をならべ、医師の医学塾などもあって、江戸市中の諸学の巣窟のようなところだった。当然、若い俊英がこの界隈を出入りしている。

周作は、旗本屋敷の跡を買って道場にしたという。旗本屋敷は将軍からの拝領地だから表むき売買できたのかどうか、この点の仔細は私にはわからない。

隣りに、そのころ評判の高かった儒者東條一堂《とうじょういちどう》★110（一七七八～一八五七）が塾をひらいていた。一堂は周作にとって父親ほどの年齢だったが、ふかく交わり、どちらが言ったのか、

★104 大名など、貴人の跡継ぎ。

★105 主君のそば近くに仕えること。

★106 政変で京都を追われた長州藩が勢力を回復するために出兵し、京都御所の蛤御門の付近で会津・薩摩兵と戦った事件。禁門の変とも。

★107 主家を離れた、もしくは失った武士たちで編成された隊。

★108 幕府が長州藩を二度にわたって攻撃した戦い。一度目は禁門の変を理由に幕府が出兵、しかし二度目の戦いで長州藩に敗れ、幕府の権威は急速に失われた。

★109 山口県防府《ほうふ》市の南部の地名。

★110 江戸後期の儒学者。千葉道場の隣に建てた「瑤池《ようち》塾」には、千葉道場と同様に清河八郎ら多くの志士が通っていた。

るまい」

「若者にとって、文武隣り同士になっているから、両方学べて、こんな便利なことはあ

といったという話がある。なにやら中世ドイツの大学の発祥を見ているような話である。むろん両塾にとって経営上たすかるのである。

東條一堂には『東條一堂伝』（鴇田恵吉著・昭和二十八年刊）がある。

それによると、一堂の塾には宿舎もあって漢学塾としてはじつに大きかったが、千葉道場玄武館のにぎわいはそれを越えるようになった。

周作の死後、有力な門人たちや、周作の弟の貞吉（定吉）が道場の面倒をみた。周作は、子にも恵まれていた。長男は夭折《ようせつ》したが、次男栄次郎は〝千葉の小天狗〟といわれたほどの剣客だった。ただし坂本龍馬に影響されて青春を奔走家としてすごしたから、千葉家は三男道三郎が継ぎ、水戸藩の江戸定府御馬廻り役百石になった。

ともかくも周作死後も千葉道場の隆盛はおとろえず、門人を収容しきれなくなった。このため、隣りの東條一堂の死によって塾がとざされたあとをゆずりうけて拡張した。一町四方もある大道場になった。

いまは、道場あとも、なにもない。於玉ケ池という地名もない。

いまでいうと、神田岩本町、同東松下町、同須田町二丁目一帯になるようだが、とも

かくも於玉ケ池界隈そのものが一大総合大学だったともいえそうなこの地名は、どこにも存在していないのである。

ただ千葉や東條の塾のあとが、いまは小学校になっているときいて、ほっとした。

千桜《ちざくら》小学校★111という。

校門を入ってみると、玄関へ至る道の右側にその旨をきざんだ石碑があった。「右文尚武」とある。文ヲ右《とうと》ビ、武ヲ尚《とうと》ブ、ということである。中国古典の熟語には「右文左武《ゆうぶんさぶ》」というのがある。文武両道で天下をおさめるということである。まことに千葉と東條の関係は、右文左武だった。

さらに歩いて校舎に入ると、いかにも弾《はず》んだ表情の若い男の先生に出あった。児童の数をきいてみると、都心の学校だから、全校でわずか九十一人だということであった。

小学校のまわりは、小規模なビルが密集していて、ことごとくさまざまな業種の中小企業がひしめいている。

道路はせまく、いたるところに運搬車が駐車しているために、歩くのに難渋した。

江戸時代、於玉ケ池というのは、地名そのものが権威だった。

東條一堂はその塾の名をつけるにあたって、於玉ケ池という地名をとり、漢語風に「瑤池塾《ようちじゅく》」と称した。

★111 平成五（一九九三年）千代田小学校に統合。

また、信州《しんしゅう》松代藩の★112佐久間象山《さくましょうざん》（一八一一〜六四）も若いころこの地をえらんで塾をひらいた。「玉池書院」と称した。

さらにいうと、幕末第一等の詩人とされた梁川星巌《やながわせいがん》（一七八九〜一八五八）は、この地で結社「玉池吟社」をおこし、詩壇の中心になった。いずれにしても於玉ケ池という地名にあやかろうとしていた。

が、いまは変った。

軒下駐車のライトバンの横を、つまさき立つようにして歩きながら、あまりの変りようにおどろいた。

こまかく切りきざまれた地所の上にウイスキーの箱のような縦長《たてなが》のビルがひしめき、土一升も営業目的以外には使わないというまちになっている。

空もせまく、電線が網のように張っていて、息ぐるしかった。

ただ、千桜小学校の校庭に立ったときは、かろうじて空がひろかった。

★112 幕末の思想家。朱子学や蘭学《らんがく》を修め、勝海舟《かつかいしゅう》（149ページ注256参照）や吉田松陰《よしだしょういん》（241ページ注330参照）らに砲術・兵学を教えた。開国論を唱えるが、京都で攘夷《じょうい》派に暗殺された。

佐久間象山画像

昌平坂

JR御茶ノ水駅あたりから聖《ひじり》橋をあいだに置いて湯島台をみると、丘を樹木がおおっている。梢《こずえ》がくれに湯島聖堂のいらかがみえるから、★113安藤広重の絵がしのばれぬでもない。

江戸の地形でいうと、本郷台が小さな起伏をくりかえしつつ南にのび、湯島台にいたり、神田川に足もとを削られている。

江戸のむかしは、昌平橋（いまの架橋場所より、やや上流）ひとつが、湯島と神田駿河《するが》台《だい》をむすんでいたが、震災後の昭和三（一九二八）年、聖橋が架橋されて、この二つの台地は最短距離でむすばれた。

江戸・東京は、地名や橋の名のつけ方に洒落《しゃれ》っけがある。北に孔子を祀《まつ》る湯島台があって、南の神田駿河台にはニコライ堂（ロシア正教）がある。そこをむすんでいるから聖橋だという。

★113 あんどう・ひろしげ＝歌川広重。一七九七年～一八五八年没。江戸時代後期の浮世絵師。西洋の画風も取り入れ、叙情的で親しみのある風景画を描く。代表作に『東海道五十三次《つぎ》』『名所江戸百景』など。

御茶ノ水駅近辺

聖橋を北にわたって、湯島台の昌平坂に入ってみた。

江戸時代からのこの坂は、新旧二筋あって、こまかく云々《うんぬん》する煩《はん》を避けるが、いずれにしても昌平という名は、孔子（紀元前五五一～同四七九）がうまれた郷村の名をとったといわれている。魯（いまの山東省）の曲阜《きょくふ》県のなかにある昌平である。

日本にある中国風の地名が、私がおもいつくかぎりでは他に二カ所ある。岐阜である。岐蘇《きそ》川（木曾川）の陽《きた》ということで岐陽と美称されたりしているうちに、稲葉山のことも岐阜とよばれ、やがて織田信長の岐阜占領によってその地名が確定した。北山杉《きたやますぎ》で有名な京都府京北町の周山《しゅうざん》も、明智光秀が中国の周王朝にちなんでつけた。

湯島の聖堂が、江戸末期のある時期まで、幕府の唯一の官学としてさかえたことはいうまでもない。

湯島台に聖堂があったればこそ、神田川をへだてた神田界隈において学塾や書籍商がさかえたのである。

その前に、江戸幕府をおこした徳川家康と学問についてのべておきたい。

家康はいうまでもなく若いころから戦場ですごしたために、学問に凝るようなゆとりはなかった。

豊臣時代におけるかれの同僚の大名たちも、似たようなものであった。たとえば前田

明治初年の昌平橋

湯島台の昌平坂

利家（一五三八～九九）なども、若いころ尾張《おわり》織田家の武士として★114兵馬倥偬《へいばこうそう》の間にすごし、書は読まなかった。

加賀百万石の祖とされる利家についてすこしふれておかねばならない。若いころから秀吉と仲がよく、秀吉が天下のぬしになってから、北陸に★115大封《たいほう》をもらった。さらには秀吉の晩年、家康たちとともに五大老の職についた。

秀吉の晩年、かれは家康や利家、その他の大名を枕頭によんではくりかえし遺児★116秀頼のことをたのんだ。家康とちがって、利家の場合、本気でその付託《ふたく》に応《こた》えるつもりだったが、ただ秀吉死後、利家は、家康に対抗しようとする★117石田三成の徒党に対しては、中立をまもった。

利家は大坂城で秀頼を後見したものの、老衰はなはだしく、関ケ原の前年に死んだ。利家の死とともに、その未亡人が嫡子利長をうながして家康に接近した。そのことで、加賀前田家は安泰を保った。

結果として、利家は倫理的なくるしみを味わわずにすんだ。

かれはじつは、晩年に学問をはじめたのである。明治以前の学問（とくに★118朱子学）は道学《どうがく》とよばれ、近代でいう人文科学のことではない。

さらには利家は漢学を基礎から学んだのではなく、学者をまねいて講義をさせ、それ

★114 戦争のために、慌《あわ》ただしく忙しいこと。

★115 大きな国。広い領土。

★116 豊臣秀頼《とよとみひでより》＝一五九三年～一六一五年没。母は淀殿。関ケ原の合戦ののち六十余万石《ごく》の大名に転落。徳川秀忠《ひでただ》の娘千姫と結婚したが、大坂ノ陣で徳川氏に敗れ、大坂城で自刃した。

★117 いしだ・みつなり＝一五六〇年～一六〇〇年没。安土桃山時代の武将。豊臣秀吉の家臣で太閤《たいこう》検地《けんち》など内政面で活躍し、五奉行《ぶぎょう》の一人となる。秀吉の死後は徳川家康と対立したが、関ケ原の戦いで敗れた。

★118 中国の南宋《なんそう》時代に、朱熹《しゅき》（朱子）という人物がまとめた儒学《じゅがく》の考え。日本には鎌倉時代に伝わり、上下の秩序を重んじる大切さを説いていたことから、江

を聴くというのが、利家のいう学問だった。

多くの場合、★119藤原惺窩《ふじわらせいか》（一五六一〜一六一九）が出講した。

「お前も、学問せにゃいかん」

と、後輩の大名の顔をみるたびに、そういったらしい。おなじ尾張人で、甥《おい》のように可愛がっていた★120加藤清正（一五六二〜一六一一）には、とくにすすめた。

江戸中期に宮川尚古（一六五五〜一七一六）という兵学者がいた。★121若狭小浜《おばま》のうまれで、江戸で兵学を学び、★122筑前《ちくぜん》久留米藩で兵学を講義した。この人が、関ケ原前後の記録や伝承をあつめて『関ケ原軍記大成』四十五巻をあらわした。

そのなかに、加藤清正の回想談があり、利家が晩年、★123『論語』を好み、清正や★124宇喜多《うきた》秀家《ひでいえ》、★125浅野幸長《あさのゆきなが》をまねいて物語りした、という。

「なあ、こんなことばがあるぞ」

と、利家は言い、『論語』の「泰伯篇」のはなしをしてきかせた。そこに、孔子の弟子の曾子《そうし》が門弟に言ったということばがある。

以テ六尺之《りくせきの》孤《こ》ヲ託《たく》スベク、以テ百里之命《めい》ヲ寄《よ》スベク、大節《たいせつ》ニ臨ンデ奪《うば》フベカラズ。

君子《くんし》人《じん》カ、君子人ナリ。


戸時代には幕府が認める学問として保護された。
★119 安土桃山〜江戸時代前期の儒学者。はじめ僧となったが、還俗《げんぞく》して朱子学を究める。徳川家康に進講し、重用された。
★120 かとう・きよまさ＝幼少より豊臣秀吉に仕えるが、秀吉の死後は石田三成らと対立。関ケ原の戦いで東軍につき、肥後国《ひごのくに》（熊本県）を与えられた。
★121 現在の福井県南西部にある地名。
★122 筑後国（福岡県南部）御井《みい》郡久留米に置かれた藩。
★123 中国の春秋時代の思想家・孔子《こうし》とその弟子たちの言行を集めたもの。孔子の弟子の、そのまた弟子によって編纂《へんさん》されたといわれている。孔子の思想を最も確実に伝える文献とされる。
★124 一五七三年〜一六五五年没。安土桃山時代の大名。豊臣秀吉に

この曾子のことばは、孔子が、士がそうあるべき理想的人格としての君子とは何かについて語っている。比喩が、おもしろい。

以テ六尺ノ孤ヲ託スベシ。友人などが死ぬにあたって、その遺児をあずけるに足るような人格をいう。六尺の孤とは、秦《しん》・漢《かん》当時、一尺が約二十三センチだったから、ほんの小さなこどものことで、利家にすれば暗に秀頼のことをさしたのだろう。

百里（当時の一里は約四百メートル）とは、四十キロ四方のことで、そのころの都市国家のサイズのことである。転じて国家をさす。国家の政治をまかせるに足る人こそ君子だという。

大節とは、非常の場合のことをいう。大節ニ臨ンデ奪フベカラズとは、非常の場合でも他者から強要されて志を奪われるということがない。

最後の一句が、古来、名文とされる。

「君子人カ、君子人ナリ」

名文ながら、むかしから解釈はさまざまである。私は古釈とはべつに、「君子、人《ひと》カ、君子、人《ひと》ナリ」と訓んで、君子は本来ただの人かもしれないが、しかし学問によって倫理的に自分をつくりあげてきた。うまれは常人であっても学問によって常人でなくなっている。だからお前たちも励《はげ》め、という意味をふくんでいるとおもっている。

とくに、利家が清正らを訓戒して、

仕え、小田原征伐など数々の戦いで軍功を上げた。五大老に選ばれ、関ケ原の戦いでは西軍に加わる。

前田利家画像

★125 一五七六年～一六一三年没。安土桃山～江戸時代初期の武将。父の浅野長政《ながまさ》とともに豊臣秀吉に仕え、文禄《ぶんろく》・慶長《けいちょう》の役《えき》などに出陣。関ケ原の戦いでは東軍に

「だから学問は大切だ」

といっている以上は、右のひびきがあるとおもいたい。なまの人間から、学問をして、〝以テ六尺ノ孤ヲ託スルニ足ル〟ひとになれ、といっているのである。

『関ケ原軍記大成』のなかでの清正は、つぎのように述懐する。

「利家にそういわれたころは、自分は無学だったからその意味を深く考えることをしなかったが、ちかごろ、あけくれに『論語』を読むようになって、この語（右の曾子のことば）を見て鈍感な人は、不義におちいるにちがいないと思うようになった」

利家や清正のこのことばが、やがてやってくる江戸時代の学問の本質だったと考えていい。武士が武士になるための工夫《くふう》の道こそ江戸期の儒学だったのである。


藤原惺窩は独立自尊のひとであった。

師さえなく、独学でまなび、生涯、他人にも仕えなかった。さらに世の大名という者を軽侮《けいぶ》していた。かれらは暴力でのしあがっただけではないか、というのである。

ただ、豊臣家の諸大名のあいだで、惺窩をまねいてはなしをきくことが、小さな流行になった。

関白豊臣秀次にまねかれ、一度は応じたが、二度は応じなかった。このため危害を加えられそうになり、その難を避けて九州にくだり、朝鮮ノ役《えき》のために肥前《ひぜん》名護屋城にいつき、戦後に紀伊三十七万石《ごく》を与えられた。

加藤清正画像

た豊臣秀吉の行営《こうえい》下に入った。名護屋滞留中、二、三の大名のために講義をした。そのなかに、家康もいた。

やがて家康の世になった。

惺窩にその気があれば家康に仕えることもできたろうが、自負心のつよさや病弱などの理由で、拒む姿勢をとっていた。

べつに、★126林羅山《はやしらざん》（一五八三～一六五七）がいた。京にうまれ、臨済禅の諸寺で儒学をまなび、惺窩と同様、独学者だった。のち惺窩を知ってその門弟になった。惺窩は自分のかわりに羅山を家康に奨《すす》めたといわれている。

家康は学問の必要を認めつつも、とくに林羅山から学ぼうとはせず、むしろ、朝鮮との国交修正のための文書官のようなしごとをさせた。

ただ、家康は、二代秀忠には学ばせ、林羅山を将軍の侍講★127とした。

三代将軍家光になってから、林羅山はおもく用いられるようになった。いまの上野公園の西郷さんの銅像のあたりに屋敷地を拝領し、そこに私塾としての学問所をひらかせてもらった。寛永七（一六三〇）年の冬で、二年後に、尾張徳川家の寄付をえて、聖堂を造営した。

といって、大学頭《だいがくのかみ》を世襲する林《はやし》家の当主は、あくまでも将軍の侍講であって、幕臣を

藤原惺窩画像

★126 江戸初期の儒学者。藤原惺窩に朱子学を学ぶ。慶長十二（一六〇七）年、徳川家康に仕え、以後四代の将軍の侍講を務める。羅山が開いた学問所「先聖殿《せんせいでん》」が「昌平黌《しょうへいこう》」の起源となった。

★127 じこう＝君主に対して学問を講義することや、講義する人。

教育する責任をもたされていたわけではなかった。
徳川家は、その旗本・御家人《ごけにん》[128]の教育については、終始大らかだった。諸藩が藩校をひらいて家臣団の教養を高めつつあったときもその面には無関心であったかのようで、学びたければ林家か、私塾に通《かよ》えというふうだった。

結局、

「昌平黌《しょうへいこう》(正称は昌平坂学問所)」

が、できる。できたのは、関ケ原のあと二百年ちかくもたってからの寛政二(一七九〇)年、十一代将軍家斉《いえなり》[129]のときである。

それ以前、元禄年間(一六八八〜一七〇四)、好学の将軍綱吉(五代)のとき、綱吉は林家に湯島の地六千余坪を下賜してここに孔子廟をたて、大成殿と名づけた。林家は上野忍岡からこの地に移り、家塾を拡大し、学寮を興した。いままで私塾だったのが、半公半私の塾になったといえる。当時、江戸のひとびとは〝湯島の聖堂〟とよんだり、単に〝聖堂〟とよんだりした。

それをまったくの官学に仕立てなおしたのが、前述の寛政二年に建学した昌平坂学問所(昌平黌)なのである。敷地もひろげられて、一万一千六百余坪になった。

★128 将軍家直属の家臣のうち、知行高《ちぎょうだか》が一万石未満《ごく》かつお目見得《めみえ》以下の家格の者をいう。

★129 徳川家斉。一七七三年〜一八四一年没。学問を奨励し、松平定信《さだのぶ》(71ページ注146参照)を登用して寛政の改革(71ページ注148参照)を行わせる。隠居後も大御所《おおごしょ》として政治の実権を握り続けた。

いまも、その結構がある。

幕府財産を明治政府が継いだため、その後もいまも国有地になっている。

江戸風の重厚な練塀が、『江戸名所図会』そのままのたたずまいで廓内《かくない》を大きく区切っており、私などそばを通るたびに一度入ってみたいとおもっていたが、閾《しきい》が高いような気がして果たせなかった。

こんど入ってみた。

仰高《ぎょうこう》門をしばらくながめていて、やがて入り、廓内を歩いていると、まことに偶然なことに、旧知の苅部良吉氏という文部省の人に遭った。

いまは定年になり、二松学舎《にしょうがくしゃ》大学とこの聖堂の★130斯文《しぶん》会のしごとをしているという。

苅部さんは一緒に歩きながら、建物について説明してくれた。

「もとの建物はぜんぶ関東大震災で焼失しました」

いま旧観どおりのたたずまいをみせているのは昭和十年に完成したもので、木造ふうながら、鉄筋コンクリートだという。

さらに歩いて入徳《にゅうとく》門をくぐった。

たかだかとした石段をのぼって杏壇《きょうだん》門に入り、やがて孔子をまつる大成殿の前に出た。

この聖堂とそれに付属する昌平黌こそ、日本の漢学の最高権威であることが、二百年もつづいたのである。

★130 財団法人斯文会。史跡管理団体として湯島聖堂の管理を行っている。

ひきかえして、出発点にもどった。

そこに、財団法人斯文会の建物がある。

「ちょうど、先生方がきていらっしゃいます」

と、苅部さんがなにげなくいったことに、私は驚かされた。昌平黌は文化財として存在しているとおもっていたのに、いまも先生方がおられて、講義がつづいているという。

それが、斯文会のしごとなのである。


林大学頭の学塾（湯島の聖堂）が、官立の昌平黌として改組された早々の教授陣はまことに豪華だった。

讃岐《さぬき》（香川県）出身の柴野《しばの》栗山《りつざん》（一七三六〜一八〇七）、江戸の幕臣出身の岡田《おかだ》寒泉《かんせん》（一七四〇〜一八一六）、伊予《いよ》（愛媛県）川之江《かわのえ》出身の尾藤《びとう》二洲《じしゅう》（一七四七〜一八一三）、肥《ひ》前《ぜん》佐賀出身の古賀《こが》精里《せいり》（一七五〇〜一八一七）だった。

林家では、すでに学問がおとろえていた。このため、★131美濃《みの》岩村藩主松平家から林家に幕命によって養子として入った述斎《じゅつさい》が大学頭として、学長職をつとめた。

当時の建物は、いまよりも多かった。大成殿を中心として学舎があり、また学寮があり、べつに文庫があり、さらには教官の住宅があった。

学生は原則として幕臣の子弟だった。別に諸生寮（書生寮）というのがあり、諸藩の

湯島聖堂

★131 美濃国恵那《えな》郡岩村（現在の岐阜県恵那市岩村町）に置かれた藩。

者や浪人などを入学させた。俊才の多くはここから出た。

昌平黌については、資料がすくなくない。

たとえば、幕末の昌平坂学問所において勤番組頭というい わば事務局員だった石丸三亭という人が、明治二十四（一八九一）年、旧東京帝大史談会に出て、語っているのである（『旧事諮問録』青蛙房刊）。

それによると、試験は五年に一回おこなわれ、それが卒業試験だった。修業年限はなかった。「五年でも十年でもおります」というぐあいだった。幾年いても、幕臣には月謝はなかった。

当時すでに公開講座も併設されていたらしく、町の者も受講した。

いまは、斯文会がそれにあたる。

苅部さんがくれた「斯文会公開講座」というパンフレットによると、諸大学から出講しておられる顔ぶれはみごとなものである。塩谷桓教授、山崎道夫教授、それに鎌田正教授が『論語』を講義しておられる。

史学は、石川梅次郎教授が★132『日本外史』で、こんにち『日本外史』の講義など、他では聴けないかもしれない。

内山知也教授が★133『十八史略』で、加藤道理教授が★134『古文真宝』、水沢利忠教授が★135『史

★132 江戸時代後期に完成した武家の歴史書。著者は詩人の頼山陽《らいきんよう》。源平二氏から徳川氏までの武家十三氏の盛衰の歴史が記されており、全二十二巻から成る。

★133 中国の歴史読本。『史記』から『新五代史』までの十七正史に、宋《そう》の歴史を記した『宋史』の記事を加えて編纂された入門書。

★134 先秦《せんしん》以後宋までの詩文の選集。全二十巻から成り、前集十巻は古詩、後集十巻は古文の模範とするものを集めたもの。

★135 中国最初の通史。前漢時代の歴史家・司馬遷《しばせん》によって書かれ、全百三十巻から成る。古代の伝説上の帝王黄帝《こうてい》から、前漢の武帝に至るまでの、二千数百年にわたる通史となっている。

★136 中国、春秋時代の歴史書『春秋』の注釈書。全三十巻。作者

記』、江頭広教授が★136『春秋左氏伝』である。原田種成教授が★137『説文《せつもん》』というのがよく、漢字のなりたちがよくわかるに相違ない。

日本人の好きな唐詩などについては、石川忠久教授がうけもっておられる。また、昌平黌当時は、儒学の府であるために講じられなかった★138『老子』★139『荘子』についても、楠山春樹教授が出講されている。

さらには、漢文訓読という、日本文章の故郷のような分野については録田勲氏が『漢文入門』をうけもっておられる。小学生が受講すれば生涯のトクになるのではないか。

寒泉《かんせん》と八郎

まだ湯島の聖堂にいる。

神田御茶ノ水駅からいえば聖《ひじり》橋のむこうの丘上六千坪ほどの域《いき》内が、江戸時代、日本における学問（とくに朱子学）の牙城であったことは、すでにのべた。単に聖堂ともよばれた。あるいは昌平黌《しょうへいこう》、昌平坂学問所などともいう。

は同時代の学者である左丘明《さきゅうめい》といわれている。

★137 『説文解字《せつもんかいじ》』とも。中国最古の部首別字書で、中国文字学の基本的古典。全十五巻。漢字九千余字を五百四十の部に分類し、六書の説により字形の成り立ちを説明している。

★138 ろうし＝中国の春秋戦国時代の思想家、老子の著書とされる道家の経典。

★139 そうじ＝中国の戦国時代の思想家、荘子《そうし》による著書。人間社会の尺度にとらわれず、自然にまかせて自由に生きよと説いた。老子の思想とあわせて老荘思想といい、その学派が道家である。

もとは幕府の大学頭《だいがくのかみ》林家《はやしけ》の私塾であったのが、やがて幕府の官設の学問所になった。官設になった早々の教授陣の豪華さについてもふれた。柴野《しばの》栗山《りつざん》、岡田《おかだ》寒泉《かんせん》、尾《び》藤二《とうじ》洲《しゅう》である。

「寛政の三博士」

などと当時のひとびとからよばれたが、のち岡田寒泉が教授陣からぬけて、古賀《こが》精里《せいり》が教授として入った。そのあとは〝三博士〟に寒泉の名がない。

寒泉とは、どういうひとだったのだろう。

まず知名度がひくい。その理由は著作がすくなかったこともあり、また他の役職についたため、門人の数がすくなかったこともあるかもしれない。

右の四人のうち、寒泉以外は、いわば在野出身であった。

寒泉のみが、幕臣の出だった。さらにいうと、柴野と尾藤が四国、古賀が九州であるのに対し、寒泉だけが江戸の出ということになる。

当時、江戸の出で学者になるひとはすくなかった。幕末においてさえそうで、幕臣の家にうまれた勝海舟がわかいころ、蘭学に志したとき、蘭学塾の先生から、

「きみは江戸の人だ、蘭学などとてもやれない」

聖堂講釈図・寺子屋図

と、ことわられたという。粋《いき》とか洒落《しゃれ》とかがわかっても、蘭学という刻苦勉励★140を必要とする方面にむかない、というのである。

岡田寒泉の存在はめずらしいといわねばならない。


寒泉の生没は一七四〇～一八一六である。

その父岡田善富は西丸御書院番《にしのまるごしょいんばん》★141千二百石で、その役は高等官の部類に入る。

ただ寒泉は岡田家の次男だった。次、三男は、他家に養子にゆかないかぎり、生涯の生計をもつことができなかった。

寒泉が、儒学だけでなく医学もまなび、はなはだ治療に通じていたというのは、次男の身としての世すぎの仕方だったのだろう。

かれが幕府から官職（昌平黌教授）をもらうのは、ようやく五十歳になってからである。それまでは禄はなく、患者を診《み》、医術の塾をひらき、その収入で余暇に研学していた。いわば、当主の兄からみれば〝厄介《やっかい》〟の境涯だった。

ともかくも寛政元（一七八九）年、官に召し出されて、柴野栗山とともに将軍家斉《いえなり》に拝謁し、書を講じた。

屋敷も拝領した。牛込揚場《うしごめあげば》河岸（いまは新宿区）のあたりで、神田川をはさんで神田界隈とむかいあっていた。いまJR飯田橋駅のあたりがそうで、当時は神田川をゆきき

★140 こっくべんれい＝非常に苦労して勉学にはげむこと。
★141 江戸城諸門の警衛や諸儀式の席の周旋《しゅうせん》、将軍出行に付き従う者。

する荷《に》揚場《あげば》だった。ただし、武家地が多かった。

同僚の柴野栗山（一七三六～一八〇七）は讃岐《さぬき》（香川県）の農民身分から身をおこし、江戸に出て林家時代の昌平黌にまなび、貧窮のうちに研学した。のち京で国学をまなび、三十をすぎて阿波《あわ》蜂須賀家に仕官して★142藩儒になった。

幕府はその境涯から召して★143儒官とした。栗山は戦闘的な朱子学者で、

「異学は、これを排除せねばならない」

というのが口ぐせだった。当時、江戸の学問は、一種の人文科学的な思考と方法をとる★144荻生徂徠《おぎゅうそらい》（一六六六～一七二八）の古文辞学派が勢力をもち、幕府の正学である朱子学派はふるわなかった。

朱子学というのは聖人崇拝という点で宗教性を帯び、また正義意識がつよく、道《みち》という鋭鋒を頂点として体系化されている。多分に倫理的な体系をもつために、道学《どうがく》ともよばれていた。話がとぶが、明治の欧化的な知識人が、★145固陋な朱子学者たちの考え方のことを、

「道学者流」

としてきらったあの道学である。

ともかくは、柴野栗山は、

★142 藩主に仕えた儒学者《じゆがくしや》。

★143 儒学を教授する者。

★144 江戸時代中期の儒学者。初め朱子学を学んだが、のち古典主義に立って政治と文芸を重んずる儒学を説く。柳沢吉保《やなぎさわよしやす》、徳川吉《よし》宗《むね》に重用された。

★145 ころう＝古い習慣や考えに固執して、新しいものを好まないこと。

「異《い》ヲ排シ、道ヲ衛《まも》ル」

と、口ぐせにいっていた。この場合の異《い》とは主として荻生徂徠派の学問をさし、道とは朱子学のことをいう。

朱子学の本山である大学頭林家は時代がくだるとともに人を得なくなり、一時は〝湯島聖堂廃止論〟まで出た。

その朱子学を再興させた政治家は、奥州白河《おうしゅうしらかわ》藩主★146松平定信（一七五八～一八二九）であった。定信は★147田沼意次《たぬまおきつぐ》時代のあとに老中筆頭になり、幕政改革にのりだした。いわゆる★148寛政の改革である。

定信は、稀代の読書家であった。

ただ極端な保守家で、その財政論といえば緊縮一点ばりであった。

商業資本をにくみ、重農主義をとった。農を主とするかぎり、つづまるところ、貨幣に依存すべきではないということになる。商品《もの》を買うな、ということになり、当然ながら奢侈品《しゃしひん》は売るも買うも、これを禁じた。

はじめのうちこそ、定信による世直しが期待されたが、やがてひとびとは悲鳴をあげた。まれに公然と批判する者もいたが、主として狂歌や落首、小説などをもって風刺した。

★146 まつだいら・さだのぶ＝江戸時代後期の大名。のちに老中《ろうじゅう》となり、乱れた幕政を立て直すため寛政の改革を行う。

★147 一七一九年～一七八八年没。江戸時代中期の幕臣。積極的な経済政策を行い、「田沼時代」と呼ばれる時代を築くが、賄賂《わいろ》が横行するなど政治の乱れも見られた。

★148 倹約令が出され、飢饉《ききん》に備えた米の貯蔵の推奨や借金を帳消しにする棄捐令《きえんれい》などが行われた。また学問も統制され、朱子学以外は異学とされた。

「万代《よろづよ》もかかる厳《きび》しき御代《みよ》ならば長生きしても楽しみはなし」

こんな世ならもう生きたくはない、という当時の狂歌である。この歌は、ご政道は生きるよろこびをあたえないという。

しかし定信にすれば、生きるよろこびの定義がちがっているのである。定信は、こう考えている。みな農民の心にもどって、かつての農民がそうであったように身を粉にして働け、あるいは農民のように質素に暮らせ、そのようにして世を送ることこそよろこびであるべきであって、古来、人間はそのようにして世を送ってきたのである。いまの士民はみな都市的贅沢に馴れ、奢侈がよろこびだと思っている、大いにまちがっている、という。定信もまた戦闘的な朱子学の徒だったといっていい。

朱子学といえば、その衰えもまた定信の憂憤[★149]のひとつだった。

なにしろ徂徠学派[★150]は聖人を尊ぶ以前に、聖人がのこした古典の文辞をせんさくする。その態度は商人が秤《はかり》で物をはかるように、正確さを大切にする。

朱子学派なら、

「物事は、そうあるべきだ」

という。徂徠派はそれを空理空論だとし、また偽学よばわりする。

当然ながらこの当時の朱子学者たちは感情的になっていた。

★149 ゆうふん＝うれいて、いきどおること。

★150 そらいがく＝江戸時代前期～中期の儒者、荻生徂徠が提唱。古文辞学を支持する儒教古学の一派。

尾藤二洲（一七四七〜一八一三）などは昌平黌教授になる二十年ほど前の安永元（一七七二）年から幕府は異学を禁止すべきであると叫んでいたし、その仲間の頼春水、西山拙斎などは柴野栗山をうごかし、まだ一大名であったころの松平定信を説得させた。定信が老中に就任（一七八七）するや、ほどなく、

「寛政異学の禁」

を断行したのは、栗山らの運動による。この異学の禁が、その後の学問・思想の発展を大いに阻《はば》んだことはいうまでもない。

しかしながら窒息状態におちいっていた朱子学はこの禁令で大いに復活した。その一大根拠地が、昌平黌であった。

岡田寒泉についてのべねばならない。

おなじ朱子学者でも、同僚の柴野栗山はその性格があかるく、どの座でもよく談笑し、後輩に対してもよくひきたてた。

しかし寒泉は地味で、ときに一見、見劣りするかのようであったろう。

寒泉が昌平黌教授に抜擢されたのは、ひょっとすると幕府の特別な意向によるものだったかもしれない。

昌平黌を官学にするについて、幕臣出身の学者が入っていないというのは、幕閣にと

松平定信画像

って心もとなく、そのゆえに寒泉がえらばれたという見方もなりたつ。

寒泉はあるいは学問において柴野・尾藤・古賀に見劣りするかもしれなかったが、真の儒者という点では、その三人よりもはるかに偉大だったとおもいたい。

じつはかれには政治的治績がある。

儒学の目的は、修身斉家治国平天下《しゅうしんせいかちこくへいてんか》であるとされる。身ヲ修メ家ヲ斉《ととの》エルという点では、個人の身のつつしみになるが、しかし、国ヲ治《おさ》メ天下ヲ平ラカニス、ということになると、政治の分野に入り、治者《ちしゃ》の哲学であるといえる。

理由はわからないが、寒泉は昌平黌教授であること、五年にすぎなかった。そのあと、五十半ばというとしで常陸国《ひたちのくに》（茨城県）の代官の任命をうけるのである。

かれは、おそらくおどろいたろう。儒者でもあり、その家もまた御書院番だから、地方長官という職からほど遠い。また天領（幕府直轄領）の代官としてゆくのは主として勘定所《かんじょうしょ》（明治維新早々の大蔵省にあたる）の役人なのである。

くりかえすが、この間の事情に私は通じない。

寒泉のあとに、佐賀藩（鍋島家）の儒者だった古賀精里が抜擢されて入る。精里は程《てい》朱《しゅ》（朱子）を神のようにあがめるほどに戦闘的な朱子学者であった。

柴野栗山なども、こと話が道《みち》のこととなると、声までが激し、朗々と論じて相手を屈服させる。寒泉には、柴野・尾藤・古賀のような戦闘性が欠けていたのかもしれない。

「朱子学の回復には気魄が要る。寒泉ではどうにもならぬ」

と、ひょっとすると、ささやかれていたのではあるまいか。

寒泉は、常陸に赴任した。

常陸には、五万余石の天領がある。郡の数にして七郡、村の数にして百八十二カ村である。

五万石がもし大名なら千人以上の家臣を擁するが、天領は効率がよく、代官一人が配下十余人で治める。

寒泉は代官職にあること十数年、みごとな民政をほどこし、領民から父母のように慕われたというのである。

「生祠《せいし》」

まで建てられたという。生祠とは生きて神にまつられることである。生祠の跡が、鬼《き》怒《ぬ》川《がわ》沿いの水海道《みつかいどう》市の南の★151谷和原《やわら》村にあり、ほかにも数カ所のこっているというが、私はそれらの跡をたずねてみたいとおもっている。

ともかくも寒泉は儒学を実践したのである。

その七十七年の生涯が春の海のようにおだやかなものであったことも、儒者らしくて

★151 現在の茨城《いばらき》県つくばみらい市の一部。

いい。

まだ代官在職中の六十八歳のときに、

「布衣《ほい》」

に列せられた。ナントカノ守《かみ》という爵位《しゃくい》の一つ手前の身分である。下からあがった旗本としては最高の礼遇をうけたことになる。

七十三歳で代官職を辞すると、★152寄合《よりあい》という職があたえられた。三千石相当の栄誉であった。

領民から慕われ、幕府からも酬《むく》いられたというのは、いかにも儒教における理想的生き方といえる。

域内を歩きながら、

「助勤《じょきん》」

ということばをおもいだした。

まことに唐突だが、助勤とは、幕末の京における新選組の組織上の用語のひとつなのである。昌平黌のなかで新選組をおもいだすなど穏当でないが、わけがある。

新選組は、組織としては、前例のないしくみになっていた。

その概要についていうと、★153会津藩主★154松平容保《まつだいらかたもり》が藩兵をひきいて京都守護職という職に

★152 三千石以上の旗本で、無役の者のこと。

★153 陸奥国《むつのくに》会津郡を中心に置かれた藩。

ついたことがはじまりである。むろん幕命による。幕府から京の治安維持をせよ、と命ぜられた。治安維持機関といっていい。

新選組は、本来、浪士結社で、治安維持についてはなんの法的権能ももっていなかった。

かれらは京における会津藩の要人と話しあい、京都守護職がもつ権限の一部を新選組が代行することにしたのである。「会津中将支配新選組」というのがその法的立場上の呼称で、いわば請負《うけおい》といってよく、いまでいうと、国家機関の代行をする財団法人のようなものを想像すればよい。

組織の長は、いうまでもなく★155近藤勇《こんどういさみ》であった。

近藤は、組織上、超然たる存在だった。副長である★156土方歳三《ひじかたとしぞう》ひとりが近藤を補佐する。その副長土方の下に、戦闘組織がある。土方の幕僚《スタッフ》は何人もいて、その職名を、

「助勤」

とよんでいたのである。助勤は土方に対しては幕僚ながら、それぞれ配下の隊士を指揮し、剣戟《けんげき》争闘の修羅場《しゅらば》にのぞむ。

この機械のように巧妙な組織はおそらく土方が考えだしたものかとおもえるが、そのきめては、助勤という職であった。戦闘上の指揮権は助勤がもつが、戦略上の指導権は諸隊の上にある土方がもつ。土方の指導権の根源は近藤にあるというぐあいになってい

★154 一八三五年～一八九三年没。江戸時代末期の大名。京都守護職に任命され、公武合体を推進する。会津戦争では佐幕派列藩同盟の中心として新政府軍に抗戦するも、敗北した。

★155 一八三四年～一八六八年没。尊攘《そんじょう》派志士弾圧の先鋒《せんぽう》として幕末の京都で活躍。鳥羽《とば》・伏見《ふしみ》の戦いで官軍に破れ、斬首《ざんしゅ》された。

★156 一八三五年～一八六九年没。新政府軍と旧幕府軍都が戦った戊辰戦争（253ページ注340参照）が始まると各地を転戦し、箱館五《はこだてご》稜郭《りょうかく》で戦死した。

る。

私は、以前、新選組における〝副長助勤〟ということばの来歴について調べあぐねていたことがある。助勤は、国語辞典にも漢和辞典にもなかった。

結局、幕末の天誅組《てんちゅうぐみ》★157の総裁のひとりだった松本奎堂《まつもとけいどう》（一八三一～六三）の資料で知った。奎堂は三河《みかわ》刈谷の人で、藩から推されて昌平黌に入り、舎長になった。

舎長の下に、助勤がいる。助勤が昌平黌のみに存在した内規上の用語だったことを知った。

幕臣の子弟は寄宿寮に入る。

しかし松本奎堂のような陪臣《ばいしん》（諸藩の士）は、書生寮に入る。

書生寮はみごとな自治制で、書生たちのあいだで〝役掛《やくがか》り〟がきめられるのである。

舎長は自治会会長とおもってよく、その舎長を補佐する者として、「助勤」二人がいたのである。

『旧事諮問録』（青蛙房刊）の石丸三亭の遺談（明治二十四年十一月）によると、自治制とはいえ、お扶持《ふち》★158が出たという。舎長は五人扶持、助勤は三人扶持であった。

出羽《でわ》の人清河八郎（一八三〇～六三）は、安政元（一八五四）年、昌平黌に入り、ほんの一時期ながら、書生寮にいた。

★157 幕末に志士たちによって構成された尊王攘夷派の武装集団。

★158 武家の主君が家臣に与えた給与のこと。江戸時代は、玄米五合を一人分の一日扶持とし、これを基準にして一年間に必要な米

「助勤」という用語が新選組に流入したのは、この清河を経たのではないか。清河が、新選組の前身の新徴組の組織者のひとりだったことをおもえば、この連想はほぼまちがいはなさそうである。

松本奎堂は昌平黌を出たあと、名古屋で塾をひらいていたが、

「文章詠歌は畢竟是《ひつきようこれ》泰平の余技のみ」

と、書をすてて風雲に投じ、大和の鷲家口《わしかぐち》★159で幕軍にかこまれ、闘死した。清河八郎は江戸麻布一ノ橋で、幕吏のために殺された。

ちなみに岡田寒泉の生涯は泰平のめでたさというべきものだった。七十四歳、老齢を理由に致仕し、妻女をすでにうしなっていたのか、横山町の長男真澄（国学者）にひきとられ、二年あまり老を養って死んだ。

漱石と神田

江戸時代、むろん明治時代もそうだったし、いまなお神田には学校や学塾が多い。世

や金が支払われていた。

★159 現在の奈良県吉野郡東吉野村の地名。

界に類がないのではないか。

江戸時代、当時の最高学府として湯島に昌平黌《しょうへいこう》（昌平坂学問所）があったことはさきにのべた。

ペリー来航以後、幕府は講武所を神田三崎町《みさきちょう》や神田小川町《おがわまち》につくって、旗本・御家人《ごけにん》の子弟に剣術や槍術を学ばせた。

講武所に通う若侍たちは結髪までがちがっていて、たっぷりした★160大髻《おおたぶさ》に、★161月代《さかやき》はわざと狭くし、

「講武所風《ふう》」

といわれて、いかにもりりしかった。

若い女たちにも人気があった。講武所の若侍たちが三崎町あたりの居酒屋で飲んでいると、「いかがですか」などと、近所の遊芸のおっしょさんが三味線をひいてくれたりした。

それが度《たび》かさなっておおぜいになり、やがて芸者になって、講武所芸者とよばれるようになった。

幕末、さらに二つの官立学校ができた。

ひとつは、のちに明治になって東京大学になる洋学機関の開成所である。

★160 男子の結髪（髪形）で、頭の上で束ねる髻が普通より大きいもの。

★161 前額から頭の中央にかけての頭髪を半月形に丸く剃《そ》った髪形。

安政四（一八五七）年開校以来、名称が、よく変った。神田小川町に設けられた当初は蕃書調所《ばんしよしらべしよ》で、五年後に神田一ツ橋門外に移って洋書調所になり、やがて開成所になった。明治早々は開成学校とよばれた時期もある。

ここで教授される外国語は、最初は伝統どおりオランダ語だけだったが、ほどなく英、仏、独語科が設けられた。科学技術の翻訳と教育が主で、翻訳局が大いに活躍し、末期には西洋文化総合研究所といっていいほどに充実した。

このほかの官立学校としては、安政五年、神田於玉ケ池《おたまがいけ》に設けられた種痘所★162が発展して文久元（一八六一）年、西洋医学所になり、翌々年に改称して医学所、維新後、開成所とともに新政府に移管され、やがて東京大学になる。

それらがいずれも狭い神田の地から興った。

維新後、私塾が神田にむらがりおこったのも、壮観というほかない。

明治五（一八七二）年という早い時期、東京府が調査した「開学明細調《かいがくめいさいしらべ》」によると、神田だけで六十もの私塾があった。

ほとんどが漢学塾だが、外国語の塾もあり、神田雉子《きじ》町の芳英社ではアメリカ婦人が英学を教え、淡路町の致遠学舎では石橋登という人がドイツ学を教え、駿河台北甲賀町の駿台学舎では、小堀清という人が、英語とドイツ語をおしえていた。

★162 天然痘《てんねんとう》という伝染力がきわめて強い病気を予防するための施設。免疫をつくるための牛痘の摂取のほか、西洋の医療技術の講習も行われ、のちに幕府の西洋医学所となった。

漢学塾も、内容は旧来どおりながら、看板だけは、

「支那学」

と称した。当時の中国の国名は清《シン》だが、これは一つの王朝名で、汎称がなければならない。〝支那〟という汎称が世間にひろがるのは文明開化が鼓吹された維新後のことで、当時の語感ではじつにハイカラだった。

さて、以下、慶応三（一八六七）年、江戸牛込馬場下横町にうまれた夏目漱石★163の履歴に即《そく》してふれてゆきたい。

牛込馬場下横町は、明治二年以来、喜久井《きくい》町（新宿区）になっている。

町名の喜久井は、江戸時代、このあたりの町名主《まちなぬし》だった夏目家の家紋からとられたという。夏目家の家が、「井桁《いげた》に菊」だから喜久井というわけで、品のいい頓智といっていい。

漱石は、その家の末子にうまれ、生後まもなく母乳をもらうために里子《さとご》に出されたり、養子にやられたりしたが、十歳で生家に帰り、市谷《いちがや》柳町の市ケ谷小学校に入った。明治十一年、十二歳で卒業しながら、同年、入念なことに別の小学校に入り、卒業しているのである。旗本屋敷の多かった市谷あたりは瓦解後、人口過疎になり、小学校も充実していなかったらしい。

★163 なつめ・そうせき＝一八六七年～一九一六年没。明治～大正時代の小説家、英文学家。イギリス留学から帰国後、朝日新聞の専属作家となる。作品内で様々な問題を追究し、日本近代文学の巨匠となった。代表作に『吾輩《わがはい》は猫である』（87ページ注170参照）『こゝろ』『三四郎』など。

夏目家の家紋。井桁に菊

以後、漱石と神田との縁がふかくなる。再入学した学校というのは、神田猿楽町《さるがくちょう》の錦《きん》★164華《か》小学校だった。

そのころ、東京市内では有数のいい小学校だった。

「いまもそうです」

と、神田神保町《じんぼうちょう》の古書籍商「高山本店《ほんてん》」の高山富三男《たかやまふみお》氏が、そのように教えてくれた。

高山さんは私と同年で、入魂《じっこん》して三十年になる。

「越境してくる人もいるそうです」

漱石も、牛込からのいわば越境組だった。

高山さんの懇意のひとたちと近所の吉野鮨の二階で酒をのんだとき、同席のデザイナー秋山多津雄氏（一九一六年うまれ）が、「私は神田美土代町《みとしろちょう》のうまれですから、錦華の区域じゃありません。しかし錦華に入りたくて、母親につれられて錦華の校長室まで行ってたのんだんです。うまくゆかなくて、子供ごころになさけなくて、母親のうしろで泣いたりしまして……」といわれた。

去年（一九九〇）満八十六歳で亡くなった作家の★165永井龍男《ながいたつお》氏は、神田猿楽町一丁目二番地にうまれた。

錦華の区域だから当然ながら明治四十四（一九一一）年、この小学校に入学した。そのあと、神田一ツ橋にあった高等小学校に二年通い、十二歳で出て、以後、独学でみず

★164 現在は小川小学校、西神田小学校の二校と統合されて、千代田区立お茶の水小学校になっている（9ページ地図参照）。

永井龍男氏

★165 一九〇四年～一九九〇年没。小説家。人情の機微に触れた作風で知られる。昭和五十六（一九八一）年、文化勲章受章。代表作に『朝霧』『コチャバンバ行き』『秋』など。

からをつくった人である。

永井さんが、ご自分の幼少時代をかさねて書いた★166『石版東京図絵《せきばんとうきょうずえ》』には、小学生の喧嘩が出てくる。それによると、錦華の子供にはべつに優越意識はなかったようで、むしろとなりの★167小川小学校に共感をもっていたようである。こんな会話が出てくる。

「小川の三年生なんかに、石ぶつけたことなんか、ないよなあ。暁星や精華の奴なら、やっちゃうけどさ」

暁星や精華という私立学校は漱石のころにはなかった。永井さんのころには、右の作品によると、「りっぱな制服に靴をはき、制帽には暁星は金モールを巻き、精華は赤い毛糸の房をつけて、町中の小学生とはちがうことを一目でわかるようにしてあった。それだけに、町中の子供たちの反感も強かった」という。

漱石に話をもどす。

『新潮日本文学アルバム』の年表によると、明治十一年十月に錦華小学校を出たあと、東京府立第一中学（のちの日比谷高校）に入学し、二年ほどで中退した。そのあと漢文に転向して、二松学舎という私立の塾に入ったのである。

二松学舎は、三島中洲《みしまちゅうしゅう》（一八三〇〜一九一九）が興した。三島は備中《びっちゅう》（岡山県）の出身で、江戸に出て湯島の昌平黌にまなび、維新後、新政府につかえて大審院判事などをつ

★166 昭和四十二（一九六七）年に「毎日新聞」に連載された長編小説。明治末から大正にかけての東京下町の生活や風俗が描かれている。

★167 現在の小川広場（9ページ地図参照）。

錦華小学校（現お茶の水小学校）に残る漱石の碑

とめたが、明治十年、官をやめて麴町一番町の自宅で漢学塾をひらいた。庭に二本の松の木があったところから、そういう名称をつけた。いまの二松学舎大学である。

漱石は年少のころから漢文がすきで、とくにかれの詩文においては明治のおおかたの漢学者よりぬきん出ている。その素養は二松学舎でやしなわれたかとおもえるが、ただし在校期間はみじかく、十四歳から二年あまりだったにすぎない。

ついで、英語を学ぶために、ふたたび神田にもどってきて、駿河台《するがだい》にあった英語塾成立学舎に入塾した。まことにボロ校舎で、漱石の『私の経過した学生時代』によると、「随分不潔な、殺風景極まる」校舎で、窓には戸がなく、冬は吹きさらしだったという。教師も名のある人物ではなく、大学生のアルバイトが多かったらしい。

一年ほどでスウィントンの『万国史』を読みこなすほどの学力を身につけ、十八歳（明治十七年）の九月、神田一ツ橋にあった大学予備門（のち第一高等学校）に合格した。漱石は、神田猿楽町の下宿から通学した。

大学予備門では生涯の友人になる正岡子規★168を知る。

子規は漱石と同年で、伊予《いよ》松山の貧乏士族の子だった。

明治十六年、松山中学を四年で中退し、叔父をたよって上京し、神田淡路町二丁目にあった共立学校に入学した。大学予備門に入るためには子規は英語の学力が不足してい

★168 まさおか・しき＝一八六七年～一九〇二年没。俳人・歌人。新聞「日本」、俳誌「ホトトギス」によって写生による新しい俳句を指導。近代文学史上に大きな足跡を残した（145ページに自画像を掲載）。

たからだが、このあたり、神田駿河台の成立学舎で学んだ漱石と事情が似ている。

神田には、共立学校のほかに〝共立〟という二字を冠する学校がいくつかあった。たとえば、明治十九年、神田錦町二丁目にできた共立女子職業学校（いまの共立女子大）も、そうである。

私見では、共立とは、英国の私立学校パブリック・スクールの public の対訳であるかのようで、いわば、仲間立《なかまりつ》といってよく、同志相寄《あいよ》って建てた、ということらしい。子規が学んだ共立学校は、★169高橋是清《たかはしこれきよ》（一八五四～一九三六）らが仲間と語らってたてたものである。

高橋は仙台藩の江戸屋敷の足軽の子で、幕末に渡米し、帰国後、大学南校（旧幕の開成所の後身）で学んだり、一時期、遊蕩にあけくれたりした。

日本近代史上、もっとも有能な大蔵大臣になるこの人物が、子規が上京してきたころは右の予備校の英語の先生をしていたというのが、おもしろい。

『高橋是清自伝』（中公文庫）によると、古い空家を買い、二階が寄宿舎で、下が教室だったという。高橋は、いう。

開校してみると、意外に志望者が多くて成績が良好である。しかも予備門の入学試

★169 政治家。日銀総裁を経て、蔵相などを歴任。大正十（一九二一）年に首相に、その後、昭和初期にも再三蔵相を務める。二・二六事件で暗殺された。

験の結果、共立学校出身者が、一番及第率が多かったというので、学校の評判は一層よくなった。

その後、共立学校は正規の中学校になり、大正十（一九二二）年、神田から日暮里《にっぽり》に移転した。いまの開成高校である。

漱石は二十七歳で大学院にすすみ、二十九歳のとき、子規の母校の松山中学校に英語教師として赴任した。このときの経験が、のちに中編小説『坊っちゃん』の背景になる。その後、五高教授、英国留学、一高（大学予備門の後身）、東大文科講師などを経る。その末期に小説家としての第一作★170『吾輩は猫である』を雑誌「ホトトギス」に発表し、ついで『坊っちゃん』を書いた。

親譲《おやゆず》りの無鉄砲で小供《こども》の時から損ばかりして居る。

という軽快な調子ではじまるこの小説は、「おれ」が自分の〝無鉄砲〟を語る一人称小説で、落語の話し方《スタイル》にちかい。

ついでながら、漱石全集に「談話」という章があって、漱石は落語のことを、落語《はなし》と

★170 中学教師・苦沙弥《くしゃみ》先生の飼い猫の目を通して、近代文明の中の人間を風刺した。

『吾輩は猫である』の初版本（岩波書店蔵）

よんでいる。「落語《はなし》はすきで、よく牛込の肴町の和良店《わらだな》へ聞きにでかけたもんだ」とある。

『坊っちゃん』では、母が死に、ついで父がなくなったあと、「おれ」は私立の中学校を卒業する。遺産を整理した兄が、六百円くれて、これで商売をするなり学資にするなりしろ、というわけで、学校に入ることにした。「おれ」は、言う。


……幸い物理学校の前を通り掛ったら生徒募集の広告が出て居たから、何も縁《えん》だと思って規則書をもらってすぐ入学の手続をして仕舞《しま》った。今考えると是《これ》も親譲りの無鉄砲から起《おこ》った失策《しっさく》だ。


漱石は学生時代、神田猿楽町に下宿していたから、当時、神田小川町の仏文会の校舎に借り住まいしていた東京物理学校の様子をよく知っていたのだろう。

神田にひしめいていた私塾がほとんど文科系だったのに対し、物理学校はめずらしかった。

この学校も、〝共立〟である。その後身である東京理科大学（神楽坂《かぐらざか》）編の『百年史』所載の古い回想録によると〝共和的組織〟ということばがつかわれている。

東京大学理学部が後援し、同学出身の若い理学士二十一人が、それぞれ官職につきながら、創立委員になり、手弁当で教授した。昼間はかれらは勤務があるため、学校は当然、夜間の授業になった。

それに、物理学の学校には高価な実験用具や器械類が必要で、それらは当時の日本には東京大学にしかなかった。同学の圧倒的な後援によって、器械類が一ツ橋の大学から夕方になると東京物理学校に運ばれたという。夜ごと、これがくりかえされた。

学生は無試験で入学させ、試験ごとに不出来な者を退学させた。開校は明治十四（一八八一）年だが、初期には、卒業生は一人のときもあった。

一九二三年うまれの私などが記憶している時代でもそのやり方だったようで、どの中学校でも、物理学校出の先生といえば、そういう意味で尊敬されていた。

福井県武生《たけふ》市出身で横浜に隠棲する高木一夫氏も、この名誉ある学校の卒業生である。高木さんは明治四十四年うまれで昭和八（一九三三）年に入学した。作家の太田治子《おおたはるこ》★171さんの舅《しゅうと》にあたられるという縁をたよって当時のことをうかがうと、学年を進級するごとに試験があり、一課目でも四十点以下があると、容赦なく落第だった。

高木さんの年次には千数百人が入学し、二年進級のときに百数十人に減り、ぶじ卒業できたのは四十数人だったという。

『坊っちゃん』の主人公は、のんきそうにみえて秀才だし、篤実な勉強家だったとみえる。

★171 一九四七年〜。小説家。太宰治《だざいおさむ》と太田静子の娘。高校二年生のときに手記「十七歳のノート」を発表。亡母を追想した小説『心映えの記』で坪田譲治《つぼたじょうじ》文学賞受賞。

医学校

明治初年といえば、新国家がうまれてほどもない。

教育についても、混沌《こんとん》としていた。

神田一ツ橋に大学ができ、大学予備門もできたものの、いずれも一つきりで、またそこに入るために必要な中学校の数もすくなく、さらには、その下の小学校の数や内容も同様だった。

明治の神田と学校ということを考える上で、夏目漱石の履歴を借用したように、女医吉岡弥生《よしおかやよい》（一八七一～一九五九）に即《そく》してながめたい。

彼女は漱石より四つ下で、『吉岡弥生伝』によると、彼女は明治四年、遠州《えんしゅう》（静岡県）の（上《かみ》）土方村《ひじかたむら》という片田舎の医者の家にうまれた。掛川から二つ三つ峠をこえた「山間の寒村」だという。彼女の就学期よりすこし前には村に小学校がなく、江戸時代以来の寺子屋《てらこや》が二つ三つあるきりだった。

明治政府が全国の町村に小学校をつくらせるべく公布したのは明治五（一八七二）年で、従来の寺子屋などを再編することによって、わずか数年のあいだに二万六千余という小学校ができた。秀吉の一夜城《いちやじょう》★172のようなものである。

土方村にも、寺を借りて、先生が一人きりの小学校ができた。吉岡弥生は、明治九年、六歳で就学した。この時代の小学校は、八年制だった。

吉岡弥生の小学校（嶺向《みねむかい》小学校）には唱歌と体操がなく、習字はいきなり漢字で、『千字文《せんじもん》』★173を書かされ、学課は漢文が中心だった。地理や歴史も教えられた。課外ながら、『十八史略』や『論語』も教えてもらった。

そのあたりに女学校がなかったから、小学校を出ると、家で稽古事《けいこごと》をならった。おそらく無為についての鬱屈が彼女にはあったのだろう。

やがて医者になるべく、十九歳、明治二十二年に上京する。

江戸時代の医者には資格試験がなく、極端にいえばたれでもなることができた。漢文が読めるほどの学力があって、『傷寒論《しょうかんろん》』などを読み、医者の代診を数年つとめれば百姓身分の町医《まちい》になれた。

『傷寒論』というのは、漢末の紀元二〇〇年ごろに張仲景という人が書いた医書で、医

★172 織田信長が美濃国《みののくに》へ侵攻するにあたり、その足場として木下藤吉郎（のちの豊臣秀吉）が短期間に築いたといわれる城。築城に使う材木を筏に組んで川へ流したという説のほか、もともとあった砦を修築したという説もある。

★173 中国、梁《りょう》の周興嗣《しゅうこうし》が作った六朝時代の教科書。千の異なる漢字で編集されている。

学理論というほどのものはなく、薬物による治療法が中心だった。薬物のほとんどが煎《せん》じ薬《やく》であった。

やがて江戸後期から★174蘭方医《らんぽう》が出現するのだが、蘭方医に対してもまた資格試験がおこなわれたわけではなかった。

明治政府は、明治八（一八七五）年二月、文部省通達という形式をもって「医術開業試験」を実施することになった。医師の世界にも明治維新がやってきたのである。ただし従前からの医師には、既得権としてそれがみとめられた。

試験科目は、窮理学（物理学）および化学、解剖学、生理学、病理学、薬剤学、内科・外科学の七科目で、漢方修業生の歯の立つようなものではなかった。

当然ながら津々浦々の漢方医によってすさまじい反対運動がおこされ、政治問題にまでなったが、結局、漢方が理論面において見劣りするという判断が一般化して、敗れた。

この医師免許状については、明治十二年、東京大学の卒業生には無試験であたえられることになり、この無試験の恩典はその後整備されてゆく官公立の医学校にも及ぼされることになる。

しかしながら中学校の数が、極端にすくないのである。だから、官立医学校（東京大学）はあっても、この学校にゆくための階段がないにひとしく、いわばロープが一本垂れさがっている程度だった。

★174 主に長崎出島のオランダ商館付の医師たちを通じて、医学的知識や技法を身につけた者。

それやこれやで、入学者の学歴を問わない――小学校卒業生でも、外国語を解しない者でもゆける――私立医学校が必要だった。つまりは、国家試験合格だけを目的とした受験塾である。

明治時代がいかに塾流行の時代だったとはいえ、医学塾ばかりは教師不足のために困難で、おそらく長谷川泰《はせがわたい》（一八四二～一九一二）というような変り者がいなければ、この種の私学の成立は数年遅れたかとおもえる。

長谷川泰は、★175越後《えちご》長岡藩の村医（漢方）の家にうまれ、はじめ漢学を学び、ついでオランダ語と英語を、長岡藩の洋学者★176鵜殿《うどの》団次郎に就《つ》いて習得し、さらに幕末の文久二（一八六二）年、当時隆盛をきわめていた下総《しもうさ》（千葉県）佐倉の★177順天堂に入塾して五カ年、西洋医学をまなんだ。

慶応三（一八六七）年という幕府時代の最末期に幕府の医学所に入った。幕末、これ以上の医学的履歴はなかった。

医学所が新政府にひきつがれると、長谷川泰はまねかれて助教になり、解剖学をうけもった。

助教でありつつ、明治四年、新政府がドイツからまねいた二人の医学教師が開講すると、一介の学生として聴講した。同時に、文部省の医務局長を兼ねた。文明開化期の有能者というのは、まことに忙しかった。

★175 現在の新潟県長岡市を領有。江戸後期は藩主が相次いで老中《ろうじゅう》に任じられ、戊辰《ぼしん》戦争（253ページ注340参照）の際に長岡城は官軍により陥落。廃藩となった。

★176 うどの・だんじろう＝幕末の洋学者。長岡藩の藩校崇徳館で学門を修めたのち、江戸で蘭学などを学ぶ。勝海舟の目に留まり蕃所調書の教授となった。

★177 現在の順天堂大学。蘭方医学塾として開学。

ただ、人との折りあいがわるく、たれに意地わるされたのか（おそらく★178石黒忠悳《いしぐろただのり》だったろう）、明治七年、官立長崎医学校長として東京を離れた。赴任して三カ月後に政府はこの学校を廃校にしてしまったから、長谷川は浪人した。

帰ってきて、本郷元町一丁目の自宅で閑居した早々、医術開業試験についての官の発表があったのである。

長谷川泰は、喧嘩早くて無欲で、思いたてばすぐさま行動するという性分《しょうぶん》だった。こんな人でなければこの当時、私立医学校などおこせなかったろう。

さっそく自宅で、済生《さいせい》学舎（のちの日本医科大学）という予備校を創《はじ》めた。東京の学問医者にはかれの教え子が多く、教師あつめに苦労がなかった。かれ自身は、薬剤学を担当した。

明治十五年、湯島四丁目に移り、約千三百坪の地にあらたに校舎をおこした。私塾としてはまことに大きい。

予備校だから入学試験というものはなかった。

一面、商売のようでもあって、聴講券を出した。

明治二十二年、入校の手続を終えた吉岡弥生が湯島の学舎に入ると、田舎の超満員の芝居小屋のようで、畳敷《たたみじき》に聴講者が盛りあがってすわっていた。年齢もまちまちで、漢

★178 一八四五年～一九四一年没。明治～昭和前期の医師。西洋医学を各方面に移入し、陸軍軍医となったのちに近代軍医制度の基礎を築いた。

方医もいれば巡査もいた。

教壇の教師といえば、いま寝床から出てきたといったふうに、どてらに羽織をひっかけただけの姿だったという。

ともかくも学問がもつ威厳というものはふんいきのなかになく、ただ国家試験に合格するための一過程といった功利的なふんいきだったらしい。

吉岡弥生は三年後、二十二歳で医術開業試験に合格し、翌年、内務省より「医師免許証」を受けた。よほど早かったようである。

二十五歳で、本郷東片町で医院を開業した。


彼女のおもしろさは、医師になって開業してから、こんにちでいう教養課程を習得しはじめたことである。

それには、神田界隈がうってつけのまちだった。

神田猿楽町《さるがくちょう》にあった選修学舎に通って国文学をまなんだ。

さらには、女学校に入った。

神田猿楽町に★179跡見《あとみ》花蹊《かけい》（一八四〇〜一九二六）という大阪出身の女性が主宰している跡見女学校（跡見学園女子大の前身）というのがあって、〝婦徳涵養《かんよう》〟を目的とし、国語と漢文、それに習字や裁縫、和歌、絵画などを教えていた。花蹊は生徒たちから、

★179 明治〜大正期の教育家。本名は滝野。父が寺子屋の師匠で、花蹊も幼少から和漢学などを学んでいた。

「お師匠さま」とよばれていたという。弥生は、ここに半年ばかり通った。

まことにいそがしくて、跡見に通いながら、早朝には本郷元町の東京至誠学院という塾で、ドイツ語を学ぶといったぐあいだった。跡見をやめてからも、神田三崎町にあった国語伝習所といういかめしい名の私塾にかよい、『源氏物語』や『竹取物語』をならった。教師の一人は、歌人の落合直文《おちあいなおぶみ》★180（一八六一～一九〇三）だったという。子規が予備校で高橋是清《たかはしこれきよ》に英語を習ったようなものである。

まことに神田は学塾の巣窟で、その気になれば、教養から実用の学術、さらには資格取得のための講習にいたるまで学ぶことができた。

明治五年から十年ぐらいの時期までの塾の一覧表（『千代田区教育百年史』）をながめていると、いまでもそこに通いたいような塾がある。

たとえば、フランスから帰ってきたばかりの土佐の中江兆民《なかえちょうみん》★181（一八四七～一九〇一）の仏学塾《ふつがく》などもそうだった。兆民は語学のほか、フランスの思想も教えていた（場所は、神田からわずかに離れた麹町土手三番町）。

江戸時代、官に仕えている学者の多くは自宅を私塾にして自分の学問を世間に開放していた。その名残りが明治初年にもあって、兆民は官立の東京外国語学校長であるかた

★180　明治時代の歌人、国文学者。和歌改良を目指して短歌結社の浅香《あさか》社を結成し、ここから多くの歌人を輩出した。

★181　思想家。西園寺公望《さいおんじきんもち》（167ページ注266参照）らと「東洋自由新聞」を創刊。主筆として自由民権論を唱え、明治政府への攻撃を行った。

わら、塾をひらいたのである。

実用のものとしては神田中猿楽町に測量のしかたを教える普通測量学校や簿記を教える学校、あるいは顕微鏡のつかい方を教える学校があって、あたらしい時代の〝手に職〟という分野だったといえる。

医師試験の予備校がふえてくるのは、明治十五年ごろからである。

済生学舎が成功すると、類似の学校もつくられはじめた。明治十五年、神田小川町にできた東亜医学校もそうで、東京大学教授の樫村清徳《かしむらせいとく》★182（一八四六〜一九〇二）を金看板にいただき、

「専《もっぱ》ラ国語」

を用いて授業することを宣伝した。官公立の医学校がドイツ語の原書を教材にしているのに対し、日本語でやるというのである。

明治十三年、神田岩本町に東京薬舗学校というのができた。設立の目的は、

「以テ薬剤師等ヲ養成スル所トス」

というもので、薬剤師の養成については、官公立よりこの私学のほうが早かったのではないか。

東京薬舗学校は半年間の予科を設け、算術と和漢文、ドイツ語を教え、本科は二年で、物理化学、植物学、薬品学、製薬学、薬物試験、調剤学を教えた。現在の東京薬科大学

★182 明治時代の医師。明治十四（一八八一）年に東京大学の教授に就任。ドイツ留学後に辞任し、山竜堂病院を開いた。

の前身である。

私はそのあたりを歩きながら、『吉岡弥生伝』のなかでの彼女の父君《ちちぎみ》鷲山養斎のことを思いだした。

この場合は江戸期の医学修行の一例といってよく、要するに養斎は青年のころ、江戸に一年あまり留学しただけなのである。

留学といっても、教養面では漢学者の★183塩谷宕陰《しおのやとういん》（一八〇九〜六七）の家に学僕になり、宕陰がほどなく死んだために下谷《したや》徒士町《かちまち》（御徒町《おかちまち》）にあった蘭方医某の家に住みこみ代診をつとめた、それだけだった。その程度でも、旧式の漢方医ばかりの遠州《えんしゅう》上土方村あたりでは大変な新知識で、弥生の語るところでは、

「いくらか洋方《ようほう》も採り入れて、梅毒には沃度《ヨード》加里《カリ》とか、咳には杏仁水《きょうにんすい》とか、腹痛にはモルヒネとか、東京で仕入れてきた洋薬を使って新しい治療を施していました」

という。

むろん、漢方の薬も投与した。丸薬などは飯つぶでまるめていたそうで、なんだか汚《きたな》らしそうなものだったという。

江戸時代の漢方というのは、そんなものだったのである。

要するに神田の私立医学校も薬学校も、政府が官立医学校を通じて導入した欧米の学

★183 江戸時代末期の儒学者。昌平坂学問所で学んだ後、水野忠邦に仕え、幕府の儒官となった。

問を、〝町方《まちかた》〟にくばる機能を果たした。

若い吉岡弥生医師がさまざまな塾にかよいつつも、もっとも心をこめて習ったのは、至誠学院でのドイツ語だった。小さな塾だったという。

先生は、吉岡荒太という若い人であった。

荒太は★184肥前《ひぜん》唐津藩領の代々の医者の家にうまれ、明治十九年、上京して大学予備門の後身の第一高等中学に入ったが、国もとからの送金がとだえがちなため、苦学をした。苦学というのは、官立学校で習いつつあるドイツ語を右から左に〝町方〟に教えるというものだった。

やがて病気になり、大学に進むことを断念したところへ、国もとから二人の弟が出てきて、その面倒まで見ざるをえなかった。

ある日、その弟の一人が、あらたまった顔つきで弥生の下宿にやってきてスルメ一束をさしだし、「兄の嫁になって下さい」と申し出た。

持ってきた鯣《するめ》は、結納のつもりだったかどうか知りませんが……。

そんなわけで、旧姓鷲山だった弥生が、吉岡弥生になった。結婚後、弥生は自分の医

★184 肥前国（佐賀県）松浦《まつら》郡唐津《からつ》に置かれた藩。

院の名を東京至誠医院とあらためた。

そのうち、母校の済生学舎が女子学生を締めだしたため、彼女は俠気を発してみずから女子医学校をおこすことにした。

創立したのは明治三十三(一九〇〇)年で、最初から校舎をたてたわけではなかった。至誠医院の一室を教室にしただけで東京女医学校という看板をあげた。このあたりも、いかにも神田らしい。

その一間《ひとま》きりの学校が、やがて東京女子医大になってゆくのである。

ニコライ堂の坂

もう一度、聖橋《ひじり》をわたってみた。本郷台の崖《がけ》から駿河《するが》台《だい》の崖へ。橋上は若い人たちで、雑踏している。

「私は人間が好きで」

と、橋上で★185桑野《くわの》博利《ひろとし》画伯がいわれた。景色もすきだが、人間がまず網膜にとびこんで

★185 一九一三年~二〇〇八年没。日本画家。一九九〇年代に「街道をゆく」の挿絵《さしえ》を担当していた。

きてしまう。たとえば、前をゆく女の背筋肉《はいきんにく》のうごきが、目に入ってしまうのである。

むろん男でもいいんです、たとえば神田神保町《じんぼうちょう》の古本屋さんの棚の前で本に見入っている中年男の横顔がじつにいい、活字が視線に吸いこまれて脳細胞がうごき、その脳細胞のうごきがふたたび光にともなわれて活字に吸いこまれている。人間というのはすばらしいですね。……


画伯は右手と脚が、やや不自由である。数年前、バスから降りようとしたとき、とっさにドアが閉まった。衣服のはしが隙間に銜《くわ》えられ、何十メートルかひきずられた。以前は、足が速かったんですがね、村井君に負けないほどでしたよ、と、小柄な画伯が、長身の編集部の村井重俊氏を見あげた。

こんないいこじで不自由な人間が、人間をやっているのは大変です、とはおっしゃらなかったが、表情に出ている。こんな仙人じみた人が、どうして人間が好きなのだろう。

「いい女というのに、めったにお目にかかれませんな」

橋上でスケッチしながらいわれた。数秒で、紙の上に女があらわれる。

「いい女というのは、先祖代々、よってたかってつくるものですね。ざらにはいません」

舌が渋《しぶ》るような鳥取なまりがある。古墳だらけの村で、古墳のなかから出てきたよう

聖橋

なものです、といわれたことがある。大正二（一九一三）年うまれだから、幼少のころは大正時代であった。田舎は、江戸時代とさほどかわりがなかった。

そのころ、大雨が降った翌日などに渓流の滝の落ち口に★186勾玉《まがたま》や★187管玉《くだたま》が瀬に沈んでいたりした。桑野少年はそれらを拾い貯めているうちに、首飾りができあがり、それを幾重《いくえ》にも頸《くび》に巻いてみると、古代の王になったような気がした。娯楽の少ない時代だから、子供は想像であそぶ。

人間が好きになったのも、外界から村に人がくるなど、めったになかったからだという。

外界から人が入ってくると、とびあがりたいほど昂奮した。草むらから草むらへ身を忍ばせて移動した。外来人に自分の姿を曝《さら》すことなく自分のほうから外来人をたっぷりみたいためで、草のあいだから目だけを出している。

鳥取の田舎では、市販の菓子などはなかった。

このため椿《つばき》の花などの蜜をあつめ、大学目薬の空き瓶にためておいたのだそうである。

「吸うのは一瞬ですが、労力は一日がかりでした」

鳥取県は牛耕の国だったが、桑野家では独り息子の博利さんのために父君が鳥取連隊の払い下げ馬を一頭飼ってくれた。

★186 C形に曲がった玉の一端に穴をあけて、ひもを通した装身具のひとつ。縄文時代のものが最古とされる。

★187 円筒形をした玉。装身具のひとつ。縄文時代は石や鳥骨で作られた。

少年は、勾玉の首飾りをつけ、馬を打たせ、大学目薬の蜜を吸いながら村道をゆききした。

そんな桑野さんが、橋上の雑踏のなかにいる。

やがてニコライ堂にむかって歩きはじめた。神田駿河台四丁目のあたりで、桑野さんが以前にいったことをおもいだした。

勾玉少年のころ、この世に森永キャラメルがあることを知らなかった。

当時、★188黒板勝美《くろいたかつみ》博士（一八七四～一九四六）は、国史学の代名詞のような存在だった。そんなえらい先生が東京から鳥取県の調査にきて、桑野さんの村に立ち寄り、しかも桑野さんの家で休息されたのである。古墳調査だったのかもしれない。

黒板博士は明治三十年代に日本古文書《こもんじょ》学を確立したひとで、大正八年に東大教授になった。教授になった早々のことではなかったか。

桑野少年にとって、黒板博士はとびきりの外来人だった。ひょっとするとあちこちの古墳を案内してまわったのかもしれない。当時、古墳というのは、学問や調査の対象としてはまだ十分に光があたっていなかった。京都大学が大阪府や奈良県の古墳調査をするのは、たしか昭和になってからである。

博士は少年への愛と感謝のしるしとして、当時めずらしかった金貨を一枚くれるのだが、金貨よりも前に、森永ミルクキャラメルを一箱くれた。このほうが、少年にとって

★188 明治末期～昭和期の歴史学者。日本古文化研究所を起こし、藤原京を発掘。

文明の衝撃というべきものだった。

少年はこの世にこんな菓子があるとは知らなかったのである。蠟《ろう》びきの包みをひらいて一粒舐めたとき、体がふるえた。フランスの味だ、とおもったという。どういうわけだか、フランスだった。フランスが目の前に展開したようにおもった。

少年は一粒を包みなおし、また舐めた。嚙まなかった。年上の悪童がいてよく少年をいじめたのだが、その悪童にひと舐めさせると、三日ほどおとなしかった。★189卑弥呼の息子は、古墳時代からいきなりフランス文明を代表する存在になり、三月《みつき》ほどはその栄光につつまれていた。一箱十四粒のキャラメルを、三月かかって舐めたのである。


私どもは、坂をくだっている。

やがてはるかにくだって神田小川町《おがわまち》になるのだが、家康入部《にゅうぶ》のころはこのあたりは山(神田山《やま》)で、くだってゆくさきの小川町のあたりは、海に近かった。赤坂溜池から流れこむ淡水と汐《しお》がいりまじり、小川町あたりは葭《よし》・葦《あし》がしげって水びたしの湿地だったはずである。

江戸が造成されてからは、坂のある高台が旗本たちの屋敷町になる。

低い小川町あたりは下町《したまち》になった。東京での山の手と下町は、単に地形をそのようにいうにすぎない。

★189 生没年不詳。三世紀前半頃に邪馬台国を統治したと伝えられる女王。

神田猿楽町《さるがくちょう》うまれの故永井龍男《ながいたつお》氏もそのことを気にしていたらしく、『石版東京図絵』のなかでも世間に誤解がある、という旨のことを書いている。

下町という言葉を、この頃《ごろ》は「下層の町」という意味に使ったり、そのように解釈している人があるが、下町は山の手に対する呼び名で、東京の地形から出ている。

イギリスやアメリカの都市で、高所に中級以上の住宅街が発達し、低地に商業地区《ダウン・タウン》が形成されたのと、江戸・東京は似ている。単に地面の高と低《アップダウン》のちがいである。

桑野博利画伯にもどる。

このひとは、よき意味での女性崇拝者である。なにかのとき、私をすこしほめてくださった。司馬さんは女性のうまれかわりでしょうか。……これが、桑野さんにとって男へのほめことばであることに私は気づきはじめていたので、ありがたくお受けした。

大好きな女性は、むろん母君《ははぎみ》である。腕力まで父君よりつよかったというし、さらには農家の婦人ながら、武家の女のようなところがあったらしい。桑野さんが幼いころ、さわいで仏壇を傷つけたとき、母君は灯明をあげ、仏壇の前に桑野さんをすわらせて、丹念に切腹の作法をおしえた。

「さあ、切腹しなさい」

と、短刀をにぎらせた。桑野さんは、傷つけたのは他のこどもだと言いつづけたが、言いわけは卑怯だといわれ、観念した。が、なにかの事情で、切腹だけはまぬがれた。機織《はたお》りの名人でもあった。桑野さんの着物はすべて織り、京都で桑野さんが結婚されたとき、みずから織った丹前を送って来られた。

それが最後の作品だった。そのあと、娘時代からつかってきた木製機織《はたお》り機をたたきこわし、焼きすてた。一人息子を嫁にわたしたということで、自分の義務はおわったとおもわれたのにちがいない。

坂をくだっている。やがて右手にニコライ堂の門のあるところまできた。

私は門内に入ったが、桑野さんは入らず、むかい側の歩道にわたった。

たまたま歩道上に若い男の画学生がいて、画架を立て、ニコライ堂を描いていた。桑野さんはその青年に助言しはじめ、ついには自分のケント紙をつかって構成の基本を教えたりして、この界隈での点景になった。

ニコライ堂は、ギリシャ正教会（ロシア正教）である。この宗旨はローマ・カトリックに対して東方教会とよばれ、おなじ〝東方〟のなかのアルメニア教会やネストリウス派（中国史上の景教）に対しては、正統《オーソドックス》という。

ところで、キリスト教には、★190輪廻転生という思想はない。

★190 りんねてんしょう＝車輪が回転

仏教にはある。

ただ、ほとんどの日本人は転生などは信じなくなっているが、桑野さんはそうではなく、さきに坂をくだっていたときも、自分は絵を描いて七十余歳になったが、来世《らいせ》、うまれかわっても描く、そのときすこしは思うように描けるはずです、といわれた。

しかしこのとき、

「人は七たびうまれかわるといいますので」

ともいわれた。人は七度人にうまれかわるということが『長阿含経《じょうあごんきょう》』というお経にあると私はきいている。ただ経典によってたしかめたことがないので、桑野さんに典拠をきいてみた。いうまでもないが、このひとは教養人である。

「どのお経にそのことが書かれているのでしょう」

この問いに、この人はちょっと含羞をうかべたまま、

「母が、そう言うておりました」

それっきりで、話がおわった。★191親鸞が★192『歎異抄《たんにしょう》』のなかで、南無阿弥陀仏ととなえ参らせればお浄土にゆけるということの根拠はない、自分はただ「よき人」（師の法然）からそうきいただけである、「よき人」が私をだますはずがないから、私はそのように信じているのである、と言っており、信仰というものの本質がみごとに言いあらわされている。桑野さんの右のことばも、似たようなものである。


しつづけるように、無限に生まれ変わること。

★191 しんらん＝一一七三年～一二六二年没。鎌倉時代初期の僧。浄土真宗の開祖。比叡山《ひえいざん》で天台宗を学んだのち、念仏停止《ちょうじ》の弾圧によって越後国《えちごのくに》（新潟県）に流《る》罪《ざい》となり、罪をとかれると主に関東で布教活動を行った。

★192 親鸞の没後に成立した法話集。著者は弟子の唯円《ゆいえん》とするのが一般的。

ニコライ堂の由来やら正統《オーソドックス》というこの宗旨については、『街道をゆく』第十五巻「北海道の諸道《しょどう》」のなかで――函館のハリストス正教会の章で――ふれた。

日本におけるこの宗旨はただ一人の人からはじまった。

「ニコライさん」

という通称で親しまれていたロシア僧（一八三六～一九一二）である。

幕末の文久元（一八六一）年、箱館のロシア領事館付きの司祭として日本にきて、種《た》子《ね》がまかれた。

ニコライ大主教は、明治の日本人から好かれた。日露戦中も日本にふみとどまり、〝露《ろ》探《たん》〟などという低いレヴェルの中傷にも耐えた。

箱館で日本語や日本事情をまなび、いったん帰国して、〝日本伝道会社〟をつくり、その財政的基礎のもとにふたたび来日したとき、東京に出、駿河台の台上を根拠地とした。

いまのニコライ堂の敷地は、江戸時代、幕府の★193定火消《じょうびけし》屋敷のあったところである。ニコライにすれば、

――東京で天国にもっとも近い。

という気持があったかもしれないが、のちに皇居を見おろしているようでけしからん

ニコライ堂

★193 江戸幕府の職名。若年寄《わかどしより》の配下で江戸市中の消防や警備にあたる。

というやがらせもあったようである。元来、定火消屋敷だから江戸城を見おろす場所だったのは当然なことで、でなければ火事をいちはやく見つけることはできない。

起工は、明治十七（一八八四）年だった。

七年後に竣工した。タマネギ状の尖塔をもつビザンティン様式で、当時の日本人にってまったく異風というほかなかった。

設計はロシア人ながら、施工をしたのは音羽の護国寺の墓地に眠る英国人ジョサイア・コンドル[★194]（一八五二〜一九二〇）である。コンドルは明治十（一八七七）年来日し、工部大学校（東大工学部）で建築を教えたひとである。

東大では十年間教え、そのあと日本最初の建築設計事務所をひらき、東京帝室博物館[★195]や鹿鳴館[★196]などを設計した。

コンドルは英国人だから、中近東発祥のビザンティン様式など不馴れだったはずで、こまかい部分になると、英国ふうのロマネスク風が入るというぐあいだったらしい。

ニコライ堂は、大正十二（一九二三）年の関東大震災で被害をうけ、昭和四（一九二九）年に大改修された。

正しくは「日本ハリストス正教会東京復活大聖堂」という。

その高さは敷地から十字架の先端まで三五メートルで、大震災前の鐘楼はそれよりすこし高く、高層建築がすくなかった明治の東京では、文明の威容といったふうにうけと

★194 英国の建築家。明治十（一八七七）年に来日し、工部大学校造家学科の教授となる。官内省庁舎なども設計し、西洋建築の導入に努めた。

★195 明治五（一八七二）年に開館した日本最古の博物館。現在の名称は東京国立博物館。

★196 ろくめいかん＝国際的な社交場として東京の日比谷《ひびや》に建設された洋風建築物。上流階級の舞踏会や園遊会などが開催された。

られた。

明治・大正の知識人でニコライ堂に親しんだ人が多かった。夏目漱石のように、宗教では禅だけに関心のあったひとでさえ、わざわざニコライ堂の復活祭を見物（?）に行ったようで、『それから』[197]のなかで主人公がその情景を語っている。


御祭が夜《よ》の十二時を相図《あいず》に、世の中の寐《ね》鎮《しず》まる頃を見計《みはから》って始る。参詣人が長い廊下を廻《まわ》って本堂へ帰って来ると、何時《いつ》の間《ま》にか幾千本の蠟燭《ろうそく》が一度に点《つ》いている。法衣《ころも》を着た坊主が行列して向うを通るときに、黒い影が、無地の壁へ非常に大きく映る。


西側の石壇をのぼって堂内に入ると、漱石が見た感じが十分想像できる。聖壇は、はるかむこうに奥まっている。

まことに正教会の聖壇は重厚華麗で、中央に宝座があり、その左右に祭壇があり、また奥まって高座が設けられ、そのうえ両翼をひろげたように三つの至聖所《アルタリ》がそなわっているというぐあいで、仕組みがこみ入っている。

聖壇の左右には聖画《イコン》が飾られていて、ハリストス（キリストのロシア発音）の復活の

★197 明治四十二（一九〇九）年、朝日新聞連載。父の援助を受け趣味のみに生きる高等遊民の長井《ながい》代助《だいすけ》が、友人の妻への愛を通じてそれまでの生活と決別するまでを描く。『三四郎』『門』とともに三部作をなす。

図があり、昇天の図がある。カトリックでいう聖母マリアもおられる。

ロシア正教では、聖母マリアのことを「至聖生神女《しせいしょうしんじょ》」とよぶ。

ついでながら、新教《プロテスタント》にはマリア崇拝はない。

カトリックでは母性崇拝の俗信に古くから根ざしているために、神学上のあつかいがこみ入っている。いうまでもないが、マリアは神ではない。

でありながら崇拝されるのは一神教にもとるのではないかという疑問と解決がローマの神学部門でふるくからつづけられてきて、その神学論をわざわざマリオロジー（マリア論）というほどである。

マリアはその死後、霊魂・肉体ともに天に昇った。神ではないからみずからの力で昇天したのではなく、神によって昇天させられたから、マリアのことをカトリックでは〝被昇天《ひしょうてん》〟という。ギリシャ正教で〝至聖生神女〟というようなものである。

路上に出ると、桑野画伯が、なおも画学生を指導していた。遠目でみると、大柄な画学生がその体をできるだけちぢめるようにして、小柄な画伯の指導をうけている。

「では、坂をくだりましょうか」

と、画伯をうながした。

画伯が、歩きはじめた。むこうから女子学生が五、六人やってきて、すれちがった。

ニコライ堂の内部

画伯は、黙然《もくねん》としている。不合格だったのであろう。

画伯は、この人の〝至聖生神女〟をもとめている。

以前、いわれたところによると、七十余年のあいだに何人かはめぐりあわれたらしい。そのうちの一人は日本ではなく、フランスとスペインの国境のピレネー山脈の山中の村で出会った。たのんで、写生させてもらい、その一枚を娘さんにあげた。

そのあとイタリアで数カ月滞在した。町角でたたずんで写生していると、むこうから一人の娘さんが桑野さんあてに突進してきた。よく見ると、ピレネーで出会ったその娘さんだったそうである。被昇天の奇跡に似ている。

桑野さんの実歴談は、どこか民話じみている。

ニコライ堂から遠ざかりつつ、七度うまれかわる、というお話のつづきですが、と話しかけてみた。

「いまの桑野さんが、ひょっとして七度目だとどうなるのでしょう」

このあたり、念を押しておかないと、おつきあいしてゆく上でこまるような気がしたのである。

桑野さんは、たじろがなかった。ちょっと立ちどまって、私の顔を見て、

「いいえ、いまがはじめてです」

と、いわれた。きまっているじゃないか、というふうな断固とした調子だった。

平《たいらの》将門《まさかど》と神霊

神田明神《みょうじん》（神田神社）は、『江戸名所図会』によると、「江戸総鎮守《ちんじゅ》と称す」とあり、江戸時代は歴代将軍の尊崇をうけていた。さらには祭礼がむかしもいまも日本三大祭★198のひとつとしてにぎわう。

が、明治の世になると、祭礼は相変らずながら、社格という点では、東京の府社にすぎなくなった。三大祭の一つの祇園祭《まつり》をもつ京都の八坂《やさか》神社が旧官幣大社だったことをおもうと、残念な気がする。

ひとつには『延喜式《えんぎしき》』★199による式内社ではなかったということもあり、いまひとつは偏《かたよ》って徳川氏の庇護をうけすぎたということもあり、さらに考えると、祭神が〝朝敵〟だった平将門だったということで、明治の世に適《あ》いにくかったのかもしれない。

神域は湯島台に位置する。

★198 神田祭。ほかは京都の祇園《ぎおん》祭と、大阪の天神祭。

★199 平安時代中期の法令集。五十巻。律令の施行細則が集大成されている。

しかし、〝出世神〟でなくもない。家康が関東に入ったころは、「柴崎」という水際の村の鎮守にすぎなかった。柴崎村は多少の田畑をもちつつ、漁《すなどり》もしていた。

江戸以前の言い方をすると、武蔵国《むさしのくに》豊島郡芝崎村である。

こんにちの大手町付近で、ひょっとすると大蔵省の構内がそうかもしれない。

家康が、関ケ原のあと江戸城を天下の主城として大拡張をはじめたとき、柴崎村は他に移され、その一帯が大手になった。当然ながら、鎮守も移された。最初は駿河台《するがだい》で、ついで大坂の陣がおわって天下にわずらいがなくなった元和《げんな》二（一六一六）年、現在の湯島台にうつされた。境内は一万坪で、幕府みずからが壮麗な★200桃山風の社殿を造営した。

平将門は、十世紀のひとである。生年はよくわからないが、敗死したのは九四〇年である。

将門は、★201桓武天皇からかぞえ七、八代目かになるとかで、その家系は関東における在地土豪だった。

当時、関東には大小の土着勢力が★202蟠踞《ばんきょ》しており、その上部には京都の出先機関として国ごとに国府があり、京からきた国司と土着勢力とが馴れあいで政治をおこなっていた。

神田神社の拝殿

★200 自由清新な桃山時代の文化を反映したもの。雄大な城郭《じょうかく》や社寺の建築、華麗《かれい》な障壁画などが特徴。

★201 かんむてんのう＝七三七年～八〇六年没。第五十代天皇。長岡

将門は土着勢力の中で頭角をあらわし、たがいに争ううちに、常陸《ひたち》の国府を焼打ちしてしまった。前代未聞のことだった。私闘が、公的なものになった。いわば毒をくらわば皿までといった勢いで、関八州を撫で斬りにし、かすめとった。もはや朝敵になった以上は関東独立をめざすしかなかった。かといって将門には、変革の意図などはなかった。たとえばかれの死後、二世紀半のちに出現する源頼朝のように、京の律令《りつりょう》体制とは別個の封建制を布くというような感覚はなく、またそのようには歴史も熟していなかった。かれは関東において、

「新皇」

と称し、独立して小さな律令体制を布こうとした。いまは茨城県になっている下総《しもうさ》の猿島《さしま》郡石井《いわい》郷を都と見たて、弟や配下たちをならべて文武百官とした。

将門の関東王国は、足かけ二年でほろんだ。朝廷はかれを討つべく征東大将軍を派遣したが、それより前に、元来、将門の宿敵だった平貞盛《たいらのさだもり》★203や藤原秀郷《ふじわらのひでさと》★204といった在郷勢力によって討たれ、乱は終息した。結果として将門の乱は、かれを鎮定した武士どもを肥らせただけだった。

が、後世、その怨霊は関東の各地で怖れられたり、慕われたりした。

後世、鎌倉幕府がひらかれたときも、この地ではひそかに将門の霊がなぐさめられたろうとおもうひともいたのではないか。

★202 京、平安京への二度の遷都《せんと》など、朝廷の権力の拡大に大きく関わった。しっかりと根を張って動かないこと。

★203 生没年不詳。平安時代の武将。藤原秀郷と協力して父の仇であった将門を討ち、鎮守府将軍、陸奥守などを歴任した。

★204 平安時代の武将。下総に出陣し、将門を討った功により昇進し、中央に進出した。

鎌倉の三代将軍★205源実朝《みなもとのさねとも》（一一九二〜一二一九）は、関東にありながら京にあこがれるところのあった不覚悟なひとであったが、それでも将門を慕ったのか、京の絵師に依嘱して将門の合戦を二十巻の絵巻物にしたという（このことは★206『吾妻鏡《あずまかがみ》』に出ているが、現物はつたわっていない）。

将門の乱のもう一つの収穫は、『将門記《まさかどき》』という実録をえたことである。ショウモンキともいう。

天慶《てんぎょう》三（九四〇）年二月、将門の軍勢は日に痩せおとろえた。十四日、将門は四千余人（『将門記』）の敵に対し、わずか数百人で戦い、しばしば敵を動揺させたあげく、矢にあたって死んだ。

『将門記』は、主人公の死の四カ月後に書かれた。信じがたいほどのことだが、巻末に「天慶三年六月中記文」とあって、まぎれもない。

筆者の名は不詳である。僧のにおいがする。私度僧《しどそう》（無登録の僧）ともいわれる。記述の詳細さからみて、将門の軍事行動に参加した者に相違ない。

人類は、太古以来、争乱をおこしつづけているが、近代以前、事件のあと、事に即《そく》してそのことが記録されたことはまれである。記録が文明の作業とすれば、『将門記』が、十世紀という、地方がまだ★207蒙昧《もうまい》とされていた時代に書かれたことにおどろかされる。さ

★205 頼朝《よりとも》の次男、母は北条政子《まさこ》。建《けん》仁《にん》三（一二〇三）年に将軍となるが実権は北条氏が握った。承久《じょうきゅう》元（一二一九）年正月、鶴岡八幡宮《つるがおかはちまんぐう》社頭で甥《おい》に暗殺され、頼朝直系の子孫は断絶した。

★206 鎌倉時代の歴史書。治承四（一一八〇）年から文永三（一二六六）年までの出来事が収められている。

★207 物事の道理に暗く、無知なこと。

らには、当時、半開《はんかい》の地とされた関東においてこれほどの私的記録が成立したことに目をみはらねばならない。

日本語の熟成ということからみると、当時、このような事態を記録するための文章ができあがっていなかった。このため筆者は漢文を借用した。その漢文も日本語じみたもので、京の漢学的知識人からみれば笑うべきものだったかもしれない。しかし、日本語の文章が社会のなかでできあがってゆくには、当然『将門記』的な成長過程を経ねばならない。すくなくとも、のちの世に成立する軍記物の和漢混淆《こんこう》文体は、『将門記』が祖形だったと見られなくはなく、その意味では日本語文章の発達史の上で、貴重な文献である。

当時の合戦は、矢戦《やいくさ》からはじまる。矢戦には風むきが大切らしく、風が敵にむかって吹いているときに矢を射ると、射程が伸びて、都合がいい。

新皇（将門）も、よく風をみた。

幸いにも、戦闘がはじまったとき、風はかれに利した。途中、〝春一番〟といった暴風にかわったことも、かれに有利だった。暴風のなかでは矢戦《やいくさ》はできず、白兵戦★208になったのだが、白兵による突撃はかれの得意中の得意だった。

将門はみずから馬を駈け入れて奮戦し、敵陣を突きくずし、これを敗走させた。さらに追撃にうつろうとしたとき、風むきがかわり、かれは逆風をうけた。敵の矢の勢いが

★208 はくへいせん＝刀や槍などを手にした兵同士の至近距離での戦い。

よく伸びたようで、この乱戦中にかれは矢をうけて死ぬ。

以上のように、『将門記』の叙述は、戦いの力学をよくつかんで平明に表現している。

『将門記』は、主人公の霊のためにその勇をほめている。

「天下ニ未《いま》ダ将軍自《みづか》ラ戦ヒ自ラ死ヌルコトハ有ラズ」

日本の将軍というのは、将軍みずから最前線に出て武器をふるって敵と戦うことはないのだが、将門はそうではなかった、というのである。その人物の苛烈さが、この一文にあらわれている。


さて、江戸幕府のことである。

江戸幕府の国家についての解釈法として、公武★209とか朝幕★210といった用語をしきりにつかった。武家体制と京都の公家体制とは別系列のものだという思想があったのである。幕藩体制は、いうまでもなく十七世紀から十九世紀後半まで日本国そのものであった。

江戸は、天下の首都であって、京は古典的日本の象徴にすぎない、ということになっていたものの、朝敵（将門のこと）をもって江戸の総鎮守にしていることは、ちょっとまずいのではないか、といううしろめたさが、幕府の一部にあったらしい。

当時、烏丸光広《からすまるみつひろ》（一五七九～一六三八）という公家《くげ》がいた。歌人として一世に知られたが、無頼放縦《ぶらいほうしょう》★211なために遠島になったことがあり、諸事、型やぶりだった。

★209 公家と武家のこと。
★210 朝廷と幕府のこと。
★211 定職を持たずに思うがままにふ

といえばおもしろげにみえるが、一面、自分の官位があがってゆくについて、時の権勢である幕府に露骨な媚態《びたい》を示した、という点では、俗臭のつよい人物だった。

かれは神田明神の祭神の一件をきき、なんでもないことだ、として宮廷工作をし、将門が朝敵であることを勅免するように運んだというのである。寛永三（一六二六）年のことだそうで、『武江披砂《ぶこうひさ》』という記録にのっているという。

『日本神社総覧』という本の「神田神社」のくだりを同社の権禰宜《ごんねぎ》清水祥彦《しみずよしひこ》氏が書いておられて、このとき官幣★212と勅額★213をたまわったという。

ところが、明治になって様子がかわった。

明治初年は、★214太政官《だじょうかん》の時代である。同時に★215神祇官《じんぎかん》の時代でもあった。全国の神社が神祇官によって統轄され、統廃合もされた。そのとき〝朝敵〟が祭神であってよいのかと、一件がむしかえされたかと思える。

もっとも、この間《かん》、一段階がある。明治元（一八六八）年には、いったん★216勅祭社になっていたのである。勅祭社というのは、おもおもしい。

ところが、同七（一八七四）年になって、祭神が替《か》えられた。それまで本殿にまつられていた平将門の神霊が、にわかに別殿にうつされ、べつの神が入座した。滑稽というほかない。前記の清水祥彦権禰宜の文章を借りると、以下のようである。


るまうこと。

★212 かんぺい＝祈年祭《としごいのまつり》や月次祭《つきなみのまつり》、新《にい》嘗祭《なめさい》などの宮中儀式が行われる際に、神祇《じんぎ》官から一定の格式の神社へ捧《ささ》げられる供え物。

★213 ちょくがく＝天皇直筆《じきひつ》の額《がく》。

★214 明治政府初期の最高行政官庁。議政以下七官を置き、太政官と総称した。

★215 太政官七官のひとつとして置かれた官庁。神祇の祭祀《さいし》と行政に関することを司《つかさど》る。

★216 例祭などの際に天皇が勅使を派遣し、供え物を奉《たてまつ》った神社。

同（註・明治）七年八月に突然将門公を祭神より外《はず》して別殿に移し、新たに茨城県東茨城郡大洗磯前神社より少彦名命《すくなひこなのみこと》の分霊を招くという御祭神の変更がなされた。そして同年九月には明治天皇御親拝と幣物を賜った。

いまから十余年前の昭和五十四年刊の『神社辞典』（東京堂出版刊）の「神田神社」の項をみても、祭神は平将門でなく、「大己貴命《おおなむちのみこと》・少彦名命を祀る」とある。

ところが、清水祥彦権禰宜の文章によれば、

しかし昭和五十九年全氏子の要請により将門公は三の宮として正式な祭神に復古した。

とあって、結末はまことにめでたい。

千代田区教育委員会社会教育課が編んだ『おはなし千代田』（昭和六十年刊）にはこの祭神復活のことが出ていて、

五月五日（註・昭和五十九年）づけの「読売新聞」によると、ＮＨＫの大河ドラマ「風と雲と虹《にじ》と」以来の将門人気で、そのため去年氏子総代と宮司が「神社本庁な

平将門公像

ど関係機関に働きかけ、復活の正式許可がおりた」ため実現したと報じました。

私は古神道★217が好きで、神道をつきつめれば、万人が霊異を感ずる浄域を神聖とするところにあるかと思っている。神霊に資格などはなく、資格論をことあげ（言葉に出して特に言い立てること。『広辞苑』）するなどおよそ非神道だとおもっているが、明治の神祇官には、★218本居宣長が非としてきた唐心《からごころ》があって、朱子学的な大義名分論の議論癖にわざわいされたのではないか。

境内は、暮なずんでいる。

聖堂のあたりから大鳥居をくぐってゆく参道は平坦で、おそらく江戸初期、おおぜいの土工が出て、山の尾根をけずったのにちがいなく、労苦がしのばれた。

楼門、社殿ともにすぐれている。関東大震災で消失したあと、コンクリート材でもって木造の質感を表現して、はなはだみごとである。

神田明神の祭《まつり》は、京の祇園祭、大阪の天神祭とならんで三大祭といわれるが、威勢のよさでは比類がない。

「江戸っ子というのは……ただ、その……威勢がいいってえだけのものでございますな」

★217 こしんとう＝仏教伝来以前から古代の日本人が持っていた信仰。純神道ともいう。

★218 もとおり・のりなが＝一七三〇年〜一八〇一年没。江戸時代中期の国学者。医業のかたわら古典の研究を行い、三十年あまりかけて『古事記』の注釈書である『古事記伝』を著述した。

★219古今亭志《ここんていし》ん生《しょう》が『祇園祭』のマクラで、いきなりそういうのである。

この噺では、江戸っ子が京見物をする。知人の商家にしばらく逗留《とうりゅう》した。この江戸っ子が、逗留さきで京者の番頭と、お国自慢のやりとりをするのである。江戸っ子のほうは京なんざ寺ばかりで陰気で仕様がねえといい、京者のほうは江戸はあんた、犬の糞だらけどすがな、といって、たがいにらちもない。ついでながら志ん生の京ことばは不器《ぶき》っちょだけにへんなおかしみがある。

やがて祭の自慢になる。

京者は祇園祭ほど上品なものはない、といえば、江戸っ子はやりかえして神田祭を活写し、神田囃子《ばやし》を口でやってしだいに相手を圧倒する。ついには〝宮入り〟になる。宮入りは神田祭のヤマ場である。数百の神輿《みこし》が各町内を経《へ》めぐってきて、境内に参入するのだが、それらをかつぐ万の若者の熱気がこたえられない。

志ん生は口一つで鉦《かね》、太鼓、笛、かけ声を入りまぜ、雷鳴と怒濤を一挙に擬声化するようにして長丁場《ながちょうば》を演じぬくのである。

石段がある。男坂である。地形はいわば崖で、石段がはるか下の家並《やなみ》にむかってたたみおろされている。湯島台が山であったことがよくわかる。

摂社や末社などを経《へ》めぐって本殿の横までくると、白装《はくそう》に水色袴をつけた若い禰宜《ねぎ》さ

★219　一八九〇年～一九七三年没。落語家。天衣無縫で八方破れともいわれる独特な芸風で人気を博する。人情噺や滑稽《こっけい》噺で特に優れた才能を見せた。

神田祭

んがよびとめてくれた。まことに神職のふだんの姿はきよらかでいい。

ご案内しましょうか、とおっしゃってくださったが、神社というのはただ神域のふんいきを感ずるだけがよく、いったんはことわって、ふとこのお宮の宮司《ぐうじ》さんというのは社家《しやけ》だろうか、とおもい、きいてみた。社家とは、出雲大社の千家家《せんげけ》のように、千年、数百年と世襲してきている、世襲神職の家のことをいう。

「はい、社家です。柴崎氏です」

といわれて、おどろいた。柴崎村の柴崎氏で、中世以来の名家である。江戸時代は江戸じゅうの神社の触頭《ふれがしら》★220だったという。

名刺を頂戴して、男坂を降りつつながめてみると、なんと権禰宜の清水祥彦氏だった。この人の文章には、厄介になったからひきかえしてお礼をいおうと思ったが、すでに石段の途中でもあり、この一文のなかで黙礼をしておくことにする。

さらには、死後千年というのに神霊として浮沈せざるをえなかった将門にも、あらためてご苦労さまと言いたい。

もともとかれは、朱子学的判断によって神にまつられたのではなく、かれが死んだ戦場に猛気がのこり、その地方のひとびとを悩ましたがために、祀《まつ》られた。そのころの関東には朱子学的詮索《せんさく》といったふうな唐心《からごころ》はなく、おおらかなものだったのである。

★220 江戸時代、寺社奉行から出る命令の伝達や、寺社から出る訴訟の取り次ぎにあたった神社・寺院。

神田明神下《みょうじんした》

神田明神の台上から石段を降りきったところが、明神下である。
花街《かがい》があり、ここの芸者を、とくに〝講武所芸者〟ということは、すでにふれた。異名《あだな》から、色っぽさと俠《きゃん》がにおってくる。

「明神下と講武所（神田小《お》川町《がわまち》）とはずいぶん離れていたのに、なぜ明神下の芸者のことを〝講武所芸者〟とよんだのでしょう」

そんなことをきかれたことがあるが、私自身、その因果関係が、くっきりとは納得できていない。

どうも、幕府の財政問題と関係があったらしい。
幕府は、ペリー来航以後、大いに国防熱を高めた。
はじめの意気込みとしては、講武所を江戸のあちこちにつくるつもりだったらしいが、

男坂

財政難で構想が小さくなった。

洋式のほうは築地鉄砲洲《てつぽうず》と深川越中島《えつちゆうじま》につくった。ただし、めまぐるしく様変わりした。築地鉄砲洲のほうはその後軍艦操練所になった。

この築地のほうは明治後、海軍用地になり、一時期、海軍兵学寮になった。いまの国立がんセンターの敷地がそうである。深川越中島のほうは、いまの東京商船大学★221の構内がそうではないか。

神田小川町（現・三崎町二丁目）の講武所は、それらよりすこし遅れ、完成したのは安政七（一八六〇）年だった。

二月三日の開所式には大老の井伊直弼《いいなおすけ》も出席した。井伊という人は開国を決断した大老だったが、好みは洋式にはなく、古来の武術にあった。

神田小川町講武所では、井伊好みの古来の剣術や槍術、柔術などが専科であった。町方《まちかた》からみても、築地あたりで鉄砲をかついで〝西洋足軽〟のようなまねをしている連中より、このほうがカッコよく見えた。
★222将軍家茂《いえもち》なども神田小川町の講武所のほうが好きで、ここへゆくのをたのしみにしていたといわれる。将軍の御成《おなり》がたびかさなれば町方が元気づき、いやが上にも講武所の士気があがる。旗本・御家人《ごけにん》の子弟がおしかける。従って飲み屋がさかえ、遊芸の女師匠がよろこんで酒席で三味線をひくというかっこうだったらしい。

★221 現在は東京海洋大学。

★222 徳川家茂。一八四六年～一八六六年没。江戸幕府第十四代将軍。井伊直弼の擁立により将軍となる。公武合体のため、孝明天皇の妹・和宮《かずのみや》が降嫁した。

このあたり、落語風にいえば、
「お師《つ》匠《しょ》さん、こんな刻限からどこへお出かけです」
「講武所ですよ」
「講武所はもう退《ひ》けたじゃねぇか」
「いえ、一中節のさわりをね、すこし聞かせろとおっしゃるもんで」
そんな情景が、〝講武所芸者〟のはじまりだったにちがいない。

粋人についてふれる。

江戸時代、江戸は紳士にして粋人という人を多く出したが、成島柳北《なるしまりゅうほく》（一八三七～八四）が最後の人だったろう。

堂々たる幕臣の出である。官儒の家にうまれ、なみはずれた秀才だった。長じて洋学者にもなった。

粋人という点では、親友の洋学者柳河春三《やながわしゅんさん》（一八三二～七〇）が、「柳北が柳橋《やなぎばし》★223に投じた金員は二千金を下るまい」といっている（前田愛『成島柳北』朝日新聞社刊）から、粋人として折り紙付きといえる。

二十歳で将軍の侍講に抜擢されたが、そのころから遊びはじめた。湯島の昌平黌《しょうへいこう》にあった『徳川実紀《とくがわじつき》』の編纂員という堅い職につきながら、そのかたわら私《ひそ》かに『柳橋新《りゅうきょうしん》

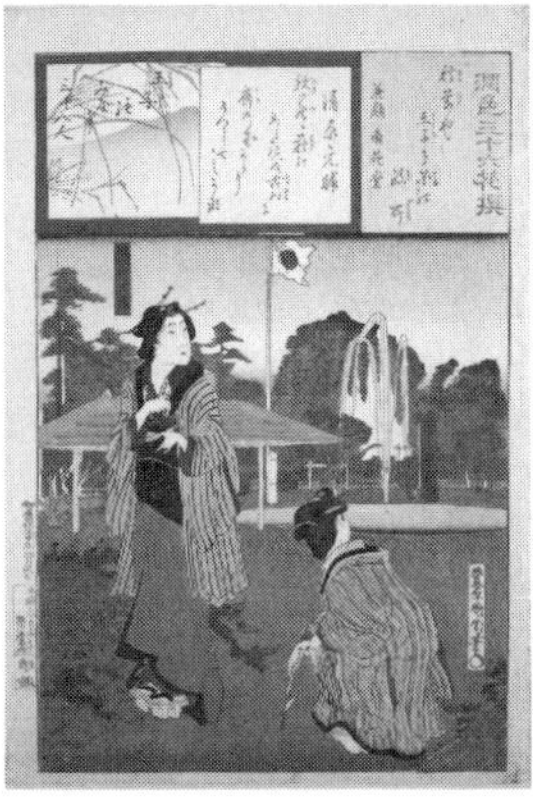
講武所芸者の絵図。「同小なつ・講武所吉川屋小鎌」

★223 東京都台東《たいとう》区南東部の地名。江戸時代以降、花街へと発展した。

誌《し》』という、文科人類学的芸者論を書いた。ときに二十三歳である。

柳橋の妓は芸を売る者なり。女郎に非ざるなり。

原文は、漢文である。以下、煩《はん》を避けるために、直訳ふうの口語文にする。

「芸者を招くのは芸を聴くのであって、寝るというふうであってはいけない。ところが、寝てはいけない芸者と寝、売ってはいけないはずの色を売らせることもある」

女郎にとって色を売るのは女郎の公である。芸者にとって芸を売るのは芸者の公で、もし芸者が客と寝るとすれば、それは芸者の私だ、という。もっともしきりに芸者が、私をやる場合がある。……

これを転《てん》と謂《い》う。

冗談のような漢文である。芸者が見さかいなしに〝ころぶ〟というところから、柳北は転という漢字をつかった。遊里でいうところの不見転《みずてん》芸者のことである。

中国の明《みん》末の文人に余懐《よかい》という人がいて、★224倭寇の難を避けて南京に流寓し、詩文で名が高かった。

★224 わこう＝十三世紀から十六世紀にかけて、海賊行為を働く日本人のことを指した中国・朝鮮側の呼称。

遊里を好み、名妓とつきあい、ついに『板橋雑記《はんきょうざつき》』を著した。柳北は余懐にならって、『柳橋新誌』を著述したのである。

余懐も、倭寇という国難から逃避し、柳北もペリー来航というとほうもない国難から逃げて、無用の文章を書いている。

しかし、『柳橋新誌』一冊のおかげで、江戸文化の爛熟が証明されたといってよく、柳北の功績は文化史の上では大きい。

くりかえすが、ときに安政六（一八五九）年という天下大乱の時代で、志士たちが群《むらが》り興って、四方に奔走した。公家《くげ》や大名までがさわいで幕政を批判したから、大老井伊直弼が幕府の威厳をたてなおすためにかれらを弾圧し、いわゆる〝安政大獄〟をおこした。一方では、講武所を設けた。

そんな時期に、幕臣の俊才が、

酔来《よいきたつ》テ　偶《たまたま》　折ル、未ダ開カザルノ梅。（『日記』）

などと、恋い初めた芸者と船宿で寝た、というようなことを書くのである。柳北二十三歳で、相手の芸者は〝未ダ開カザルノ梅〟だったという。

柳北は幕臣だから、幕府を大切におもっている。

「攘夷」

などと叫んで、そのじつ反政府運動の道具に外交問題をつかう連中が大きらいだった。

御三家の一つの水戸徳川家についても、これを好まなかった。当時、水戸徳川家は尊王攘夷の士から、思想上の本山のように囃《はや》され、当主の★225徳川斉昭《とくがわなりあき》（烈公）は、救国の星のように仰がれていた。

井伊は、安政大獄でその斉昭をも罰し、幽居を命じた。幽居中に斉昭は病没した。

万延元（一八六〇）年、柳北二十四歳、『柳橋新誌』の追補を書いていたとしの三月、水戸・薩摩《さつま》の浪士団が白昼井伊直弼を桜田門外に襲い、これを殺すという大事件がおこった。

柳北は衝撃をうけた。この日の日記に、浪士たちの無法に対し、★226〝憤悱《ふんぴ》〟し、★227〝浩嘆《こうたん》〟し、★228〝排悶《はいもん》〟した。

さらに、日記の他の箇所で、徳川斉昭のことを、〝水府の老姦《ろうかん》〟とよび、また水戸の志士たちを〝水賊〟とよんだ。

当時、水戸は時代の先駆者のようにいわれたし、当時だけでなく、明治後も――太平洋戦争の敗戦まで――水戸の尊王攘夷主義は教科書史観における正義だった。

★225 一八〇〇年～一八六〇年没。江戸時代後期の大名。儒学者の藤田東湖《ふじたとうこ》らを登用して藩政改革に着手する。海防参与として幕政に関わるが、尊王攘夷《そんのうじょうい》論者だったために井伊直弼と対立し、安政大獄で蟄居《ちっきょ》処分（公家・武士に科された監禁刑）を受けた。

★226 むかむかして、身悶《みもだ》えること。

★227 ひどく嘆くこと。

★228 憂さを晴らすこと。

成島柳北は二十代の前半は漢学と修史、それに遊興にふけるというぐあいだったが、後半、時勢にめざめた。晩生《おくて》というべきだった。二十七歳になってようやく洋学を修め、さらには二十九歳、幕府が新設した洋式陸軍に転じ、歩兵頭並《ほへいのかみなみ》になった。佐官のことである。

三十一歳、騎兵頭《きへいのかみ》になった。大佐と考えていい。

徳川幕府最後のとし、柳北は三十二歳、外国奉行に任じ、★229大隅守《おおすみのかみ》に叙《じょ》せられたが、しかしながら江戸開城とともにすべてを捨て、家督を養子にゆずり、明治後も官に仕えなかった。

柳北の進退はみごとといってよく、みずから「天地間無用の人」とよび、「朝野新聞」の記者などをして四十八歳までの生涯をすごした。

明治九年、四十歳、政府の官僚二人を批判したかどで、「★230讒謗律《ざんぼうりつ》」により、四カ月間、鍛治橋《かじばし》監獄に入った。

同じ社の★231末広鉄腸《すえひろてっちょう》（一八四九～九六）も投獄されたが、獄中の柳北の平素とかわらないのをみて、その人物のたしかさに驚歎したという。

柳北に紙数を費《ついや》しすぎた。

じつは通人《つうじん》のことだから、神田明神下についてもなにか書いているのではないかとおもってさがしてみたのだが、一向に出て来ない。どうも柳北は柳橋一辺倒だったようで

★229 大隅国（鹿児島県の一部）の地方長官に相当する官位。

★230 明治八（一八七五）年に公布された言論統制令。自由民権運動の高まりに伴う政府批判の規制を目的に制定された。

★231 一八四九年～一八九六年没。反政府側のジャーナリスト。讒謗律を激しく批判して禁錮刑を受けた。

ある。

神田明神下に幕府の火除地《ひよけち》があって、それまで〝加賀《かが》っ原《ぱら》〟とよばれていたのだが、幕府はこの原っぱを花街に貸して神田小川町の講武所の経費をひねりだした。明神下の芸者が〝講武所芸者〟とよばれたのは、そんないきさつからだという説もある。

柳橋の芸者が、柳北に、

「加賀っ原に、ちかごろ芸者がでるそうですねえ」

などと話しかけたこともあったにちがいない。

この項は、柳北が明神下で遊んだはずだと思って書きはじめたのだが、どうもその形跡がなく、いわばあてが外れた。

おなじ幕臣で、成島柳北の親友だった松本良順《まつもとりょうじゅん》（一八三二〜一九〇七）は、神田明神下がごひいきであった。

松本良順（明治後は、順）は関東における蘭方医術の本山のようにいわれた佐倉の順天堂の佐藤泰然の次男で、幕府の奥御医師《おくおいし》松本家に養子に入った。

二十六歳のとき、幕府の命令で長崎にゆき、蘭医ポンペから西洋医学を体系的に伝授され、文久二（一八六二）年、江戸にもどって、やがて幕府の医学所の頭取になった。

その良順が、幕府における漢方と蘭方との相剋《そうこく》になやんだ。具体的には、漢方の奥御医師である多紀《たき》家が頑固すぎ、蘭方をきらいぬいた。

良順は幕府の医学を蘭方一本建てにしようとしていたが、抵抗に遭ってうまくゆかず、その件についてかねがね部外者ながら成島柳北に相談していた。柳北が漢学者でありつつ洋学者でもあったから、仲介者としてうってつけだと良順はおもったにちがいない。

その日の相談の場所は、神田明神下で第一等といわれた開花楼であった。おそらく良順のほうが、席を設けたのにちがいない。

ところが、当方の良順が遅れ、柳北がさきにきた。柳北は背が高く、顔が長かった。すでに座のまわりには〝講武所芸者〟が何人かいたにちがいない。

そこへ良順がきて、素面《しらふ》で右の一件を持ちかけた。柳北はわずか聴いただけで領解《りょうげ》し、良順がさらにいおうとしたとき、

「やがて春三《しゅんさん》がくるよ」

と、いった。

「ひさしぶりで春三の河童踊《かっぱおど》りを見ようじゃないか」

俊才ぞろいのこの仲間で、おそらく柳河春三がいちばん頭がよかったにちがいない。

尾張《おわり》名古屋の町家のうまれで、三歳のころ尾張徳川家の殿様[★232]がおもしろがって御前に召し、揮毫《きごう》[★233]させたほどに神童の評判が高かった。年少で蘭方医学を学び、十二歳のとき、オランダの砲術書を読み、『西洋砲術便覧』という携帯用の小冊子をあらわしたといわ

★232 徳川御三家の一つで、徳川家康の九男徳川義直を家祖とする。
★233 毛筆で文字や絵をかくこと。特に、著名人が頼まれて書をかくこと。

れている。

やがて江戸へ出て★234紀州《きしゅう》徳川家の寄合《よりあい》医師になり、いつのほどか英語、フランス語を身につけ、海外の技術書を翻訳しているうち幕府の目にとまり、洋学機関である開成所の教授としてまねかれ、幕臣になった。ほどなく同所の頭取になる。

明治後、開成所を接収した新政府に従って大学少博士になったものの、よろこばず、かたわら新聞に関係し、佐幕色のつよい論陣を張ったため罷免《ひめん》され、明治三年二月、三十九歳という若さで死んだ。結核だったかと思える。一説に鰻の蒲焼を食っていたときに喀血して死んだという。

春三は、河童に似た滑稽な顔をしていた。かれについて、いい本がある。蘭方医で幕府の奥御医師だった★235桂川甫周《かつらがわほしゅう》の娘今泉みね（一八五五〜一九三七）が、七十余年後に、当時を回顧している。

桂川家は幕末における洋学者のサロンだった。みねは、幼女ながらつねにその席にいた。その回想録が『名ごりの夢』（平凡社刊・東洋文庫）である。その冒頭に、春三が出てくる。


私の目にうつった柳河春三さんはとてもおもしろい人で、この方がいらっしゃると家中笑いこけてそのおもしろいことといったら今も忘られません。第一容貌も一見

★234 徳川御三家の一つで、紀伊国・伊勢国を治めた。徳川家康の十男徳川頼宣《よりのぶ》を家祖としている。

★235 一七五一年〜一八〇九年没。医師及び蘭学者。教育者としても優れ、幕府より医学館の教官に任じられた。日本人としてはじめて顕微鏡を医学利用した。

人がふき出さずにはいられないようでした。

春三は、即興で唄などをつくったという。

やがて春三は、神田明神下の開花楼に到着した。階下で褌《ふんどし》一つになり、前髪を河童のように掻きおろしつつ階段をあがり座敷に入るなり、

柳の川の　河童でござる

と踊りだした。良順はそのように記憶しているが、『名ごりの夢』のなかに出てくる春三の即興の唄は、

わたしは　かさいのげんべぼり
かっぱの伜《せがれ》でございます
わたしにご馳走なさるなら
お酒に　きうりに　尻《しり》ご玉《だま》

というものだった。

神田明神下で取材中の司馬さん

みねの記憶では、うたいおさめると、二本指を鼻にあてながら引っこんで行ったというのである。

柳北、良順がいたその夜の開花楼の席でも、芸者が笑いころげて、息も絶えだえになったらしい。柳北は、顔が長いために馬踊りをおどった。開花楼でもおそらくやったのではないか。

今泉みねは、

ああ今から思えば、柳河さんや宇都宮さんの踊ったのもかなしい踊でした。おもしろいおもしろいと手をたたいてごまかしていらっしゃいましたが、泰平の夢がさめかけている瓦解《がかい》の前の淋しさが、そのにぎやかなひびきの中にこもっていたのでした。

と、語っている。

私は、良順が主人公の一人である『胡蝶の夢』★236を新聞に連載していたころ、遊芸にあかるい新潮社の川野黎子氏を先導役にたのみ、明神下で飲んだことがある。良順たちの当時の気分がもし嗅《か》ぎとれればと思ったのだが、当方が野暮ということもあり、明神下も衰えていて、春三や柳北がそこにいるかというような華やぎには遠かった。

★236 昭和五十四（一九七九）年刊行の長編歴史小説。蘭方医《らんぽうい》松本良順とその弟子《でし》の島倉伊之助《しまくらいのすけ》の生涯を通して、医療という観点から幕末が描かれる。

ただ、若い妓《こ》のなかに福丸という唄の名人がいて、木遣《きやり》[237]をたかだかとした正調でうたってくれたのは、一期《いちご》の思い出だった。

それが十数年前のことで、たしか昭和五十年代のはじめだったような気がする。

こんども川野黎子氏に案内されて明神下を歩いてみると、その家もなくなっており、べつの家で待つうちに、福丸さんがやってきてくれた。福丸、小照、初栄、晶子。小照さんをのぞいて、みな神田っ子である。

福丸さんはテレビなどですっかり有名になっていながらも、テニス・ボールのように弾《はず》んで、いいお座敷をつとめてくれた。

神田雉子町《きじちょう》

神田雉子町という町名は、江戸時代からのもので、雉子橋御門と関係のある名らしいが、昭和十年に消えた。

『日本地名大辞典』（角川書店刊）の「東京都」をひらいて雉子町の項をみると、明治五

★237 日本の民謡のひとつ。大勢で大木や石を動かすときに、かけ声をかけるために作られた歌。

年、戸数は百四十三戸であった。いまは、小川町《おがわまち》一丁目の一部、須田町一丁目にわずかにかかり、司《つかさ》町二丁目にも入りこんでいるという。

旧雉子町のにおいは残っていないかと歩きつつ、昼になったので、そばを食った。須田町の交叉点に近いあたりである。

「いかがです」

そば好きの編集部の村井重俊氏が、悪戯《いたずら》小僧みたいな目玉を細めている。

「うまいですね」

そばは、東京がいい。それに、トンカツと蒲焼が京・大阪よりまさっている。すしはいかがです、と村井氏が、きいた。

むろん東京のすしが結構であることにはまちがいないが、ときにせっかくのすしが商品として独立していなくて、職人の威勢や店主の威厳が加味される。そのあたりは京都の茶道に似ている。客は、江戸前の威勢や、職人の心意気という文化をたのしまねばならない。

雉子町のことである。

そこに、明治時代、「日本」という新聞社の社屋（といっても民家同然の建物だが）があって、発行部数も多くなく、給料も安かった。しかし人材という点で、偉観というべ

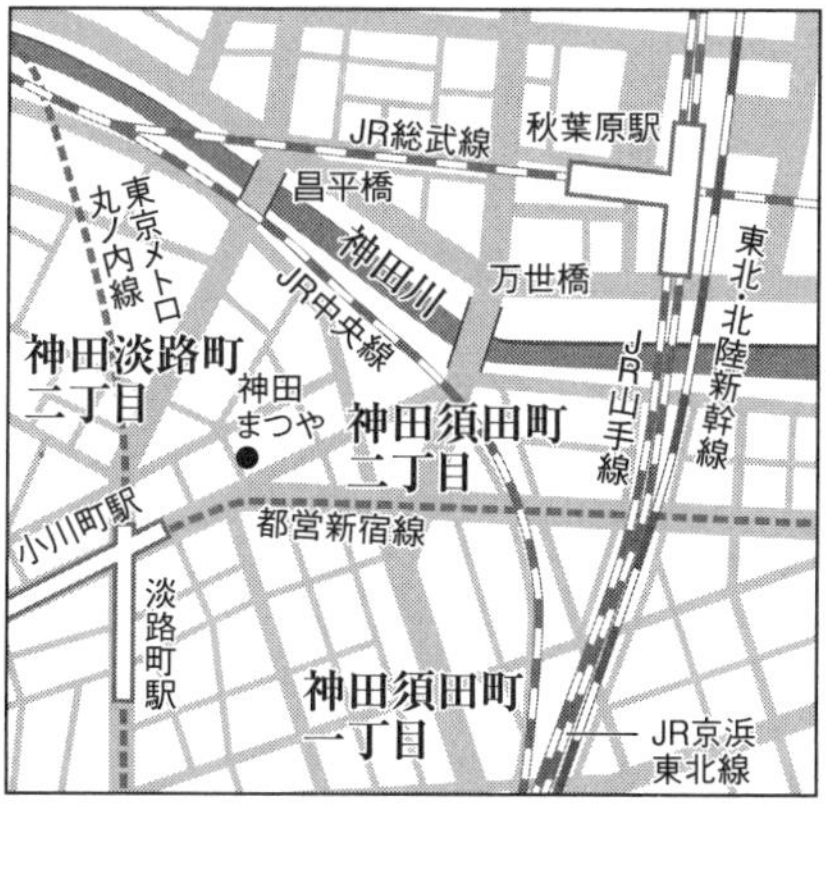

旧神田雉子町付近

き存在であった。
たとえば、死後、個人全集が刊行された人が、何人もいた。

『陸羯南《くがかつなん》★238全集』全十巻（みすず書房）
『長谷川如是閑《はせがわにょぜかん》★239選集』全七巻、補巻一（栗田出版会）
『子規《しき》全集』全二十二巻別巻三（講談社）
『内藤湖南《ないとうこなん》★240全集』全十四巻（筑摩書房）
『志賀重昂《しがしげたか》★241全集』全八巻（其全集刊行会）

ほかに、陸羯南とともに明治九年、司法省法学校を連袂《れんべい》退学した福本日南《ふくもとにちなん》★242や国分青厓《こくぶせいがい》★243がいた。こんにちでこそ知名度は低いが、日南は当時史談的なものを書き、青厓は明治時代きっての漢詩人として著名だった。

若手記者では、のち毎日新聞で「硯滴《けんてき》」欄をうけもつ丸山幹治《まるやまかんじ》（侃堂《かんどう》）がおり、また原稿をあつめて印刷工場にもってゆく人に、古島一雄《こじまかずお》がいた。そういうしごとを、この新聞では〝主任さん〟とよんでいた。古島はのち政界に出て、第二次大戦後、吉田茂★244の政治指南役になる。

ついでながら、当時は新聞社に職階制がなく、老若にかかわらず、みな同人《どうにん》とよぶ間

★238 一八五七年～一九〇七年没。新聞記者。明治二十二（一八八九）年に新聞「日本」を創刊し、国民主義の立場で明治政府批判を行った。

★239 本文267ページから詳述。

★240 一八六六年～一九三四年没。東洋史学者。新聞記者として中国論を展開、のち京大教授となり東洋史の京都学派をなした。

★241 一八六三年～一九二七年没。地理学者。海軍練習船筑波に便乗し、各国を歴訪。帰国後に国粋主義の論陣を張る。著書に『日本風景論』など。

★242 一八五七年～一九二一年没。史論家。明治四十一（一九〇八）年には衆議院議員に当選。

★243 一八五七年～一九四四年没。明治～昭和前期の漢詩人。新聞「日本」の時局を風刺する「評林」欄を担当し、評判となった。

柄であった。ほかに★245池辺三山《いけべさんざん》もいたし、★246鳥居素川《とりいそせん》もいた。

主筆兼社長が、陸羯南であった。羯南の思想と文章と人柄でもってこれだけの人材があつまった。

この新聞は論説を主とし、社会面がなかった。

こんにちでいう学芸欄はあった。「文苑」欄で、ひょっとすると、そういう欄をもった最初の新聞だったかもしれない。

陸羯南が「文苑」という欄を設けたのは、明治時代が文章の混乱期だったからである。羯南は日本人の文章力を高めようとした。

たとえば、「日本」の「文苑」では落合直文《おちあいなおぶみ》らが国文的文章を書き、国分青厓が漢詩を書き、羯南その人が、論理の堅牢な文章をもって論説を書いた。のちに、正岡子規が加わった。

子規の場合、羯南は上京以来の庇護者だった。

子規は、伊予《いよ》松山の士族で、松山中学に学んだが、この学校にあきたらなかった。

母方の叔父に加藤恒忠《かとうつねただ》（のちベルギー公使など）がいた。恒忠は、明治初年、旧藩からえらばれて司法省法学校に入り、津軽の旧藩からきた陸羯南と同窓になった。ともに退学した。その恒忠が甥の子規の上京を保証してくれたので、子規はよろこんで上京し

★244 よしだ・しげる＝一八七八年〜一九六七年没。政治家。外務次官、駐伊・駐英大使などを歴任し、第二次大戦後、外相。昭和二十一（一九四六）年、第一次内閣、のち第二次から五次に至る内閣を組織。昭和二十六（一九五一）年、サンフランシスコ講和条約・日米安全保障条約に調印。戦後の国際関係における日本の路線を方向づけた。

★245 一八六四年〜一九一二年没。明治時代の新聞記者。「東京朝日新聞」の主筆として多くの社説を説き、同紙の発展の基礎をつくった。

★246 一八六七年〜一九二八年没。明治〜大正時代の新聞記者。大阪朝日新聞社の編集局長となるが、筆禍《ひっか》事件により引責退社。「大正日日《にちにち》新聞」を発刊する。

た。

ところが、恒忠がにわかにフランスに行かねばならなくなったので、この甥を、友人の陸羯南に託したのである。

子規は、東京大学国文科で学んだものの、俳句にとりつかれて、科目の忠実な習得者であることを失った。在学中、大学図書館を利用して、江戸時代の連歌の発句《ほっく》を書き写し、それを季題べつに分類するという作業——のちの子規学ともいうべき短詩型美学の基礎作業——に没頭した。やがて学年試験に落ち、このため退学した。

おそらく、旧藩からの給費が落第によって停止になるため、みずから稼ぐために退学を決意したのではないか。

落第した前後、国もとから母八重と妹律《りつ》が松山での家をひきはらって上京してきた。この間、子規は神田雉子町の日本新聞社に就職し（月給二十円）、居を下谷《したや》上根岸《かみねぎし》八十八番地（羯南宅の近所）にうつした。このように、身辺の変化が一時におこった。このとし、明治二十五（一八九二）年、子規二十六歳である。十年後に死ぬ。

子規におけるこの十年（そのうち後半の七年は死の病床にあった）こそ、日本文学史上の重大な画期だった。かれ一個の力で俳句・短歌に一大変革がおこされるのである。

この変革の基礎は、在学中、図書館にこもってやった古俳句の分類だった。

「日本」に最初に連載したのは、『獺祭書屋俳話《だっさいしょおくはいわ》』である。かれの審美眼をもっていち

日刊新聞「日本」

いち古俳句を検証しつつ、当時の俳句の弊風をただした。反響はすさまじく、旧派は一時に鳴りをひそめ、かつ「日本」の名を高からしめた。

子規は短命だったせいか、短期間に成長した。『獺祭書屋俳話』を書いた翌年、『蕪村《ぶそん》句集』★247を発見し、芭蕉以外に客観的視点をもった巨人が存在したことを知る。かつこれを称揚した。

まことに子規の十年は駈け足で旅をしているようで、入社早々、自分がめざすものが写実にあることに気付く。洋画家とつきあったことからの影響で、かれは画家とおなじ用語をつかい、写生とよんだ。要するに子規美学は、入社の翌年の明治二十六年、二十七歳で確立した。

根岸から神田雉子町の社屋にかようのだが、通勤は必ずしも毎日ではない。右の明治二十六年一月元旦には、出社した。

五日は宴会であった。神田明神下の開花楼で、新聞社の同人全員による新年会があり、出席した。子規は酒はのまず、女性への関心もすくなかった。ただ大食家だったから、目の前の料理はぜんぶ平らげたにちがいない。

宴果てて、子規は満腹している。ふりかえって明神の男坂を見あげた。月が出ていた。子規は、明神のある湯島台を〝山〟と見たて、ふと手帳をとりだした。

★247 与謝蕪村《よさぶそん》＝一七一六年〜一七八三年没。江戸時代中期の俳人、画家。江戸にて俳人、早野巴人《はやのはじん》に俳諧を学ぶ。浪漫的俳風で中興期俳壇の中心的存在となった。

寒月や山を出る時猶《なお》寒し

名句とはいいがたい。

子規はすでに結核を病んでいた。

右の明治二十六年も血痰がしばしば出、よく休んだ。

陸羯南も多病で、よく休んだ。子規はそのつど羯南を見舞い、羯南のほうも子規がやがて重病★248（脊椎《せきつい》カリエス）の床につくとしばしば見舞いにきてくれた。激痛のときなど、羯南が手をにぎっていてくれると、痛みがやわらいだという。徳のある人というものはふしぎなものだ、という意味のことを、子規はロンドンの漱石に書き送っている。

母親の八重は小柄な人だった。可愛い目鼻だちのひとだったが、妹の律は、美人とは言いがたかった。

律は子規より三つ下で、ごく早い時期に二度嫁《とつ》ぎ、二度とも戻ってきた。自分の意志でそのようにした。最初の夫はいとこにあたる陸軍の下級将校で、二度目は松山中学の地理の教師だった。

律は幼いころから、兄が好きであった。厭《いと》わず子規の看病をした。子規は、病いのく

★248 結核菌による脊椎骨の炎症。肺結核に続発することが多い。

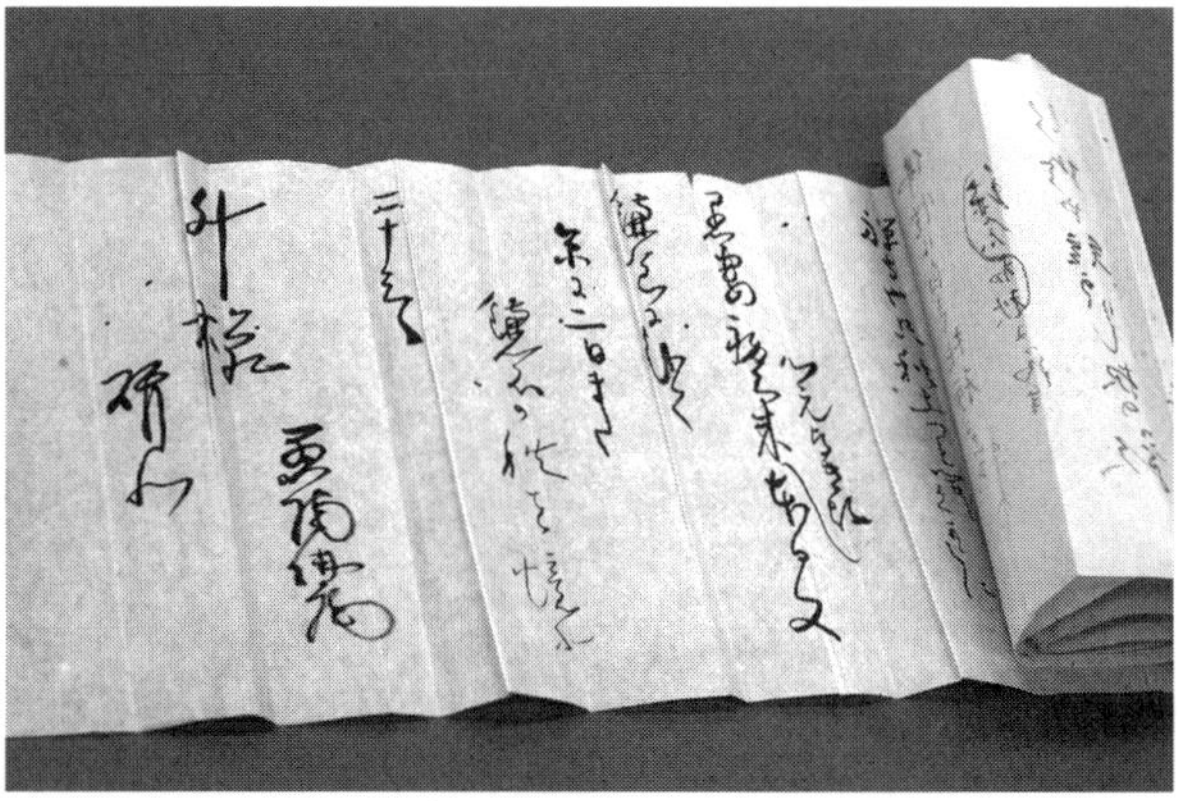
夏目漱石が子規へ送った手紙

るしさのあまり、律につらくあたった。

子規の重態は、その死まで七年つづく。子規の生涯は、この時期に決定する。かれの作品と、日本の短詩型（俳句・短歌）についての美学的革新、それに後継者（俳句の★249高浜虚子、短歌の★250伊藤左千夫など）の育成などがなされるのは、すべてこの〝病牀六尺《びょうしょうろくしゃく》〟の時代であった。

虚子たちは、みな弁当を持参して、子規の病床のまわりにすわる。子規は教え、批評し、自説をのべ、また創作する。背中に穴があいていて、膿が流れている。律が繃帯《ほうたい》を替え、そのつど子規が痛みのために叫ぶ。「この痛みは、痛い痛いと叫ぶより道がない。かうなると神も仏もない」（当時の門人の和田不可得《わだふかし》）と言いつつも、座にいる者に帰れとはいわない。

律が、汚れた繃帯を洗いにゆく。もどってくると、食いしんぼうの子規が、「なにかないか」とせがむ。あまり痛むときは医者がくれたモルヒネを飲む。痛みがおさまっているあいだに、「日本」に連載している『墨汁一滴《ぼくじゅういってき》』などを書く。

そういう情景は、右の『墨汁一滴』『仰臥漫録《ぎょうがまんろく》』や、死のとし（明治三十五年）の『病牀六尺』によって知ることができる。

身うごきの自由をうしなっている子規にとって、八重と律のふたりを加えて一人前だった。

★249 たかはま・きょし＝一八七四年～一九五九年没。俳人・小説家。夏目漱石らの作品の発表の場となった雑誌「ホトトギス」を主宰。俳句の普及と後輩の育成に努めた。

★250 いとう・さちお＝一八六四年～一九一三年没。歌人・小説家。のちに雑誌「馬酔木《あしび》」「アララギ」を主宰。代表作に『野菊の墓』など。

『病牀六尺』もまた「日本」に連載されたもので、当時、ひとびとによく読まれた。百回つづいたとき、子規は百日生きたことをよろこんだ。死の二日前、百二十七回目の最後の原稿を書いた。

そのなかで、子規は女子の教育は必要だという。かれは女子教育論を三回にわたって書いた。

看病人の律に、子規はいらだっていた。律は、用事がないときは、「手持無沙汰で坐《すわ》つて居る」と子規はいう。なにか話せばいいのに、話すべき話題がない。……

新聞を読ませようとしても、振り仮名のない新聞は読めぬ。振り仮名をたよりに読ませて見ても、少し読むと全く読み飽いてしまふ。

律こそいい面《つら》の皮である。

九月に入って、病状が一段とわるくなった。十八日、朝から痰が切れず、子規はもはやこれまでとおもったらしい。

友人知己をよばせ、やがて律に介添えさせて画板上に辞世の句を書きつけた。「糸瓜《へちま》咲《さき》て痰のつまりし仏かな」。はずみで痰が大いに出た。「痰一斗糸瓜の水も間にあはず」

と書き、いったん筆をすてたが、四、五分してから律に命じて自分の手に筆を持たせ、「をと、ひのへちまの水も取らざりき」と書き、筆を投げた。その夜、時計が十二時をまわってから息をひきとった。三十六歳であった。

律のことである。

彼女は、子規の死の翌年、三十四歳で女学校に入るのである。あるいは、子規の文章を読んで、発心《ほっしん》したかとおもわれる。

入った学校はいまの共立女子大の前身で、当時は共立女子職業学校と言い、神田一ツ橋通町《とうりちょう》の角にあった。いまは共立女子学園の二号館（通称共立講堂）になっている。この敷地は、旧幕のころ、松平豊前守《まつだいらぶぜんのかみ》の屋敷であった。

子規と神田は、縁がふかい。

『墨汁一滴』の明治三十四（一九〇一）年五月十二日のくだりに、

神田より使《つかひ》帰る。命じ置きたる鮭《さけ》のカン詰を持ち帰る。……

とあり、使いは律と考えてもいい。当時、根岸住まいの者にとって、神田は買い物の町であった。ことに鮭カンのようなハイカラな食品は、なおさらだったろう。自然、律

正岡子規の自画像「子規居士自画肖像」

も神田にあかるく、共立女子職業学校の建物の前を通ったことがあったのではないか。

神田のたいていの私塾の建物が粗末であったのに、共立女子職業学校は表に大名屋敷の長屋門を構え、校舎は木造瓦ぶきながら、二階だてで、兵舎のように堂々としていた。

この学校を興したひとびとには、文部省にゆかりある人が多かった。たとえば、文部省会計局長だった永井久一郎★251（荷風の父）もそのうちのひとりだったから、官立学校の空き校舎を利用することができた。

神田錦町二丁目に大蔵省の銀行簿記講習所があり、旧幕時代の御殿造りの建物だったという。

その講習所が、明治十九（一八八六）年、高等商業学校の一部になって建物が空いたので、共立女子職業学校が入って開校した。

ほどなく、一ツ橋に移転した。

さきにふれた松平豊前守屋敷跡というのは、当時、伴正順という元旗本が所有していて、どうやらあつかいにこまっていたらしい。東京には、大名や旗本屋敷で、そんなふうな空き屋敷が多かった。

そのころ、金をもっているのは、政府だった。文部省はこれを地所もろとも買いあげ、共立女子職業学校に無償で貸し下げた。私学としては、めぐまれた出発だった。

この学校が世間に知られてゆく上で、明治三十二年発行の「風俗画報」一九三号にと

★251
永井荷風《ながいかふう》。一八七九年～一九五九年没。小説家。フランスから帰国後、江戸趣味へ傾斜し終生反俗的な文明批評家としての姿勢を貫いた。著書に『ふらんす物語』『濹東綺譚《ぼくとうきたん》』、日記『断腸亭日乗』など。

りあげられたことが、小さくなかった。

その画報の編集部は、「東京名所図会・神田区之部」というのを企画し、〝共立女子職業学校教場の図〟というものをかかげたのである。多色刷りで、まげのつややかな娘さんたちが、美しくえがかれている。

私は二十数年前、神田神保町《じんぼうちょう》の高山本店でこの画報をひとそろい買い、見ることもなく書架にねむらせていた。

律については、拙作の『ひとびとの跫音《あしおと》』★252に登場する。彼女が、神田の共立女子職業学校に入ったというくだりになって、閉口した。その学校が共立女子大の前身だとわかるまでに数日かかった。さらには、女子職業学校という正体もわからなかった。

ふと「風俗画報」を繰ってみたとき、偶然、錦絵のような折りかえしがあり、ひろげてみると、それが前記の教場の図だった。トンネルから出たような思いがしたのをおぼえている。

律は後半生を、教育者としてすごした。右の学校で四年学び、卒業して母校に残り、裁縫の教員としてながくつとめ、生徒からもずいぶん慕われたらしい。教育者というのは、多少頑固なほうがあとあと卒業生から慕われるようである。

昭和十六（一九四一）年、丹毒《たんどく》★253にかかり、東大小石川分院に入院し、心臓衰弱で死んだ。七十二歳だった。

★252 昭和五十六（一九八一）年刊行の長編小説。第三十三回読売《よみうり》文学賞小説賞受賞。正岡家の養子忠三郎を主人公に、正岡子規ゆかりの人びとの人生が共感と愛惜を込めて辿《たど》られる。

★253 傷口などから細菌が侵入して起こる皮膚や粘膜の炎症。

「これは、兄の脚絆《きやはん》★254です」

と、脚絆の縫い方の授業のとき、よく見本として生徒にかざして見せたという。律は無愛想なひとだったが「兄が」というとき、表情がなごんだといわれる。

骨肉というのは、ふしぎなものである。

子規は、『仰臥漫録』のなかで、「律は理窟づめの女なり。同感同情のなき木石《ぼくせき》の如き女なり」などとむざんに書いているのだが、律はその後も、意に介していない様子だったらしい。

「母神田へ薬取《くすりとり》及買物」

と、『仰臥漫録』には、八重の記述も散見する。八重もお使いといえば神田だった。八重や律が、病人の使いとして新聞「日本」の社屋にもきたこともあったはずである。

そのように、神田雉子町には、子規や陸羯南、あるいは八重や律の跫音がある。かれらが好きな私にとって、東京のどこよりもなつかしい。

しかしいまは、地名もない。そばやを出て、なすところもなく、まわりを見まわすだけである。

★254 すねに当てて用いる服装品のひとつ。すねを保護したり動きやすくするのが目的で、労働や歩行、防寒の際に使われる。

神田と印刷

明治維新のことを、

「御一新《ごいっしん》」などという。やや庶民的なことばで、明治のはじめ、とくに東京人がよくつかった。

むろん、明るい語感の場合が多い。

が、旧幕臣の場合は、そうはいかなかった。

最後の将軍★255徳川慶喜は、御家人《ごけにん》あがりの★256勝海舟に全権をゆだねて、江戸開城をさせた。

薩長などのいわゆる官軍諸藩は江戸に入り、以後、新政府の官員たちが東京のあらたな支配層をなしてゆく。

一方、徳川家は七十万石をもらって、静岡にうつされた。大小の幕臣も、家族をともなって静岡にうつった。かれらの多くは土地の農家の小屋などを借りて、悲惨な生活をした。

★255 とくがわ・よしのぶ＝一八三七年〜一九一三年没。江戸幕府第十五代将軍。フランスの援助を受けて幕政改革をはかったが挽《ばん》回《かい》はならず大政を奉還し、江戸開城後は水戸《みと》で謹慎生活を送る。

★256 かつ・かいしゅう＝一八二三年〜一八九九年没。江戸末期〜明治の幕臣・政治家。蘭学《らんがく》・兵学に通じ、蕃書《ばんしょ》翻訳所に出仕。万延元（一八六〇）年、咸臨丸《かんりんまる》を指揮して太平洋を横断。西郷《さいごう》隆《たか》盛《もり》と会見して江戸城明け渡しに尽力。維新後に海軍大輔、枢密顧問官などを歴任。

すでにふれたように、かれらが江戸に置き残した屋敷は、風雨にさらされた。それらが、二束三文で新政府の官員たちに買いとられ、そういう人達があらたな山の手階級を構成した。

その子女は山の手ことばになった。山の手ことばは、前住の旗本やその家族がつかっていたことばで、当時の日本語のなかで、もっともきれいなことばだったのではないか。

俗物《スノッブ》(snob)とか、俗物根性《スノビズム》とかというのは、むろん悪罵《あくば》[★257]のことばである。が、革命のときには役立つ。革命は、前時代のよき文化まで玉石《ぎょくせき》ともに砕くのだが、それを救うのは俗物根性《スノビズム》であるといえる。

たとえば、フランス革命で貴族階級が崩壊した。かわって町人階級《ブルジョワジー》がのしあがったのだが、かれらが、貴族階級が築いてきた文化を、スノビズムでもって継承した。むろん、知識人からあざ笑われもしたが。

貴族文化の根幹は、美しい言葉使いと、他者に不快をあたえない身ごなし、さらには優美な作法である。新興のフランス町人階級《ブルジョワジー》の文化には、そういうものがなかった。革命後、かれらは子女に家庭教師をつけたりしてそれらをとり入れ、みずからもときにたとえば芸術の保護者であるかのようにふるまった。

★257 悪口をいうこと。ののしること。

江戸から東京へ転換したときも、そのような仕組みが作動し、官員たちに継承された。ほろんだ旧幕臣のなかで、明治後もつぶしのきくはずの洋学派のひとたちが、かえって頑固で気骨のある姿勢をとった例が多かった。

おもいつくままにいえば、木村芥舟《きむらかいしゅう》（一八三〇〜一九〇一）なども、そのうちのひとりである。旧幕府の長崎海軍伝習所を監督し、遣米使節もつとめて見聞のひろい人だったが、新政府の誘いにも応ぜず、明治後は無為と貧窮のままにすごした。

福沢はこの芥舟が好きで、『瘠我《やせが》慢《まん》之説』のなかでその姿勢を賞揚し、〝立国の要素は、瘠我慢の士風にある〟という旨のことを書いた。

さきにふれた成島柳北《なるしまりゅうほく》や柳河春三《やながわしゅんさん》、またかれらの洋学サロンのあるじだった桂川甫周《かつらがわほしゅう》も、維新後はみずから〝無用の人〟になった。

栗本鋤雲《くりもとじょうん》（一八二二〜九七）も、そうであった。

鋤雲は将軍の侍医をつとめ、その後、昌平黌《しょうへいこう》頭取や軍艦奉行、外国奉行をつとめ、フランスに派遣中、幕府瓦解を知り、日本にもどると、小石川大塚に隠《かく》れて帰農した。

明治二（一八六九）年、前記の成島柳北が町を歩いていると、路傍で、死装束《しにしょうぞく》に似た白装《はくそう》の武士が椀をさしのべ、物乞いをしているのをみた。よくみると、石川右近という、かつて将軍の小姓役をつとめた高禄の旗本だった。

このことを柳北が鋤雲に話すと、

「石川右近に先鞭《せんべん》を着けられた」

と、くやしがったという。

以上は、〝殿様〟と敬称されたお歴々《れきれき》のことである。

おなじ幕臣でも、下士階級の御家人《ごけにん》[★258]の場合は、様相がちがったに相違ない。第一、言葉がちがっていて、庶民にちかいベランメエをつかう。

御一新で、旗本でさえ窮迫したのに、御家人はなおさらだった。もともと幕府時代でも末期にはくらしむきがわるく、のちに麻布中学を興した江原素六《えばらそろく》（一八四二〜一九二二）は最下級の御家人で、その生家（こんにちの新宿区内の角筈《つのはず》）は、厠《かわや》に戸がなく、荒むしろが掛けられていて、往来する駄馬が食ってしまったことがあるという。

芥川龍之介[★259]（一八九二〜一九二七）は、生母の兄の芥川家に養われた。本所の芥川家は奥御坊主《おくおぼうず》で、頭は剃っているが、御家人であった。御坊主はお扶持《ふち》のほかになにかと収入《みいり》があったというから、暮らしは江原家ほどでなかったようである。

幸田露伴《こうだろはん》[★260]（一八六七〜一九四七）の家も、代々の御坊主だった。

こんなことを書いているのは、明治三十七（一九〇四）年、神田猿楽町《さるがくちょう》一丁目二番地にうまれた永井龍男《ながいたつお》氏のことを意識してのことである。

★258 身分・格式などの高い人々。名士たち。

★259 あくたがわ・りゅうのすけ＝大正時代の小説家。東京帝国大学在学中に第三次・第四次「新思潮」を創刊する。短編小説「鼻」が夏目漱石《そうせき》に激賞され、文壇に登場した。代表作に『羅生門』など。

★260 明治〜昭和期の小説家。尾崎紅葉（219ページ注306参照）と人気

父君の教治郎は、本所割下水《ほんじょわりげすい》の御家人の次男だったという。

このくだりに、神田と印刷ということにふれたい。教治郎は、神田の印刷所の印刷工だったという。永井さんは、その生家と周辺について、『東京の横丁』(講談社刊)というエッセイ集のなかでは、

駿河台をお茶の水橋方面から下ると駿河台下の市電の十文字に達するが、その手前明治大学、旅館龍名館支店などに添って右に下るもう一つ小坂があり、私の生れた家は、その途中を右に入った横丁の奥の借家であった。

と、書いておられる。永井さんの幼時についての作品を読むと、明治末年の神田を歩いているような気がする。崖下だから、永井家の家の庭のむこうは石垣でさえぎられていたそうで、その石垣の上に、いつのほどか明治大学の柔道と剣道の道場ができた。

掛け声や竹刀の音や、掛け声もろとも用捨なく投出される体の地響きを聞くようになった。

まことに、学生のまちである。

を分かち、「紅露《こうろ》時代」と呼ばれる時期を築いた。代表作に『五重塔』など。

幾度もくりかえすようだが、神田は、古本屋さんと出版社と、それに付随する印刷屋のまちでもあった。印刷というのは、当時のことだから、活版《かっぱん》印刷である。

江戸時代はすでに旺盛な印刷の時代であった。ただ活字はなく、一枚の板に文章をごっそり彫りつけて刷る。

これにひきかえ、明治になって興った金属活版は、活字という一個ずつのものを版《はん》に組んで置きならべるため、まちがいがあれば活字を差しかえるだけでいい。版が活《い》きている、だから活字であり活版であるという説がある。ただし活字という言葉はすでに家康の時代にあって、『徳川実紀《とくがわじつき》』に家康は十万余の活字（木製）をあらたに彫刻させた、という記事がある。

活字や活版が盛大におこなわれるようになるのは、明治初年からである。活字は、鉛を主とする合金でつくられた。

活版印刷は、職人がまず原稿を見ながら、活字ケースから必要な活字を拾う。拾った活字を、箱の中に組む。これを文選《ぶんせん》という。

文選作業がおわると、文選箱（活字が鉛だから、じつに重い）が植字作業場に運ばれる。ここで、植字工は割付紙の指示どおりに一ページぶんの箱に組みならべる。この段階で、行間をあけるためのインテルが差しこまれ、また余白をつくるための込物《こめもの》が詰められる。さらには見出し文字や挿絵・写真などの凸版も組みこまれる。

それらを校正機にかけて、校正刷りをつくる。永井さんの父君は、晩年、この校正係だった。永井さんが物心づいたころから、父君は多病だったらしい。

父は体が弱かった。八、九年も、同じ印刷所の校正係をつとめていた。その間に、他の仲間達はどんどん好い位置を占め、社も発展して行った。しかし父はいつもガラス戸のはまった寒い、暑い校正室の中で、赤い筆を持っていた。

名品といわれる『★261黒い御飯』に、そのようにある。永井さんの二十歳（一九二三）の作品で、★262菊池寛に見出され、「文藝春秋」に発表された。当時の印刷工というのは暮らしが大変で、右の『黒い御飯』は、そういうことが主題である。

年譜をみると、永井さんが神田の錦華小学校に入るのは、明治四十四（一九一一）年である。

当然、入学式がある。その数日前の夕食のとき、母君が永井さんの紺がすりの普段着があまりに古ぼけているのが気になった。父君は、いっそ染めよう、おれが染めてやる、といった。

母君は危ぶむ。紺がすりの着物を丸染めにすると変なぐあいになってしまう。

父君は、いう。

★261 永井龍男の文壇出世作。小学校に入ったばかりの少年が主人公。父親から学校に行けることの有り難みを諭される場面などには、作者自身の幼少期の体験が反映されている。

★262 きくち・かん＝一八八八年〜一九四八年没。小説家・劇作家。雑誌「文藝春秋」を創刊し、芥川賞、直木賞を創設した。代表作に戯曲『父帰る』、小説『恩《おん》讐《しゅう》の彼方《かなた》に』『真珠夫人』など。

「子供の着るものなんか、さっぱりしていさいすればなんでも好いんだ。あした少し早く帰ってきて俺が釜で染めてやる」

釜とは、ご飯をたく釜のことである。

染めたあとの釜は、きれい好きの母君がたんねんに洗った。それほど洗ったのに、その釜で焚かれたご飯は黒かった。食卓をかこんで食べながら、だれかが、

「赤の御飯のかわりだね」

と、いったという。いうまでもないことながら、ふつうの家なら入学祝いには赤飯《せきはん》で祝うのである。

永井さんが小学校に入った明治四十四年というのは、日露戦争後の戦費負担で日本じゅうが貧しかった。永井家では、やがて父君が病床の人になる。

永井さんの『東京の横丁』では、父君の兄たちらしい年寄りが、しばしば訪ねてくる。没落御家人である。

吉田の伯父は、いかにも貧乏御家人の成れの果てと云った、横柄《おうへい》な口の利きようをする老人で、別に案内も待たずづかづかと父の病間へ通り、働き盛りが臥《ね》ていてど

うする、起きておれと一杯やれば癒ると、酒の相手をさせた。

むろん、酒を買う工面は、永井さんの母君がせねばならない。

……根岸の宗さんは、さらに年寄り染《じ》みた格好で、どこそこの帰りだと、夕暮れ時必ず孫を連れてやってきて永居をした。

この二人が訪ねてきた折りは、母は仏頂面《ぶっちょうづら》を隠さなかった。「吉田の伯父さんは仕方がないとしても、根岸の宗さんは必ず孫連れで来て、御飯を食べないうちは帰らない、ああいうのを食い稼《かせ》ぎと云うんだよ」と私を相手によく愚痴をこぼした。


印刷の話にもどる。

都市の品格は老舗《しにせ》の数がどれだけあるかできまるが、老舗のできにくい業種に印刷がある。が、神田にはおどろくべきことに、老舗として精興社★263がある。

私は、一橋《ひとつばし》講堂のあたりから税務署の通りに入ってゆくうちに、窓のない城砦のような建物があるのをみてうれしかった。印刷の精興社である。拙作も何点かそこの厄介になったが、活字の書体やインキの色のぐあいがじつにうつくしい。

★263 大正二（一九一三）年設立の印刷会社。設立当時の社名は東京活版所。

創業者は白井《しらい》赫《かく》太郎《たろう》（一八七九〜一九六五）という人で、青梅《おうめ》市のうまれである。十九歳の明治三十年、神田に出てきて簿記学校に通った。

『白井赫太郎の思い出』（非売品・精興社刊）

という本の年譜によると、創業は、大正二年、三十五歳のときだった。

誠実のかたまりのような人柄で、たとえば昭和二年、岩波書店から出た『内村鑑三《うちむらかんぞう》全集』の第一巻に、組版の置きまちがいからおこったミスがあった。白井赫太郎は本になってから気づき、岩波茂雄のもとにとんで行って詫び、しかるべき処置をとることを申し出た。岩波茂雄も、

「なるほど、まちがいやすい個所だね」

と、いうだけにとどめた。責める必要もないほどに白井は誠実だったのである。それ以前も以後も、岩波書店の本の多くが精興社で刷られ、内容とともに品質を高めた。

そのように活版の老舗である精興社でさえ、さきにのべたような手作業としての活版印刷の部門は数年前、歴史を閉じた。時代の波である。

「活版工の碑」

などは、むろんない。しかし歩いていて、私の記憶にある活版工の姿が、脳裏にうかんだ。永井さんの父君のような人が、ほのぐらい電球の下で背をかがめ、めがねごしに鋳造活字の箱を見つめて油だらけになっている。

白井赫太郎の言葉が刻まれた鉛製活字

長谷川如是閑《はせがわにょぜかん》（一八七五〜一九六九）については、新聞「日本」のくだりですこしふれた。深川の材木商の子で、青年のころ神田の東京法学院（のちの中央大学）で学んだ。新聞「日本」に入り、陸羯南《くがかつなん》の死後、朝日新聞社に属し、「天声人語」などを担当し、大正七年、退社した。

以後、どこにも属さなかった。妻子もなかった。

祖父が大工の棟梁だったせいか職人が好きで、職人の話になるとそのつど声をあげて泣いたという話は有名である。如是閑自身、そのことを『職人かたぎ』の文章のなかで書いているが、岩波書店の小林勇《こばやしいさむ》氏が、昭和四十八年刊の『人はさびしき』（文藝春秋刊）のなかで、実際に見た、という話を書いている。眼鏡をチャブ台にほうり出し、手で顔をおおい、異様な声で泣き出したという。

如是閑でなくても、永井さんの父君のような、明治の活版工の姿を思いうかべると、胸があつくなる。

火事さまざま

落語や講釈で〝火事は江戸の華〟などという。こどものころ、なぜそんなに江戸に火事が多かったのだろうとふしぎにおもったが、いまでもよくわからない。

仮りに考えてみる。火事は、火の不始末からおきる。不始末は、あわて者やそこつ者が仕出かす――と、はなしを落語ふうに考えてみる。

江戸っ子は威勢がいい。威勢というのはなんだか、あわて者やそこつ者の気分と親類同士のような気がする。

だから火事が多かったというのでは、理屈にも論理にもならない。

あてずっぽうながら、江戸は流入者が他都市よりも圧倒的に多かったから、ということは、いえそうである。流入早々のひとは、ふるくからの住民よりも地元に対する責任

『江戸大地震之絵図』（安政二年の火事）

感が薄い。だからついそそうや不始末をする。……とはかぎらないが、ここでは仮りにというハナシである。

江戸時代、江戸にくらべ京や奈良、金沢といった都市に住むというのは、ずいぶん重苦しかったろうと想像する。もし火を出せば末代までうらまれるのである。このため、こどものころから火の始末についてうるさくしつけられ、大人になると暮らしの神経のほとんどを火の用心のためにつかう。寝るときは一家をあげて火の点検をする。じいさんが言い、ばあさんがたしかめ、嫁がカラケシの壺のふたをとってもう一度念を入れ、亭主がかまどの灰に手を入れて、冷えていることをたしかめる。孫たちは、その間、息をひそめている。

そんなまちの町内に、もし見なれぬ者が入ってくればみなで監視するのである。また町はずれの小屋になじみの薄い者が住みつけば、みなで見張る。火のそそう★264をするのではないか、という用心なのである。ついゆきすぎて、あいつは火付けじゃないか、と疑ったりする。

「いつも裏の婆さんが目を光らせているようで、落ちつかないんです。出かけようとすると、どこからともなく出てきて、〝どちらへ〟という」

戦前、京の嵯峨野に住んだ銀行の退職者がそういっていた。もっともいまは乱開発さ

★264 うっかり、あやまちをおかしてしまうこと。

れて流入者だらけだから、この話に出てくる婆さんのような人はいなくなったろう。
ともかくも、戦前、奈良、京、金沢などはよそ者を警戒し、三代つづいても心をゆるしてくれなかったとよくいわれるのは、江戸時代の火の用心のきびしさからきた風習にちがいない。

そこへゆくと、江戸は気楽だった。

本来、十七世紀から急速に人口膨張し、江戸中期には人口百万を越え、年々ふえる流入者に幕府は悲鳴をあげつづけたまちだから、町内でも新参者が居づらいということはなかった。

独身の男が圧倒的に多かったのも、江戸の特徴であった。火の用心など、女房をもってはじめて、互いにやかましくいましめあうものなのである。

独り者の職人が、ひとり住まいの長屋にもどってきて寝酒を飲んでふとんをひっかぶる光景を想像すれば、いかに危険かがわかる。

江戸でも、神田は火事が多かった。

その神田でも神田佐久間町が火元の場合がとくに多かったといわれている。

——佐久間町じゃなくて、悪魔町だ。

などと、いわれた。このことは、神田花岡町（明治初年は、秋葉《あきば》の原《はら》）の火伏《ひぶせ》の神である秋葉神社のくだりで、わずかにふれた。

佐久間町というのは神田の東の端で、地下鉄秋葉原駅《あきはばら》の東側にある小地域である。駿河台《するがだい》の東麓にあたるため、冬の西北風がはげしく吹くと、低い佐久間町で気流が渦巻き、わずかな火でも大きくなり、遠くへひろがるという説がある。げんに、江戸時代、佐久間町から出た火が佃島まで飛火したという例が二度ばかりあって、〝火もとは佐久間町だ〟というと、江戸じゅうがふるえあがったらしい。佐久間町のひとたちにとって、たまったものではなかった。

それほど火事に縁がありながら、佐久間町には材木商や薪商《たきぎしょう》が軒をならべていて、火が出るたびに火勢を大きくした。そんな商売が多かったのは、この町が神田川の北岸にあって、筏《いかだ》を入れるのに便利がよかったためである。

明治二（一八六九）年の神田大火は、またしても佐久間町にちかい相生町《あいおい》から出火して、十カ町をひとなめにしてしまった。新政府はちょうどさいわいとおもったのか、火災のあと、九千坪の町家をとりはらって火除地《ひよけち》をつくった。

ところが、世にもふしぎなことがある。

東京じゅうを火の海にした関東大震災（大正十二年・一九二三）のとき、神田はおろか東京の下町《したまち》（低地）のほとんどが焼けてしまったのに、神田佐久間町だけは、二丁目

関東大震災で焼け落ちた神田

から四丁目まで涼やかに焼けのこったのである。

奇跡でもなんでもなく、地震から四時間後に発生した東京大火のなかで、佐久間町のひとびとが、町内を一歩もしりぞくことなく、中世の籠城軍のように火という火を叩きふせて消してしまったのである。むかしからの不評判に、全員が腹をたてていたにちがいなく、こんな話は日本都市史上、稀有《けう》なのではないか。むろん、官の指導でもなく、また玄人の消防がやってきてくれたわけでもなかった。

佐久間町を襲った火は、まず神田駅方面からやってきて神田川の南岸を舐めつくした。佐久間町は北岸にある。火は南岸から町にむかってさかんに火の粉を降らせた。

この間、佐久間町のひとびとは逃げるよりもいっせいに踏みとどまり、さまざまな手段で消してまわった。その当時、豆腐屋、魚屋、八百屋には専用の井戸があったから、ひとびとはそれをつかい、ほとんどが、バケツリレーだった。

なかでも危険な建物は、木造二階建の佐久間小学校で、その二階天井裏に火が入ったときばかりは、ひとびとはこれまでかとおもったらしい。なかでも勇敢なひとたちが教室にとびこんで学童用の机を天井裏まで積みあげ、それにのぼり、下からのバケツリレーを受けては天井裏に水をかけ、しまいには豆腐をぶっつけて火を消した、という。その話が、千代田区編纂の『おはなし千代田』に出ている。

これが、九月一日のことであった。

焼失した神田駅の取り片づけの様子

夕方には消しとめたのだが、その夜の八時ごろになって火はこんどは国鉄（JR）秋葉原駅のほうからやってきた。それを四時間かかって食いとめた。

翌二日の朝八時ごろ、三度目の大火が蔵前《くらまえ》方面から延びてきて、佐久間町を、その東と北からはさみうちにするように襲いかかった。町内のひとびとは十数時間、消火に駈けまわって消しとめた。

この九月二日の消火段階になるとひとびとは馴れてきて、和泉《いずみ》町にあった東京市の下水ポンプ場の水を利用した。

また佐久間町に「帝国ポンプ」というポンプ屋さんがあって、たまたまガソリンポンプが置かれていた。ひとびとはそれを操作し、まず井戸水を汲みあつめ、右のポンプでもって放水した。

足かけ二日、消火に駈けまわった時間は三十一時間で、世界防火史上、類のない奮闘で、見返してやるんだという意気ごみでいえば、いかにも下町っ子らしい働きだったといえる。いま、

「町内協力防火守護之地」

と刻まれた碑が佐久間小学校の校庭にあるというが、私は見ぞこねている。

明治三十七年うまれの神田っ子である故永井《ながい》龍男《たつお》氏は、神田について「東京のうちで

も火事の多いことで知られていた」と、『落葉の上を』（朝日新聞社刊）に書いている。

……北風が吹きすさんで、横丁の裏店《うらだな》のトタン屋根までガタピシ突っ込んでくる冬の夜は、お袋はまず位牌《いはい》と火災保険の証書を枕もとに置き、シャツ・モモヒキ類は、火急の際にも身につけられるように命令を下した。

そのお袋は、生命保険のことなどこれっぽかりも知らないが、火災保険だけは無理に無理をして再契約していた。

なんだか火の上で暮らしているような覚悟のよさで、このあたりはさすがに火事が名物のまちだけに、さきにふれた奈良、京、金沢という火の用心が徹底したまちとは、気分がちがっている。

近火が発生した町には、警察の手で非常線が敷かれる。警官たちは口に呼び笛をふくみ、手に六尺棒をもっている。火事場のまわりに非常線を張るのは全国共通であるにしても、火事を背にして警官が変に勇んでいるようにもおもえる。当時は、東京の警官は茨城県出身が多かったが。

もっとも、警官が排除すべき弥次馬のほうも、多かったろう。

永井さんは、末っ子である。「長兄は十二歳の頃、小学校を中退して印刷工場の徒弟」（『東京の横丁』）になったが、その火事のときにはすでに若者になっていた。永井さんの一家が手あたり次第に家財をかついでは、市電の線路道まで運び、線路上で夜あかししていると、思わぬことに長兄がそこを見つけてやってきた。長兄は、勤めを終えて神田小川町《おがわまち》で友達と呑んでいると、猿楽町《さるがくちょう》が火事だときいた。人力車を飛ばして火事場をめざしていると、駿河台下で非常線に引っかかった。友達が、とっさに永井さんの長兄を華族の若様に仕立て、

——若様、お邸が燃えています。お早く。

といった。おかげで、警官が目をつぶってくれたという。神田は下町とはいえ、一部お屋敷町もあって、古風な洋館の小松宮家《こまつのみやけ》★265や西園寺公望《さいおんじきんもち》★266の邸があった。〝若様〟には現実感はあったのである。

幼い永井さんがそのときの長兄の姿を見ると、「着ていた羽織を一《ひ》とつかみにふところへねじ込んだ威勢のいい姿」だったという。火事場に駆けつける若者の心得もうかがえる。

永井さんの小学校の錦華小学校も、このひとが四年生のときに焼けてしまい、六年生の卒業まで二部授業で、卒業式もよその学校を借りておこなわれたらしい。

永井さんによると、神田の町内では平素も町内の者が交代で〝火の用心〟と叫びなが

★265 旧宮家のひとつ。明治十五（一八八二）年に東伏見宮家《ひがしふしみのみや》から改称された。出身者に軍の要職を歴任した小松宮彰仁《あきひと》親王など。

★266 一八四九年～一九四〇年没。政治家。フランス留学後、明治法律学校（のちの明治大学）を創立。文相、外相、蔵相、首相などを歴任。パリ講和会議首席全権。長く元老《げんろう》として政界で活躍した。

ら、拍子木《ひょうしぎ》を打ってまわったそうである。

そのお役のことを〝火の番〟といい、一時間ごとにおなじ場所にもどる。

近火があると、拍子木が太鼓にかわる。さぞ勇ましくもおそろしい音色《ねいろ》だったろう。

そうなると、

町内の人人は頭に血がカッと来て……。


というぐあいだったそうである。

前記の佐久間町の場合などは、そのカッときたところを、何人かのすぐれたリーダーがいて、エネルギーに転化させ、方向づけもしたのにちがいない。

永井さんが八つで錦華小学校に入ったのは明治四十四(一九一一)年で、そのとしの四月九日に有名な〝吉原大火〟があった。吉原遊廓が燃えあがり、その周辺をふくめて六千五百五十戸が焼けほろんだ火事である。

真昼間《まっぴるま》だったそうで、幼い永井さんは近所のこどもたちと、横丁の溝板《みぞいた》の上でメンコ打ちをして遊んでいた。遊びながら、

「いま、吉原が大火なんだよ」

「そうだよ、だからお天とう様が、変な色しているんだよ」

と言いかわしていたという。子供ながら火事馴れしている。

永井さんのこの時期、すでに活動写真（映画）の時代に入っていて、吉原大火の実写フィルムがほうぼうの常設館で上映された。短尺《たんじゃく》ものながら、大変な評判だったらしい。むろん、フィルムは白黒の時代で、無声の時代でもあった。おもしろいことにフィルムが赤く染めあげられて、上映されると画面が火事場そこのけに真赤になったという。みなさん、火事好きだった。

そのうえ、半鐘《はんしょう》を乱打した。ジャンジャン鳴る半鐘に煽《あお》られながら真赤な映画をみているうちに、ひとびとは昂奮した。が、昂奮がクライマックスに達するころには、フィルムがおわってしまう。

「もっとやれ」

と、声がかかったかどうか、くりかえしくりかえしうつすのである。ついでながらそのころの映写機は手まわしだった。もっとも映像のくりかえしは、いまでもテレビがやる。たとえば湾岸戦争★267のときがそうだった。

永井さんの家の上のほうの駿河台南甲賀町の高燥《こうそう》な高台に明治大学があったことはす

★267 平成二（一九九〇）年に起きた、イラクのクウェート侵攻から始まる国際紛争。この侵攻に対して、アメリカを中心に編成された多国籍軍が翌年一月からイラクへの攻撃を開始し、二月末にイラクの敗北で停戦する。

でにのべた。

この当時は、他の私学と同様、大学令による大学ではなく、専門学校令による大学だった。

明治大学は、吉原大火があった明治四十四年にはすでに盛大で、このとし十月、レンガ造り二階建の講堂ができ、近在のひとびとの目をおどろかせた。

建坪二百十六坪ながら、当時、家並《やなみ》の低かった神田界隈では、ニコライ堂とともに雄大で、まことに〝白雲なびく駿河台〟であった。

その講堂は『明治大学百年史』の写真版としてのこっている。正面にたかだかと西洋《ゲー》切妻《ブル》をあげ、正面左右に小さなドームを隆起させて、十九世紀のヨーロッパの古い町の同業組合の建物をおもわせる。

くりかえすと、完成が明治四十四年十月である。翌年、焼失している。地上にあること五カ月にすぎず、まことに火事の神田らしい出来事だった。

ちょうど、永井さんにとって小学校二年がはじまろうとしていた。『東京の横丁』によると、三月五日の夜十一時ごろ、こんどは二番目の兄さんが駈けこんできたのである。

この兄さんは、小学校を卒業すると、株式の通信社の住みこみ社員になり、やがて報★268知新聞社の商況部に転じた。夜学に通えるという条件があったからだろう。明治大学付属の商業学校の夜間に通っていた。

★268 明治五（一八七二）年創刊の「郵便報知新聞」が前身。同二十七（一八九四）年に現在の社

母校の火事だけに、早かった。すでに寝しずまった自宅に駈けもどってきて、

——明大の記念講堂が燃えている。

と、急報した。「ホット・ニュースであった」と、永井さんはうれしげに（？）書いている。永井さんが横丁をとび出して表通りの坂をかけのぼると、炎がみえた。

煉瓦建ての記念講堂が猛火をはらんで寒む空に孤立していた。その辺の民家が燃えるのとは全く異った光景であった。

なんだかブロードウェイでいいミュージカルを見たような、上等の火事を見た思い入れがあって、この文章は家並の低かったころの神田の景色を連想せねば、幼い永井さんのおどろきが伝わらない。


名である「報知新聞」に改題される。明治末期には東京で第一位の部数を誇っていた。

銭形平次

神田明神《みょうじん》は、崖《がけ》のうえにある。

社殿のある平坦な場所からすこしくだると、中腹の茂みに碑があって、青みがかった石に、

「銭形平次」[★269]

ときざまれている。碑は、小説のなかの目明《めあかし》銭形平次親分が世話女房のお静と住んでいたまちを見おろしているのである。

〝明神下〟という気分のいい地名は江戸時代でも正称ではなく俗称だったようで、正しくは神田明神下御台所町《おだいどころちょう》と神田明神下御賄手代《おまかないてだい》屋敷で、まことにながったらしい。江戸城の御料理人たちが住んでいたのである。

むろん、平次が住んでいたような町方《まちかた》の長屋などもあって、角川書店の『日本地名大辞典』の「東京」の巻にも、

★269 野村胡堂による『銭形平次捕物控』の主人公。投げ銭が武器で、テレビドラマ化もされ人気を博した。

江戸期の俗称地名。現行の千代田区外神田2〜3丁目、神田神社の境内をくだった辺の一帯。野村胡堂《のむらこどう》の捕物帳の主人公銭形平次の住居に設定されている。

とあり、平次に敬意がはらわれているのがうれしい。

私は作者の野村胡堂（一八八二〜一九六三）にお目にかかったことはないが、『銭形平次捕物控』が雑誌に月々発表されていたころ、まっさきにそこから読んだ。

文章は、よく知られているように、〝です〟〝でした〟調である。叙述がすずやかで、すだれごしに上等な夏の料理をたべているような気がした。むろん、第一級の精神から出た言語であることを感じさせた。

吉田茂《よしだしげる》（一八七八〜一九六七）が首相だったころ、このひとはひまなときは野村胡堂の捕物帳を読んでいると言ったため、新聞でさんざん低級趣味であるかのようにからかわれた。当時、私も若い記者だったが、新聞の政治家評のひくさにうんざりした。

本来、すぐれた言語というのは、口頭であれ、文字によるものであれ、なにが表現されているかということ以前に、ひとに微妙な快感をあたえる。芸術が快感の体系であると定義すれば（快感とはなにかとなるとむずかしくなるが）、胡堂の言語によって語られる作品もまたそうで、一国の首相が緊張をほぐすための言語として決してわるくない。

銭形平次の碑

私が中学生だったのは昭和十年代だが、さまざまな大人の雑誌を夜店で買ってきて読むくせがあった。

それらの雑誌のなかの、あらえびすという筆名の人の文章に魅かれ、内容が私のにがてな音楽評論ながら、文章だけにひかれて読んだ。

そのあらえびすが野村胡堂と同一人物であることを知ったのは、後年である。

胡堂に、『胡堂百話』（中公文庫）という本がある。

それによると、母校の岩手県の盛岡中学（明治三十年入学）では、★270石川啄木《いしかわたくぼく》（一八八六〜一九一二）が一級下にいたという。胡堂は、そういう時代のひとである。

当時、盛岡中学は文学少年の巣窟だったようで、文学仲間に及川古志郎《おいかわこしろう》という同級生がいた。のちに海軍大将になった人物である。

啄木の才能をいちはやくみつけたのが及川だったかどうかはべつとして、ともかくもこの及川が胡堂に、石川の新体詩を見てやってくれないかとたのんだという。読んでみておそろしく下手だとおもった。後年の啄木を予見できなかったことを、前掲の本のなかで正直に書いている。

そのころの同窓に言語学者の★271金田一京助《きんだいちきょうすけ》（一八八二〜一九七一）もいて、中学時代、花明という号で歌を詠んでいた。詩人としての感覚が、後年アイヌ叙事詩への傾倒につ

★270 歌人・詩人。貧困と孤独にさいなまれながら明治末の「時代閉《へい》塞《そく》」に鋭く感応し、社会主義的傾向へ進むが、肺結核で夭折《ようせつ》。代表作に歌集『一握の砂』『悲しき玩具』、評論「時代閉塞の現状」など。

★271 言語学者、国語学者。アイヌ語の実地探査を行い、アイヌ語・

ながったにちがいないが、このひとは啄木を理解し、終生の保護者になった。ついでながら、私は啄木のいい読者ではない。

胡堂は第一高等学校を経て東大法学部にすすみ、途中、父の死に遭い、卒業まで数カ月というのに中退した。胡堂の気前のよさを感じさせる。

すぐさま報知新聞社に入った。明治も最末年であった。

入社して二年後の大正三（一九一四）年、新聞に人物評論を連載した。『胡堂百話』によると、編集局の連中が、これは署名記事にするほうがいい、なにか雅号をこしらえろ、ということで、当人ぬきで〝胡堂〟という号をつくりあげた。

十年後に音楽評論を書きはじめたときに、あらえびす、と号をつかった。胡堂に照応する号で、この号にも東北人であることの気勢《きおい》がうかがえる。要するに、江戸っ子の銭形平次は東北人によって書かれたのである。

新聞社では、学芸部長や社会部長などをつとめた。

昭和六（一九三一）年五十歳のとき、報知新聞社の社屋に文藝春秋の菅忠雄が胡堂を訪ねてきた。二階の応接室で会うと、菅は「オール讀物」をはじめることになった、と言い、ついてはなにか書いてもらえないか、という。

アイヌ文学の研究に専心した。文化勲章受章。『明解国語辞典』など数々の辞書を編纂《へんさん》。

「岡本綺堂《おかもときどう》先生の半七捕物帳ですね。ああいうものを毎月書いて、もらえないでしょうか」（『胡堂百話』★272）

以上が、この稿の前口上《まえこうじょう》のようなものである。

岡本綺堂（一八七二〜一九三九）のことを考えてみる。胡堂が明治十五年うまれであるのに対し、綺堂は十歳上の明治五年うまれである。生家は御家人《ごけにん》で、いわば筋目の東京人だった。明治二十二年、東京府立一中を出た。

家計の窮迫のため進学をあきらめ、東京日日新聞の見習記者になった。志すところは劇作にあった。

名作『修善寺物語《しゅぜんじものがたり》』★273は明治四十四年、四十歳のときの作で、すぐさま明治座で上演されて、大評判になった。

捕物帳はいわば余技だったが、この形式によって綺堂の心にあふれていた江戸の市井《しせい》のにおいや風物へのおもいを、表現することができた。『半七捕物帳』を「文藝倶楽部」に書きはじめるのは大正六（一九一七）年からで、以後、昭和十年代まで断続して書きつづけた。綺堂にとって望郷の詩だったろう。

菅忠雄が昭和六年に胡堂を訪ねたときは、『半七捕物帳』は当然ながら世間でよく知られていた。

★272　全六十八編。江戸の目明《めあかし》半七を主人公とする推理小説。

★273　鎌倉幕府の二代将軍・源頼家《よりいえ》の暗殺を背景に伊豆《いず》修善寺で面作りにかける夜叉王《やしゃおう》の職人気質《かたぎ》の生き様を描いた新作歌舞伎《かぶき》。

作中の半七は御一新《ごいっしん》前には神田三河町に住み、その縄張りのなかで目明《めあかし》★274をしていて、いまは隠居している。〝わたし〟が訪ねて行っては話をきくという趣向で、やがて江戸の捕物帳世界が展開する。

劇作家だけに、作中の会話がいきいきしており、半七のことばづかいも、いかにもその道の者らしく、たとえば「勘平の死」のなかで常磐津《ときわず》の師匠からなにか念を押されたとき、

そりゃあ知れたことさ。まあ、なんでもいいから私にまかしてお置きなせえ。


と、どこか堅気《かたぎ》でない。

が、胡堂の銭形平次は、子分の八五郎がひとに当身《あてみ》をくらわされた脾腹《ひばら》を見せようとすると、

見るまでもあるまいよ。ところで、話はそれっきりか。(「美しき人質」)


いわば伝法《でんぽう》でなく、言葉としてはお店者《たなもの》★275にちかい。

これに対し、綺堂の半七となると、ときに凄味をきかせる。

★274 本文178ページで詳述。

★275 商家の奉公人。

たとえば、前掲の「勘平の死」のなかで、半七は事件のあった★276大店《おおだな》に乗りこむ。酔ったふりをして若い番頭の横っ面をなぐりつけ、「ええ、うるせえ。何をしやがるんだ」と若い番頭にいい、「てめえ達のような磔刑《はりつけ》野郎の御世話になるんじゃねえ。やい、やい、なんで他《ひと》の面《つら》を睨《にら》みやがるんだ。てめえ達は主《しゅ》殺しだから磔刑野郎だと云ったがどうした」とすさまじいたんかを切るのである。

そこへゆくと胡堂の平次は帝大を中退したお巡りさんのようで、おだやかに話す。手下の八五郎にも、ユーモアをもって接することをわすれない。

平次と八五郎の関係はシャーロック・ホームズとワトソンに似ているが、おそらく胡堂は意識してそうしたのだろう。

ところが、平次にはシャーロック・ホームズのきざったらしさはなく、その上、市井の目明でありながら品がよくて半七の凄味がないかわりに、田舎司祭のようなやさしさがある。

ここでいそいで言っておかなければならないが、実際の江戸時代の目明というのは、一般的には半七や平次のようないい人達ではなく、いわば半悪党《はんあくとう》というべき存在だった。

幕府の市政機関である町奉行は、正規職員として★277与力《よりき》（将校）と★278同心《どうしん》（下士官）をもっているにすぎなかった。

★276 規模の大きな商店。

★277 江戸時代、役人の補佐をした者。ここでは、町奉行《ぶぎょう》のもとで治安の維持などに務める者のこと。

★278 与力のもとで警察業務にあたる下級の役人。

現実には手が足りないために、同心が、非公認の手下をつかっていた。それが目明だった。御用聞《ごようきき》、岡引《おかつぴき》ともいう。

給料まで出ないから、〝親分〟とよばれるこの連中は、たいてい料理屋や寄席、鮨屋などを持っていた。

余禄《よろく》は、町内町内の旦那衆からのつけとどけにあったようで、つまりチップと賄賂で生きており、幕府の頭痛のたねだった。

が、そんな実情をふまえていては、物語の人物としての半七や平次は成りたたない。半七も平次も、フランス法のもとでのポリスのように描かれている。

明治は、前時代の文化・文明との訣別《べいべつ》★279からはじまった。小説の分野でもその事情はかわらない。

ヨーロッパの小説は江戸時代の草紙《そうし》などにくらべ、物語の構造や首尾《しゅび》が堅牢で、登場人物が多様な性格をもっている。さらには場所、事情といった状況が読者によくわかるように、基礎工事がしっかりしている。

明治後半の小説が外国文学からつよい影響をうけたことはいうまでもないが、小説家個々によるじか取引だった場合が多かった。ときに、筋を借用した。

それにしても、最初に捕物帳を書くなど、大骨《おおぼね》折りだったはずである。

★279 わかれること。たもとを分かつこと。

むろん、江戸期にも犯罪が存在し、右のように捜査員もいた。しかしそれらの事件のてんまつを造形化してのべるという形式（小説）がなく、あったところで逸話的な断片が、随筆として残っている程度だった。

力学的条件についていては、外国の小説がそれをそなえていたから、当時の作家はそういうものを読んで、自分の小説を模索《もさく》した。むろん欧米の小説はほとんど翻訳されていない時代だった。

綺堂は、英語が達者だった。幕府の御家人だったかれの父敬之助はひょっとすると外国方の役人だったのかもしれない。

年少の綺堂は、この父の示唆で、英国公使館の留学生から英語を学び、生涯、英国の小説や戯曲、英訳されたヨーロッパの小説に親しんだ。この影響下で『半七捕物帳』が成立したのにちがいない。

胡堂は、フランス語がよくできた。

病気で故郷に帰ったかれの中学友達が、東京の胡堂に手紙をよこして、死に臨んで最高の文学というようなものを読みたいと手紙をよこしてきた。「日本語よりも、フランス語の方が楽に読めるから、何か送ってくれないか」というので、胡堂はもっぱらロシアの小説の仏訳のものを送ってやった。

「日本語よりも」

というのは、大正初年の文章日本語はまだいまのように熟しておらず、読みにくかったことを物語っている。

胡堂がそれらを買った店は、神田の三才社と仏蘭西《フランス》書院で、どちらもフランスの本をあつかっていた。数回、送った。おそらく胡堂自身、それらに親しんでいたにちがいない。

綺堂や胡堂は、外国小説の直接の影響下で小説を書いた最後の世代の人たちだったろう。さらには、事柄を叙述するのに、「楽に読める」日本語を書いた最初の世代のひとたちでもある。

胡堂は新聞社に三十余年つとめた。新聞のしごとがすきで、うまれかわっても新聞記者になりたい、と『胡堂百話』のなかでいっている。

銭形平次とガラッ八★280が登場しはじめたとき、古い同僚たちが口をそろえていった。

「あれは、親分と子分じゃないな」(『胡堂百話』)

親分・子分というのは、生《き》のままの封建的関係である。ガラッ八が平次に甘えたり、ふくれたり、異論をのべたり、そのくせ平次を尊敬しきっている、というのは、あまり封建的ではない。

★280 『銭型平次』の登場人物。子分の八五郎のこと。ガラッ八《ぱち》とは、言動が粗野で、落ち着きがないこと。そのような人。

「むろん、師匠と弟子でもなく、殿様と家来でもない。どこから見ても、社会部長と部員との関係だ」(『胡堂百話』)

胡堂はこの感想をまんざらでもなくうけとった。平次を社会部長としてみれば、さきにふれた平次の会話体が半七とちがうということもよくわかる。平次がもつすきとおった聡明さや、武家方《ぶけがた》や大商人に対する素朴な抵抗感、さらには庶民の護り手に徹している点、胡堂にとっての理想的な社会部長像だったのではないか。

「あらゆる職業の中で、新聞記者ほど、役得のないものはない」

と、胡堂は『胡堂百話』のなかでいう。さらには、「名のある新聞の記者ほど清廉《せいれん》★281なものはない」ともいう。

胡堂が社会部長をやっていたころ、盆暮に小包郵便が来たこともあるらしいが、「私が帰宅するまでは、家内に決して手を触れさせず、差出人をたしかめてから、一々、返送させたものである。……ほとんどの新聞人がそうだった」。

『銭形平次捕物控』の「花見の留守」という短編のなかで、駒形の佐渡屋という大金持が、平次に、三日に一度でもいいから私どものほうを見廻ってきてくれたら、「用心棒代と言っちゃ悪いが、ほんの煙草銭だけでも出しましょう」と申し出るくだりがある。むろん、平次はことわった。そのあと、ガラッ八がからかうと、平次はむきになって怒

★281 心が清く私欲のないこと。

る。

馬鹿なことを言え。金持の用心棒になるくらいなら、俺は十手捕縄《じってとりなわ》を返上して、女房に駄菓子でも売らせるよ。

社会部長野村長一《のむらおさかず》そのものの気分ではないか。

本屋風情《ふぜい》

三つ児のような学問がある。★282民俗学《フォークロア》と★283民族学《エスノロジー》、それに★284文化人類学《カルチユラル・アントロポロジー》で、要するにヒトとその暮らしをあつかう。

「みなおなじです。看板がちがうだけです」

という人もあれば、小異をうるさく言う人もある。

「これは、播磨《はりま》地方でごく最近まで使われていたワラジです。このワラジについてはこ

★282 民間の伝承を材料にして、民族文化を研究する学問。

★283 世界の民族文化を研究する学問。

★284 人類を生活様式・言語・習慣など文化・社会の面から実証的に研究する学問。

んな民話があります」

というようなものが民俗学で、モンゴルの包《パオ》の材料やつくり方の研究といったもの、あるいはインドのタミール族の音楽を研究するのが民族学である、と考えていい。また文化人類学というのは、たとえば韓国済州島《チェジュド》のシャーマニズム★285の実態を研究したりする。

大阪の千里に、国立民族学博物館という、巨大な研究・展示の機関が、一九七七年に開館した。以後、日本におけるこの分野の統合がほぼ遂げられたような気もする。

民俗学は、むろん科学である。すくなくともそうあろうとしている。しかし、
——東北の何県の何村には、こんな昔ばなしがあります。
と、採集した話を披露しただけでは科学にはなりにくく、せいぜい文学になるだけである。すくなくとも遺伝子学のような科学にはならない。

しかし、たとえば脳の働きの研究が、ユングの分析心理にまで発展すると、右の東北の昔話も、その光彩の中に組み入れられる。

日本における民俗学の創始者が柳田國男《やなぎたくにお》（一八七五〜一九六二）であることは、いうまでもない。

ただこの学問は、大学の学科として出発したのではなかった。このため、民俗学はな

★285 シャーマンと呼ばれる巫女《みこ》に神が宿り、神の意志を表明したり、予言したりする。原始宗教のひとつ。

柳田國男

がく在野の趣味的な学問のようにみられた。

しかし柳田が田舎の農民であったなら、民俗学など公民権を得なかったかもしれない。かれが貴族院書記官長までつとめた高級官僚であったことが、この分野のために幸いした。明治は官尊民卑の世だった。

さらには柳田がすぐれた農政学者でもあったことも、大きなプラスであった。民俗学という、ともすれば好事家《こうずか》の道楽になりがちな分野に、学問らしい方法論と体系をあたえることにもなった。


柳田國男は、明治八年、兵庫県の農村にうまれた。

柳田國男の独創性は多分に天分だが、その履歴もすこしはかれの成立に益《えき》しているかもしれない。

生家は、まずしかった。

明治十八年、十一歳で村の高等小学校を出ると、江戸時代に大庄屋をつとめた三木家にあずけられ、柳田自身の表現でいうと〝幼少なる食客〟★286になった。読書のために三木家に寄寓したのである。

蔵のなかの本を勝手に読めというもので、図書館に留学したようなものだった。むろん指導者はいなくて、濫読だった。漢籍もあれば江戸時代の草紙もあった。十一歳から

★286 いそうろうのこと。

十三歳までのあいだである。むろん、学校へはゆかない。

さらには、茨城県で医者を開業した長兄のもとにゆき、そこで四年間、学校にはゆかずに読書した。

明治二十三年、十六歳、次兄の井上通泰《いのうえみちやす》が医学部を出て東京で開業したため、頼って上京し、ようやく中学（五年制）の課程に入った。

柳田とその兄たちの考えでは、中学というのは高等学校への入学資格を得るための便宜上のものであった。

だから、融通《ゆうずう》のきく私立に入った。いま日暮里《にっぽり》にある開成高校がまだ神田にあって共立中学校と称していたが、その一学年に入って〝中学入学〟という証拠を獲得した。

二カ月ばかりいて、つぎの私立中学の二学年に編入した。さらにそこも三カ月ほどいて、三つ目の中学の三学年に転入するというぐあいで、結局、中学の修業年限五カ年のところを二カ年でおわり、第一高等学校に入った。

明治三十三年、東京帝大法科大学校政治科を卒業し、高等文官になり、農商務省に入った。かたわら、早稲田大学や神田の専修《せんしゅう》学校（専修大学）で農政学を講義した。

柳田國男は、明治末年、旅をして宮崎県の椎葉《しいば》村にゆき、そこで村の伝承にふれ、民俗学を発起《ほっき》した。

以後、四十五歳まで官界に身を置き、かたわら研究にうちこんだ。岩手県遠野郷に住む佐々木鏡石という人からきいた話を、『遠野物語』としてまとめたことが、画期的なものになった。山男や山姥《やまうば》、河童、狼、オシラサマ、座敷童子《ざしきわらし》などが出てくる百十九話の民間伝承で、金田一京助はこの『遠野物語』をもって「日本民俗学の呱々《ここ》の声」であるとする。まことにそのとおりであった。

私は、〝神田と本屋〟ということを書こうとして、話が民俗学やら柳田國男やらに寄りみちしている。

神田の本屋というにおいをわずかながらも嗅《か》ぎたいとおもってのことで、ご勘弁ねがいたい。

〝本屋〟などというのは——小売商をべつとして——いまは死語にちかいが、出版社のことを、明治・大正の執筆者はそのようによんでいたのである。

文化人類学（民俗学・民族学）の勃興期に、このあたらしい学問のために出版社を興そうとおもいたった人がいる。岡茂雄《おかしげお》★287というひとで、私はこの人については『本屋風《ほんやふ》情《ぜい》』という回想録でしか知らない。

たいていの人間は、職業によって世に生きている。やがてなんらかの影響や業績をのこして死ぬ。岡茂雄は人類学の学術出版社である岡書院とアルピニストのための梓《あずさ》書房

神田神保町の古本街

★287 一八九四年～一九八九年没。大正～昭和期の編集者、書店主。民俗学や考古学の専門書店「岡書院」、山岳書の専門書店「梓《あずさ》書房」を経営する。

という小出版社を興し、十数年だけ活動して、やがて事業をみずからの手で閉じ、いまはその出版社が、どこにあったかも――神田らしいが――知る人がすくない。

回想録は、できるだけ私事を避けている。仕事を通して接した巨人たちの風韻をつたえようとしているだけである。

文化人類学、自然人類学、民俗学、民族学および姉妹科学ともいうべき考古学、言語学は、明治末年に大いに興って、昭和初年までは巨人たちの時代だった。

たとえば、同書に南方熊楠《みなかたくまぐす》（一八六七～一九四一）が登場する。

和歌山市の出身で、世俗的な履歴といえば、一高の前身の大学予備門に入ったくらいのものだった。そのころから石器や土器、それに動植物の標本採集に熱中し、ついに中退した。その後、南北アメリカを採集のため遍歴した。

その好奇心は神秘的なほどに広大で、たとえばロンドンの学会が公募した天文学の懸賞論文に応募して第一位になり、大英博物館の東洋部の調査部員に任命されたりもした。明治三十三（一九〇〇）年に帰国してのちは世に出ず、和歌山県にあって植物採集と標本の分類整理につとめたり、また勃興期の民俗学に対し、ヨーロッパの民俗学を導入して、いわばサーヴィスをした。

熊楠が、大正十一（一九二二）年、めずらしく上京してきて、高田屋という宿にとまったとき、係りの女中さんの姿がよく、「日本ノ女トシテ無双ノヨキ姿勢」（熊楠の書

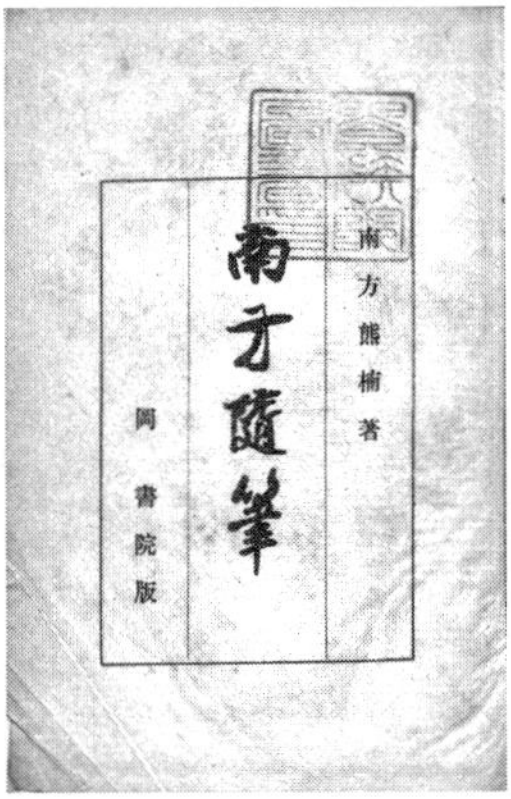

岡書院から刊行された書籍

簡）と感じ入った。

それだけでなく人をよんで測定させ、「脚ノ上部（スネ以上）」と「下部（スネ以下）」の寸法を出して、上部のほうがよほど長いことがわかり、自分の観察があたっていたことに大いに満足した。

その上、写真にとらせ、画家をよんで写生までさせた。むろん色恋沙汰ではなく、人類学的好奇心によるものだった。

しかも美的にもすがすがしいと思い、

「スガスガ料トシテ」

金円をあたえた。ただし、直接ではなく、岡書院の岡茂雄を通じてのことで、熊楠の気働きがよくあらわれている。

この本が昭和四十九（一九七四）年、平凡社から出たとき、表現の的確さと感情の抑制のみごとさにおどろき、読後、敬慕をおぼえた。

が、奥付《おくづけ》に、一八九四（明治二十七）年長野県松本うまれ、陸軍士官学校卒、一九二〇（大正九）年中尉で退官、関東大震災（一九二三）後、岡書院、ついで梓書房を創立、雑誌「ドルメン」はじめ文化人類学関係、および山岳関係の出版を行なった、としかわからない。

この本はいまは「中公文庫」になっている。

この稿を書いている途中、ふとおもいたって中央公論の役員の高梨茂氏に電話をしてみた。

「一度お目にかかっただけですが、温容で、じつに偉丈夫だった印象がのこっています」

高梨さんでさえ、その〝会社〟が神田のどこにあったか、場所は知らないという。

ただ、岡書院刊行の本の造本がみごとで、

——私どもはいまなお範《はん》としております。

と高梨さんがいうと、岡さんは清らかに微笑されたらしい。男子の本懐というのは、そんなふうなのである。

『本屋風情』から察するに予備役中尉岡茂雄は、志士仁人のような気分で小出版社を興した。

が、諸事、良心的でありすぎ、昭和十年代、消えるように無くなってしまう。浜田青陵《はまだせいりょう》（考古学）、新村出《しんむらいずる》★288（言語学）などの後援をえたが、どういうわけか、斯界《しかい》の大立者《おおだてもの》というべき柳田國男からは、しばしば煮え湯をのまされた。たとえば柳田國男に打ちあけた出版企画が、柳田をへていつのまにか他の出版社から出はじめたりした。

またある会合に岡茂雄が出席すると、

★288 一八七六年～一九六七年没。明治～昭和期の言語学者。西洋言語理論を取り入れて、日本の言語学や国語学の基礎を築く。

――なぜ、本屋風情を同席させたのか。

あとで不機嫌だったという。そのことばが、この回想録の題名になっている。

むろん、これは岡茂雄がもつ柳田國男への尊敬心とは別個のものである。

岡は、この本によって、人間の志という電気について書いている。電流が通じる場合と、相手が不導体になってしまう場合があり、そのよろこびと悲しみを書いているだけである。


ここまで書いていて、中央公論社の社長の嶋中鵬二《しまなかほうじ》氏から電話をもらった。

「岡並木《おかなみき》さんが、岡茂雄さんのご長男でしたよ」

岡並木さんなら、この人が新聞記者だったころ――三十年前だが――会ったことがある。いまは静岡県立大教授で、比較都市論を教えているという。

さっそく電話をすると、厳父はすでに故人になっておられた。行年、九十四。

わずかにわかったところでは、岡茂雄は裁判官の子としてうまれ、年少のころ画家になりたかったが、父の死に遭《あ》い、陸軍中央幼年学校に入った。士官学校をへて大正五（一九一六）年少尉に任官。

連隊に赴任して、将校や下士官の傲慢《ごうまん》さが我慢できなくなり、軍人をやめようとする。大正七年、米騒動がおこった。連隊が鎮圧に出たとき、庶民を敵にまわすことに不快を覚え、やがて仮病《けびょう》をつかって軍をやめた。大正十年、東京帝大人類学教室に通い、大正十三年、岡書院を興す。

「岡書院の場所はどこにありましたか」

私にとって、かんじんなことだった。

「神田駿河台《するがだい》の主婦之友社のそばでした。少年のころの私の記憶は昭和七年ごろのものですが、大通りに面した二間間口《にけんまぐち》ほどの小さな店で、一階には書籍を陳列し、二階が、岡書院・梓書房の編集室になっていました。著者のえらい先生方が会合されたときの昼食が、いつもアンパンだったそうです」

まことに、アンパン一つに、あたらしい学問の勃興期のふんいきがよくあらわれている。

哲学書肆《しょし》

少年には、事蹟がない。

だから記録されることがまずないのだが、ただひとつ、自殺したという事歴だけで、『世界大百科事典』(平凡社刊)に一項目が割《さ》かれている少年がいる。藤村操《ふじむらみさお》(一八八六〜一九〇三)である。

明治三十六(一九〇三)年五月二十二日、日光華厳《けごん》の滝に身を投じた。満年齢でいえば、十六歳と十カ月にすぎなかった。

現場に、「巌頭之感《がんとうのかん》」と題するみじかい遺書がのこされていた。たかだかとした文語文で書かれていて、朗々誦《しょう》すべきながら、ただ内容はない。

明治の詩文にしばしばみられる文章論的病弊というべきものであった。虚空《こくう》に高くひびくような漢文的格調だけが存在して、内容はそのひびきだけでよかった。この「巌頭之感」は、ひとびとの心を打った。当時、青春の檄文《げきぶん》のように青年たちのあいだで誦《しょう》せ

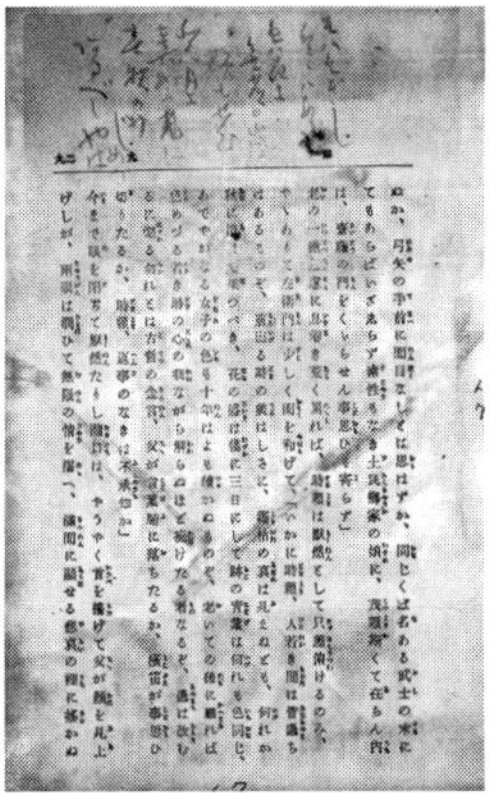

藤村操の絶筆

られた。意訳すると、宇宙の真理とはなにか、一言でいえば不可解である、自分は不可解というらみを抱いてついに死を決した。すでに巌頭にあって胸中なんの不安もない、というものである。

悠々たる哉天壌、遼々たる哉古今、五尺の小軀を以て此大《このだい》をはからむとす。ホレーショの哲学竟《つい》に何等のオーソリチーを価するものぞ。万有の真相は唯一言にして悉す。曰く「不可解」。……

泰西の哲人らしい名を引用するのも、この時代の風潮であった。ただしホレーショというような哲学者は実在しない。★289シェイクスピアの戯曲に出てくるそうだが、どちらでもいい。ともかくも、ことばの権威のために引用される。

人生や宇宙の真理をいくら考えてもよくわからないから死ぬ、という純粋に形而上的な理由から自殺した例は、古今にないのではないか。

――時代が皆そうだった。

という意味の、身につまされすぎたような、大胆すぎる見解を、藤村操とおなじ第一高等学校に在学し、一学年上だった、岩波茂雄《いわなみしげお》（一八八一～一九四六）が書いている。

岩波は、藤村操の悲痛さの強烈な同調者だった。

★289 ウィリアム・シェイクスピア。一五六四年～一六一六年没。イギリスの劇作家・詩人。言葉の豊かさ、性格描写の巧みさなどで英国文学の最高峰と称される。代表作に四大悲劇「ハムレット」「オセロ」「リア王」「マクベス」など。

やがて岩波は、神田神保町《じんぼうちょう》で岩波書店を創《はじ》める。その書店がもつ個性は、岩波が青春のときに属した時代の精神的環境と無縁ではない。

『岩波茂雄伝』（岩波書店刊）という本は、岩波の同級生で、終生の友人だった安倍能成《あべよししげ》（一八八三〜一九六六）によって書かれた。はじめは非売品だったが、評判がいいので市販された。同級生が伝記を書くなどめずらしいが、愛情があってしかも客観性に富んでいるという点、数ある伝記のなかでも白眉といっていい。愛をこめて、多少辛辣でもある。岩波茂雄が、前掲のように〝時代が皆そうだった〟という意味のことを回想記のなかで書いていても、安倍は岩波の感傷に与《くみ》せず「時代が皆さうだつたとはいへない」とまことに冷静である。同時に、

しかし藤村の自殺が我々に与へた衝撃は大きく、未熟の身で人生を「一切か皆無か」につきつめて、自殺に駆られるといふ傾きの我々にあつたことは事実である。

ともいう。ここで〝我々〟と安倍がのべているのは、当時の第一高等学校の生徒という、きわめてかぎられた社会の若者たちのことである。世間一般がそうであったはずも

ない。

しかし世間一般がみなそうであったと晩年にいたるまで思いこんでいた岩波茂雄の主観に偏《へん》した精神も、巨大である。かれが出版事業で成功したのも、そのような自己の普遍化という精神にあったのにちがいない。

岩波自身、遺文「思ひ出の野尻湖」のなかで、このようにいっている。明治三十年代の青年の風《ふう》についてである。時代は憂国の書生といった「慷慨悲憤の時代」がおわって、沈潜的な個人主義の時代に入った、という。人生とは何ぞやということに、もだえる時代がはじまったというのである。


……我は何処《いづこ》より来りて何処へ行く、といふやうなことを問題とする内観的煩悶時代でもあつた。立身出世、功名富貴が如き言葉は男子として口にするを恥ぢ、永遠の生命をつかみ人生の根本義に徹するためには死も厭はずといふ時代であつた。


もっとも、時代の青年といっても第一高等学校の寮内だけのことで、選ばれなかった若者――たとえば、農民の若衆や商家の丁稚《でっち》や兵営の二等兵や、神田の法律学校でまなぶ夜学生たち――がみなそうであったとはおもえない。

私はこの時代のことを『坂の上の雲』[★290]で書いたとき、できるだけ兵士たちの日記類を

★290 産経新聞で昭和四十三（一九六

読むように努めたが、藤村操的な観念厭世主義というものは見あたらなかった。

こんにち、電車が都心に毎朝何十万もの人を運んでいる。その乗客のほとんどが大学出であるような時代からみると明治三十年代は夢のようだが、この明治三十年代ほど選ばれた若者とそうでない者たちとのあいだの疎隔のはなはだしい時代はなかったのではないか。

ともかくも、岩波は藤村操の「巌頭之感」に刺激され、「巌頭之感」を読んでは泣いていたという。ある同級生にいたっては雑司ケ谷の畑の中の一軒家にこもり、昼も戸を閉じて悶《もだ》えつづけた。その一軒家にやがて岩波も加わってともに泣いたため、同級の者たちはこの一軒家のことを〝悲鳴窟〟とよんだ。悲鳴窟的な青春の現象は、平安時代にも室町時代にもない。

このことは、明治後期の知識青年の上にのしかかったヨーロッパがいかに重いものだったかがわかる。当時の岩波は、信仰を得たかった。信仰を得なければ人間でないとおもった。しかし信仰を得ることができなかった。そういう自分に絶望し、泣くのである。この信仰もプロテスタンティズムのことで、善光寺さんや本願寺さんのことではなかった。そういう過去の信仰はジイサン・バアサンか、あるいは愚者のものだとまでは若い岩波茂雄はおもっていなかったにせよ、第三者の皮肉な目に遭《あ》えばそのように受けとられなくもない。まことにヨーロッパは少数の知識青年にとっては重かったのである。


八）年から四年にわたって連載された長編小説。陸軍軍人の秋山好古《よしふる》とその弟で海軍軍人の秋山真之《さねゆき》、真之の友人の俳人正岡子規。この三人を主人公として、明治維新から日露戦争までの三十八年間における近代日本の勃《ぼっ》興《こう》が描かれる。

岩波茂雄は長野県の諏訪の中洲という村の農家にうまれ、諏訪実科中学校に学び、在学中、父をうしなった。

十九歳のとき、家出同然のかたちで東京に出てきて、★291杉浦重剛《すぎうらじゅうごう》の日本中学校に入り、翌々年（明治三十四年）第一高等学校に入った。

明治三十六年、藤村操の自殺のあと、〝悲鳴窟〟を経、ついに学業を放棄し、信州《しんしゅう》野尻湖の孤島にひとりこもる。藤村操に酷似している。

やがて母が説諭にくる。夜きた、というように岩波自身の文章にあるが、伝記を書いた安倍は冷静で、「母の来たのは朝であつた」として、岩波の記憶における無意識の詩化にふれている。

話がくだけてしまうが、記憶というのは、自分が憶《おぼ》えやすいように変形させてしまうものらしい。

私は安倍能成の『岩波茂雄伝』が刊行された早々（一九五七）に読んで、岩波が籠って母君が訪ねて来られる島は、琵琶《びわ》湖の竹生《ちくぶ》島だと記憶していたが、いまあらためて読みかえすと、前記のように信州野尻湖であった。この孤島は弁天《べんてん》島といい、一名琵琶《びわ》島ともいったとあるからそのへんで記憶が変形したらしい。当時、私は野尻湖もその島も知らず、琵琶湖と竹生島だけを知っていた。

★291　一八八五年～一九二四年没。教育家、思想家。化学物理研究のためイギリスに留学後、東京英語学校（のちの日本中学校）を設立。一九一四年より東宮御学問所御用掛となった。

岩波は二年つづけて落第したために退学になった。

やがて東京帝国大学哲学科選科に入り、三年後に卒業した。この間、知った恩師や同窓が、のち出版人になったかれのために大きく役立った。

たとえば岩波書店の初期の出版である『哲学叢書』十二巻を編集したのは、一高以来の友人である安倍能成、阿部次郎《あべじろう》、上野直昭《うえのなおてる》であった。この出版は、岩波書店の特性を確立した。安倍能成も『岩波茂雄伝』のなかで、「岩波書店に哲学書肆《しょし》としての名を肆《ほしいまま》にさせたのも、元《もと》はこの叢書」であったという。

編まれつつあったときには、千部も売れればいいとおもわれていたのだが、ふたをあけてみると、用意した紙が底をつくというほどに売れた。とくに速水滉《はやみひろし》の『論理学』の巻にいたってはロングセラーをつづけ、昭和十六年までに九万冊も売れたという。

岩波茂雄の青春の哲学的煩悶は、読者という共鳴者を得たのである。

そのころ、神田の神田橋のたもとに神田高等女学校という私立学校があった。

神田は、くりかえすが、学校と塾のまちである。諸学諸術の学校があったが、女学校は多くなかった。

竹澤里《たけさわさと》という東京女子師範の卒業生が経営していた学校で、大学の選科を出た岩波はここで四年つとめた。信じがたいほどの重労働ながら、英語と国語とを教え、また西洋史も担当し、さらに随意科目としての漢文まで教えたという。でありながら月給は三十五円にすぎず、じつに安かった。そんなことを頓着《とんじやく》もせずに、懸命に教えた。無我夢中というのは、岩波のうまれつきであるようだった。

安倍能成も、在職四年間の岩波について、「世の教育者中、神田高等女学校時代の岩波くらゐ、情熱と精励とを以て、報酬に頓着なく教育に当つたものは少なかつたらう」という。

岩波の風貌は、写真でみると眉がふとく、目がぎょろりとして叡山の荒法師のようで、廊下を歩く足音も大きかったらしい。講義をはじめると夢中になり、あるときなどは「教壇からおつこちた」（『岩波茂雄伝』）というほどであった。

ただし、あまりに集中し熱中しすぎたために、ゆりかえしがきた。「弛《ゆる》んで、感激の薄れ」（『岩波茂雄伝』）、ついには転業して乾物屋でもやろうとおもい、売り店舗を見に行ったこともあるという。また菓子屋か食堂でもやろうかと考えたりした。

当時の信州人には郷党意識がつよかったが、岩波もそうだったようで、神田女学校に出入りしていた古本屋の尚文堂の手代がありがたいことに信州人だったのである。

岩波はその人に、なにか商売をやりたいと相談していたらしい。

大正二（一九一三）年二月二十日、神田に大火があったことは、故永井龍男《ながいたつお》さんのくだりでふれた。

焼失戸数は約二千戸で、東京堂、冨山房、有斐閣、同文館など明治時代に活躍した有力出版業者が多く被災し、古書籍尚文堂も焼けた。

すでに火災保険が普及していたので復興は早く、尚文堂はみずから店を復興させただけでなく、となりに二階だての貸店舗まで新築した。尚文堂の手代が、岩波にその店を借りて古本屋さんをやることをすすめてくれたのである。

岩波は、その店のあるじになった。資金は、故郷の田畑を売ってつくった。大正二年八月五日（『岩波書店七十年』）のことで、この人が三十三歳のとしであった。

開店にあたって神田高等女学校を退職した。教職から退いた理由は、岩波自身の文章によると、

「人の子を賊《そこな》ふ如きことより外《ほか》出来ない教育界より去ることにした」

と、いう。伝記を書いている安倍能成は、皮肉なことに教育者なのである。一高校長をつとめて太平洋戦争の敗戦を経験し、この伝記を書きはじめたのは昭和二十四年ごろで、学習院長だった。〝人の子を賊ふ〟というこのくだりにはやや抵抗があったらしく、「彼はかういふ文句がすきで、前にも後にもそれを繰り返すことが多かつた」と書いている。

〝かういふ文句〟とは、自己の節目節目の説明に、自分が考えた切り口のするどい文句をつかうという意味にちがいない。

復興後、一九二九年頃の古本街

古本屋をひらいたことについても、岩波自身に独特の説明があり、安倍が意訳している。「自由な善良な市民として独立の生活を営まうとする、つゝましい願ひ」（『岩波茂雄伝』）から出た、というのである。岩波自身の開店あいさつの書状の中にも、「独立市民として、偽《いつはり》少なき生活をいたしたき希望に候」とある。

以下のことも、自己の節目に劇的要素をもたせようとする無作為の意識があったのかもしれず、たしかに岩波茂雄には偉人の風丰《ふうぼう》がある。

神田高等女学校がひらいてくれたお別れの会のあと、その足で古本市《いち》にゆき、大八車《だいはちぐるま》に買った本を積み、がらがらと駈けた。教壇と大八車を同日に置いて、知識人であることから袂別したのにちがいない。

古本屋岩波書店の場所は、神田神保町の交叉点にちかい一等場所だった。

開店の辞をくばった。「桃李云はざるも下《した》 自《おのづか》ら蹊《みち》をなす。低く暮し高く想ふ」といかにも若い思索者らしい。

夏目漱石と岩波茂雄の関係は有名である。

漱石とのつながりは、おそらく漱石門下だった安倍能成の先導によるものだったかとおもわれる。

周知のように漱石門下には俊秀が多かったが、ふしぎな——いわば奇岩怪石のような

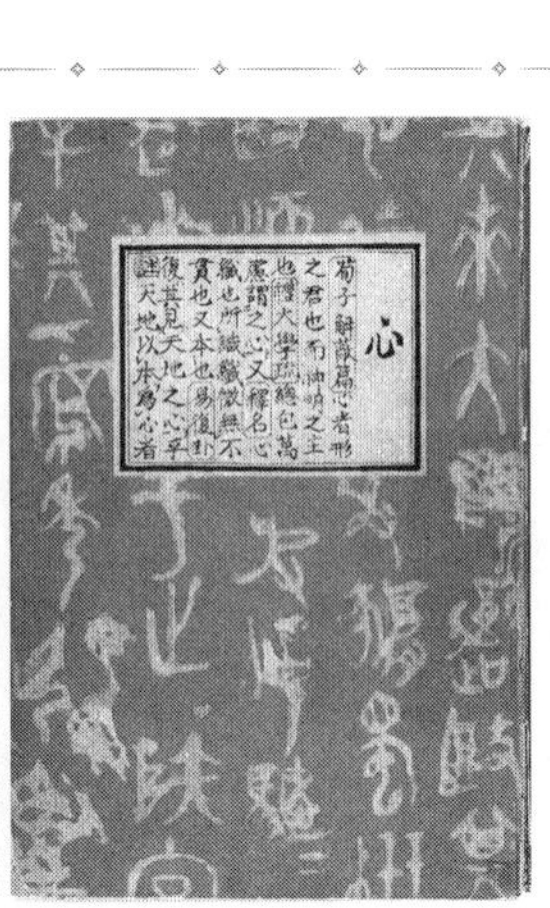

夏目漱石「心」の初版本（岩波書店蔵）

――人物はすくなく、あるいは岡山出身の内田百閒《うちだひやっけん》★292（一八八九～一九七一）と信州人岩波茂雄がそういう存在だったかもしれない。

漱石はそんな人物に★293俳味を感じていたのだろう。でなければ、以下のようなことはありえない。

漱石は大正三年四月から新聞に★294「心」（途中から「こゝろ」と改題）を連載しはじめていた。

――先生、こんどの「心」は私に出版させてください。

と、岩波がいったという。漱石の著作のほとんどが春陽堂と大倉書店から出版されてきたから、この申し出は異常だった。それに岩波は古書籍業で、それも開店して早々なのである。おそらく一途《いちず》に漱石の本をつくりたかったのにちがいない。

漱石は、いいよ、といった。ところが岩波には資金がなかった。ついては出版費用を貸していただきたい、ともいうと、漱石はそれも承知した。

二年後に漱石が死ぬ。

内田百閒の『漱石先生臨終記』によると、早稲田南町の漱石宅は、門から玄関にむかって左手に別棟の小さな家屋があって、臨終の夜、そこにも人がたくさん詰めていた。

……岩波氏はそこの憚《はばか》りで足を踏み外し、這ひ上がつた所を、野上豊一郎氏と森巻

★292 大正～昭和期の小説家、随筆家。独特のユーモラスと風刺に富んだ作風で注目される。代表作に『百鬼園随筆《ひゃっきえんずいひつ》』『阿房《あほう》列車』など。

★293 俳句や連句などの俳諧《はいかい》が持つ軽妙洒脱《しゃだつ》な味わい。

★294 「朝日新聞」にて連載された長編小説。親友Kを裏切り、その罪の意識から自殺した「先生」。「私」という学生の視点と、「先生」の遺書を通してその生の孤独感を描く。

吉氏とに見られたのださうである。

一途で、容貌魁偉で、しかも悲歎の底にあるときだけに、なんとなくおかしい。巨人というのは、どこかおかしみがある。

反町《そりまち》さん

私にとっての神田は、おもに神保町《じんぼうちょう》のことである。

世界一の古書街がある。

出版社の岩波書店も、故岩波茂雄《いわなみしげお》氏が大正二（一九一三）年、神田南神保町に古本屋さんを開業したことが、創業の基礎になった。

岩波と一高・東大の同窓だった安倍能成《あべよししげ》の『岩波茂雄伝』によると、かれは店内の柱という柱に、

★295 正札《しゃうふだ》販賣《はんばい》嚴行《げんかう》仕《つかまつり》候《さうらふ》

という札《ふだ》をはりつけたという。同業者は内心笑ったにちがいない。

当時、古本屋というのは、店側が掛値《かけね》をいい、客はそれを値切り、打々発止《ちょうちょうはっし》とやりあったあげくに売買がきまるのが、ふつうだったのである。

岩波は、その弊風をあらためた。客の抵抗が絶えまなかった。

岩波は徹底した性分《しょうぶん》だったらしい。右の候文《そうろうぶん》では中国人は読めないかもしれないとおもい（当時、神田には中国人の留学生が多かった）、

「言無二價」

とも書いて貼った。言《げん》二《に》価《か》無シ。中国語は、口語でもときに金言のような感じがする。ことばのしくみがそうなっているのである。

さらに、英米人が買いにくるかもしれないとおもって、

“one price shop”

とも貼りつけた。

話を変える。

書物のことを、口語では本《ほん》という。文章や折り目を正していうときは書籍・書物にな

★295 しょうふだ＝掛け値なしの正しい値段。また、それを書いて商品につけた札。

正札

る。神田神保町の高山本店《ほんてん》の場合の本店は、本店・支店の本店でなく、本屋《ほんや》という意味での本店である。

店主の高山富三男《たかやまふみお》さんのことは、さきにもふれた。私は三十年来、この人の厄介になっている。

商売にとってなによりも大切なのは商品知識である。新本屋さんは商品知識がなくても商売ができるが、古本屋さんというのは商品知識だけがいのちである。

たとえば、明治時代のなんという博士のどういう著作はどの程度の価値があって、世間にどれほどの冊数が流通しているかを知らねばならない。市《いち》ではとっさに値ぶみをして声をあげねば、この道はつとまらない。

ついでながら、本というのは大学図書館や公共図書館におさまってしまえば、人が墓石の下に入ったようなもので、世間を生きてうごかない。

世間を歩きまわっている本のことを古本というのである。

しかも、内容の価値が高くなければならない。玄人筋の市場に三年に一度、一冊きりが顔を出して、玄人たちに畏敬を抱かせる本がいい。十年に一度、一冊こっきり市場に出て、たれもが緊張するという本が、いっそうすばらしい本である。

高山さんの専門である歴史関係の本だけでも、何万種類もある。この人はみな親類のように熟知している。

司馬さんが懇意にしていた高山本店

「あの本は、あまり価値がありませんな」

この人がニコニコ顔でいう本は、手にとってみなくても、まずよろしくない。

「あの本は。――」

と、この人が真顔になって畏敬をこめていう本は、たとえ著者が無名であっても、質が高いのである。たとえば大正時代の刊行で、刊行時に三百部しか刷られず、その後復刻もされていないとなると、値も高くなる。

かといって高山さんが何万点を精読したかというと、そんなぐあいでもない。

たとえば、金細工を売買する人が、冶金学を修めたわけではなく、また細工物をみていちいち分析するわけでもないのに純金であるかどうかがわかるようなものである。

ともかくも、高山さんの頭がどうなっているのか、ふしぎなような気がする。私が電話でなにかの本を注文すると、ときに、

「ああ、それはお持ちになっています」

という。あわてて自分の書棚をみにゆくと、なるほど持っている。二十年前に高山さんから買ったものである。

高山さんが拙宅にお見えになったことはあるが、書棚までご覧になったことはなかったようにおもえる。でありつつも、私が持っている本と持っていない本とを精密に知っている。

ところで、この稿を書いていながら、たえず気になっていたのは、反町茂雄《そりまちしげお》氏のことであった。

「反町さんは相変らずお元気ですか」

と、高山さんに電話してみた。

反町茂雄氏のことである。いうまでもなく、この分野での至宝なのである。ただ明治三十四（一九〇二）年うまれという高齢であられる。

「お元気ですとも。ただ、このところ加療なさっていますが」

ということだった（このあと、一九九一年九月四日逝去された。行年九十歳であった）。

反町さんについては、私はその著書や雑誌に寄稿された文章を通して知るだけで、お会いしたことがない。

また古書籍についても、反町さんの場合は、国宝や重要文化財級の古写本や古版本をあつかっていて、私には無縁である。

私は、ざんねんながら愛書家、好事家《こうず》、収集家、骨董《こっとう》好きのたぐいの人間ではない。

本と私との関係は、読むだけのことで、それも新聞を読むようにして本を読んできた。目的は、日本とはなにかを知りたかっただけのことである。

なにしろ私などの世代はへんてこりんな時代に、青年として顔を出してしまった。二十三歳の誕生日があと一週間でくるという日——一九四五年、敗戦の日だが——に、日本がひっくりかえった。昭和前期日本という、日本史のなかで異形《いぎよう》の国家がほろんだのである。

このことは、しばしば書いてきた。じつにばかな人達が日本を運営してきた。

（日本人は、むかしからこんなぐあいだったのか）

と、おもわざるをえなかった。むかしは、ちがったのではないか。……

昭和初年ごろから、同二十年まで、日本は特異な人達によって牛耳《ぎゆうじ》られていた。軍部が明治憲法の三権分立の建てかたを、〝高度国防国家〟という新理念のもとで麻痺させ、統帥権《とうすい》（軍隊指揮についての根元的な権）を無限大解釈し、国家をその支配下に置くことによって、一種の国家社会主義形態★296に仕立て変えてしまったのである。こんな異形の国家はむろん日本的ではない。げんに日本史のどの時代にもない。

国家がほろんだ反動として日本じゅうに、自国憎悪の気分がおこった。その気分がいまもつづいていて、戦後日本的な社会主義願望やコミュニズム志向になったようにおもえる。そういうイデオロギーによる戦後の日本観も信じられなかった。単に戦前の裏返しにすぎないとおもったのである。

★296 国家権力の主導によって社会主義の実現を図ろうとする考え方。

ともかくも、過去はことごとく無価値になった。

古本市場にとっても異常で、過去のいっさいの本が、玉石《ぎょくせき》ともに二束三文で市場にほうりだされたのである。

私の小さな見聞でいうと、昭和二十一年ごろ、京都の河原町通りの古書籍店の前を通りかかると、入口をふさぐぐらいに、昭和元年から二十年までの「中央公論」や「改造」の山が積まれていた。値をみれば、ぜんぶ買って焼芋一袋ほどだった。

私はこの一山のおかげで、昭和前期を知ることができた。ただしバック・ナンバーが無欠だったかどうかは記憶がなく、いまもそんなことには頓着《とんじゃく》がない。

反町さんの場合、こんな雑な世界ではないのである。

この人には、全五巻の『一古書肆《こしょし》の思い出』（平凡社刊）という自伝がある。です・ます調のあかるい文体で書かれていて、文章は平易かつ正確な説明力をもち、第一級の自伝といっていい。

この自伝の中で、反町さんは戦後の混乱期のことを「貴重書の暴流氾濫時代」（第三巻）といっておられる。古書としての商品があふれていても買い手がじつにすくなかったのである。

そういう厄介な時代に、反町さんは〝善本・稀籍〟をあつめた。

この人が、そのながい半生でとりあつかった稀籍・珍書は二万数千点といわれている。またその眼力《がんりき》のおかげで多くの国宝・重文の図書・経巻がちりのなかから世に出た。〝発見〟の多くは、敗戦後の価値一変の時代でのことだった。

さきの高山さんと、この反町さんは、おなじ古書でも、専門がまったくちがっている。共通しているのは、眼力のたしかさである。

たとえば、昭和二十三年という混乱の時代のさなかに、反町さんは京都に出張したことがある。

八月のあついさなかだった。町じゅうの古本屋さんをのぞき歩いたが、収穫がなかった。ついでに京都の西北に店をもつ岡本有文堂をのぞくと、旧知の主人が、反町さんのために一山の古典籍《こてんせき》を出してくれた。

反町さんはたんねんに見て、内心仰天した。平安時代に手書きで書かれた辞書だったのである。そのうちの一点は、お経の★297『如来寿量品《にょらいじゅりょうほん》』のなかの難字《なんじ》難語に、音《おん》と訓《よみ》をつけたもので、承暦《しょうりゃく》三（一〇七九）年という年号まで入っていた。さらに書体をみるとじつに古い。訓《よみ》のためのカタカナの書体も古く、キが「⺄」で、ホが「[illegible]」になっている。古体仮名《こたいがな》である。反町さんは、国宝ものだとおもった。

そういう眼識が、反町さんを成立させているのである。

★297
『法華経』の全品（品は仏典の中の章や節にあたる）の中でも、特に中心となる第十六品。釈迦が永遠に存在し続ける仏として描かれている。

ついでながらこの人は、自分のあつかう古い本のことを、

「古典籍《こてんせき》」

とよぶ。それらの目録をつくるとき、一点ごとにくわしい解説をつける。第一級の学者にしてやっと可能な解説である。

反町さんは、岡本有文堂の店頭で、〝一山〟を選りわけつづけた。

もう一つの発見は、★298『最勝王経《さいしょうおうきょう》』の難字に音と訓をつけた古辞書で、南北朝時代の正平七（一三五二）年の年号が入っており、仲甚《ちゅうじん》という著者自身の自筆原本なのである。

「で、これはいくらですか」

反町さんが、いった。この瞬間が、眼識の勝負といっていい。

岡本有文堂さんのえらいところは、本来、屑《くず》ともみえるこの一山を、見巧者《みごうしゃ》の反町さんに見せたことである。が、眼識はそこまでだった。国家的な財宝であるとまでは気づかなかった。

「高いかも知れないが、二冊で五千円。どうです」

と、岡本有文堂さんは思いきっていった。

反町さんは、おそらく表情には出さないまま、「ウイ、ウイ」と、承知した。

が、岡本有文堂さんが、目をすったわけでもないのである。当時、古本の氾濫時代で、しかもひとびとは食うことに追われていた。

★298 正式名称は『金光明最勝王経《こんこうみょうさいしょうおうきょう》』。仏教経典『金光明経』を中国唐代の僧義浄《ぎじょう》が漢訳したもの。

さらにはさきにのべたように世の価値観がひっくりかえって、戦前の文物など無価値におもわれていたから、平安時代や南北朝時代の古典籍が出たところで、それを買う人などは、居そうになかった。買ってくれる人がなければ、反町さんの商いもなりたたない。だから、〝一冊で五千円〟と吹っかけた岡本有文堂さんも、それなりに強気だったのである。

週刊朝日編の『値段の風俗史』（朝日文庫）によると、昭和二十三年七月、サントリーウイスキー白札一本が八百三十三円で、反町さんの記憶によると新宿のヤミ市で、イチゴのジャム缶が一個二百五十円という高値だった。

つまり、平安時代の古典籍が、サントリーの白札六本分にすぎなかった。

岡本有文堂さんがみせた〝一山〟のなかに、大名の家から出たらしいものが何点かあった。反町さんが見ると、どうも紀州《きしゅう》新宮城主の水野家（旧子爵）から出たらしいものがある。幕末の水野家の殿様を忠央《ただなか》と言い、蔵書家として知られていた。

反町さんは、そんなことを百も知っている。当時、この人は四十七歳という働きざかりだった。

「これは和歌山県の水野子爵家から出たものですね」

というと、岡本有文堂さんはどうもそのあたりに暗く、ともかくも数日前、「屑屋みたいな男が持ち込んできたんです」、といった。

そのなかにあった、豊臣時代の天正十九（一五九一）年『廿四孝注《にじゅうしこうちゅう》』を、岡本有文堂さんはたった百円という値をつけて反町さんに売った。ジャム缶一個の半値以下である。いかに〝日本〟が暴落していたか、この一事でもわかる。

佐渡金山の『金掘之図《かなほりのず》』という細密な極彩色の巻物二巻が、二巻で八百円。ウイスキー白札一本よりもやすかった。

安政四（一八五七）年の『熊野勝景図巻』という絵巻がわずか三百円でしかなかった。

以上は、反町さんがどんな人であるかを、自伝をとおしてのべた。

英雄たち

神田の原形について書いている。古書街が、この界隈の心臓部といえるのではないか。漱石門下だった白系ロシア人エリセーエフの逸話がおもいだされる。欧米における日本学の草わけだったセルゲイ・グリゴリエヴィッチ・エリセーエフ（一八八九～一九七五）のことである。

かれは帝政時代のペテルブルグでうまれ、ベルリン大学で日本語をまなんだ。

二十歳、明治四十一（一九〇八）年に日本にきて東京帝大文科に入学し、のちパリで日本学を確立した。さらに昭和九（一九三四）年、アメリカのハーバード大学に招かれ、ライシャワー[★299]博士がその門下のひとりだったことはよく知られている。

米軍による日本本土への爆撃がはじまったとき、エリセーエフ教授はマックアーサー[★300]将軍に進言して、神田の神保町《じんぼうちょう》を目標から除外するよう忠告したといわれているのである。むろん証拠はない。

周知のように、京都・奈良ははずされた。

神田神保町は独立した都市ではないが、紙を切りぬいたようにそこだけが焼けのこった。エリセーエフ教授の進言によるものかどうかはべつとして、意図的だったと想像できる。

倉田《くらた》保雄《やすお》氏の『エリセーエフの生涯』（中公新書）によると、エリセーエフ自身、そんなことをいったことがないらしいが、フランスの日本学者のあいだでは常識のようになっているという。

読書家が昂《こう》じて、ときに愛書家になる。

反町茂雄《そりまちしげお》氏についてさらにふれたい。

★299 エドウィン・O《オー》・ライシャワー。一九一〇年～一九九〇年没。アメリカの東洋学者。東京に生まれ、十六歳まで日本で過ごす。第二次世界大戦中からアメリカの対日政策に関わり、駐日大使も務めた。

★300 ダグラス・マックアーサー。一八八〇年～一九六四年没。アメリカの軍人。太平洋戦争では連合国軍南西太平洋方面司令官として指揮にあたった。戦後は連合国最高司令官として日本に駐在し、占領政策を進めた。

新潟県長岡にうまれ、生家はゆたかな米問屋だった。父君が商いの手をひろげて日本橋蠣殻町《かきがらちょう》に店を出したとき、反町さんも東京に移った。

明治四十三年、小学校三年生のときである。その時代の日本橋あたりの小学校は、すぐには編入させてくれず、数カ月も待たされたという。

どうも、その十歳の浪人時代が、反町さんを読書好きにしてしまったらしいのである。母君が、本でも読んでいなさいといって、店員をつけて本屋さんにやってくれた。その新刊本の店で、『アラビアン・ナイト』を買った。かなり厚い本で、定価三十銭のところを二十四銭にしてくれた。そのころは、新本でも正札《しょうふだ》主義ではなく、値引きがあったのである。

ざるそば一枚がわずか三銭か三銭五厘《りん》のころである。

これが、本らしい本を手に入れた第一着。

それ以来七十年余、私は、書物から離れたことはありません。(『一古書肆《こしょし》の思い出一』)

やがて、遠い小伝馬町《こでんまちょう》の十思《じっし》小学校に通った。

下町の小学校だから、たいていの児童は卒業すると、小僧になって奉公をする。ほんの数人が、普通の中学か商業へゆくのだが、学力となると下町の小学校だけに力量不足だったらしい。

反町さんは、もう一人の少年と一緒に東京府立中学を受験して、ともに落ちた。

結局、もう一人の少年は神田の私立開成中学にゆき、反町さんは、神田三崎町の日本大学付属中学に進学した。

大正二（一九一三）年のことである。そのとし、岩波書店を創業した岩波茂雄《いわなみしげお》が、神田高等女学校での教職をやめて神田南神保町に古書籍店をひらいた。

岩波茂雄は教師時代、大変熱心に授業をしたことについてはさきにふれた。たとえば「文展」（公募美術展）が開催されると、さっそくおおぜいの女生徒を引率して見学にゆくというぐあいであった。

その光景を、たまたまひとりできていた同窓の★301田辺元《たなべはじめ》（一八八五～一九六二）が目撃して、自分自身を反省したというのである。

田辺元については、いうまでもなく、のちに★302西田幾多郎《にしだきたろう》とともに日本の哲学を二分する人になる。この時期は、志を得ずに（？）開成中学の先生をしていたのである。安倍《あべ》能成《よししげ》の『岩波茂雄伝』によると、教育に熱中している岩波をみて、「研学と教育との二途に彷徨《はうくわう》して居る自分の態度を恥」じたという。

要するに、田辺元の例でもわかるように当時の私立中学には、相当な教師がいたらし

★301 大正～昭和期の哲学者。東北帝国大学理学部講師を経て、京都帝国大学哲学科教授となる。独自の絶対弁証法を唱えるが、戦後は宗教哲学に転じた。

★302 一八七〇年～一九四五年没。明治～昭和前期の哲学者。禅などの東洋思想と西洋哲学の伝統を融合させ、「西田哲学」と呼ばれる思想体系を確立させた。

い。

反町さんが入学した日大中学は、創設早々で、この人は第二期生だった。『日本大学九十年史』上巻によると、日大は、大正二年、その傘下《さんか》に中学校を設けた。場所は、現在法学部本館のある神田三崎町であった。

校舎は三階建の木造校舎で、運動場は狭かった。右の『九十年史』によると、当時の日本大学は、この新設の中学校の校舎が、夜になると、大学の夜間部の校舎としてつかわれたという。建物を夜も廻転させていた。

反町さんの『一古書肆の思い出』によると、いい先生が多かったらしい。のちに東大教授として西洋史研究に大きな足跡をのこす今井登志喜《いまいとしき》（一八八六～一九五〇）がいて、日大中学で西洋史を教えていたというのである。

今井さんは一風変わった発想のお方で、講義に生気があって、いくら聞いても飽きず、おかげで西洋史が身近なものになりました。（『一古書肆の思い出　一』）

大正初年、中学時代を送った反町さんは、少年の身ながら山路愛山《やまじあいざん》★303（一八六四～一九一七）の熱心な読者だった。

★303 明治～大正初期の評論家。日刊紙「国民新聞」の記者となり、同紙や月刊誌「国民之友」で文学論や史論を発表する。代表作に『足利尊氏《あしかがたかうじ》』『現代金権史』など。
★304 一八六三年～一九五七年没。明治～昭和期の評論家。民友社という出版社を設立し、「国民之友」や「国民新聞」を発刊する。
★305 大正七（一九一八）年から刊行が開始された、全百巻から成る歴史書。織田・豊臣時代から明治維新までの通史がまとめられ

神田をさがしあるいて愛山の本をぜんぶ買ったという。愛山は旧幕臣の出身で、明治末年から大正初期まで史論家として活躍し、★304徳富蘇峰《とくとみそほう》の★305『近世日本国民史』に決定的な影響をあたえた。

さらに反町少年は、今井登志喜の影響で、日本西洋史学の開拓者とされる箕作元八《みつくりげんぱち》（一八六二〜一九一九）の著作を片っぱしから読んだという。箕作は明治三十五（一九〇二）年、東京帝大文科教授として西洋史を講義し、著作に『仏蘭西大革命史』や『西洋史講話』があるが、ふつう中学生の読むような本ではない。

反町家はシツケのやかましい家だったというが、反町さんの読書のしかたが行儀にそぐわなくても、叱られなかった。食事のときも、食卓に本を置いて読みながら食べ、入浴中も湯舟《ゆぶね》の乾いたふちに本を置き、片手だけ濡らさぬようにしてページをめくった。

小説も、読んだ。当時のことだから、★306紅葉、露伴、鷗外、漱石を読み、さらには当時新進の★307谷崎潤一郎や芥川龍之介なども、愛読の対象に加わる。

雑誌「中央公論」は、当時も知識人のための雑誌であった。

大正元年、滝田樗陰《たきたちょいん》がこの雑誌の編集主幹になってから、あたらしい作家を発掘して、世間の注目をあびた。芥川龍之介の年譜をみると、かれが樗陰に注文されて「中央公論」に★308『手巾《はんけち》』を書いたのは大正五年である。

ちょうど反町さんの中学時代にあたる。

ている。

★306 尾崎紅葉《おざきこうよう》。一八六七年〜一九〇三年没。明治時代の小説家。文学結社「硯友社《けんゆうしゃ》」を結成し、機関紙「我楽多文庫《がらくた》」を発行する。代表作に『多情多恨』『金色夜叉《こんじきやしゃ》』など。

★307 たにざき・じゅんいちろう＝一八八六年〜一九六五年没。明治後期〜昭和期の小説家。第二次「新思潮」を創刊、同誌にて発表した『刺青《しせい》』や『麒麟《きりん》』などが小説家永井荷風《ながいかふう》に絶賛され、耽美《たんび》的作家として文壇に登場する。代表作に『細雪《ささめゆき》』など。

★308 短編小説。大学教授の長谷川謹造《はせがわきんぞう》のもとへある婦人が訪れ、息子が亡くなったことを告げる。気丈《きじょう》に振る舞う彼女を見て、長谷川は武士道というものに思いを馳《は》せる。

この少年は月遅れの「中央公論」を買ってきて創作欄だけを切りとり、やがてそれらを集めて手作りで製本し、クロース装の表紙をつけた。いかにもこの人の少年時代らしい。

五年生を終えて、仙台の二高を受験し、失敗した。

数学ができなかったので、神田三崎町の研数学館[★309]に通い、翌大正九年、二高に合格した。

大正十三年東大法学部に入学、昭和二(一九二七)年に卒業した。

卒業前、出版業をやろうとおもい、いい紹介者を得て神田などの出版社を訪ねあるいた。そのころは出版社といっても規模は小さかった。

しかし、どの店も東大出を採ろうとはしなかった。ただ、店主たちが親切に助言してくれた。とくに神保町の十字屋酒井嘉七という人はおなじ新潟県長岡の出身だったので、身を入れて相談に乗ってくれた。将来、出版をやるなら古本屋に奉公なさい、といってくれた。

十字屋さんの意見では、古本屋へはいると、出版の動向の一端がわかると同時に、永い生命を持つ本と、すぐ読み捨てられる書物との差別がハッキリ判って、大いに

★309 明治三十(一八九七)年に奥平浪太郎が開いた数学の私塾が始まり。戦後の学制改革によって、大学受験専門の予備校となる。

参考になるだろうとの事。その方面なら世話をしてあげる、との親切な提案。古本のことなら嫌いではない、渡りに舟とすぐに一任しました。

一誠堂書店に入れてもらった。

一誠堂は、当時もいまも神田神保町一丁目にあって、日本の古書籍業界の雄とされてきた。

明治四十年の創業で、主人の酒井宇吉さんは、そのころ四十代の働きざかりであった。じつにりっぱな人物だったらしい。

反町さんが、卒業とともに、縞《しま》の着物に紺の前垂れ、もめんの角帯《かくおび》という姿で住みこみ店員になったのは、昭和二年である。

小僧さんたちと一緒に寝起をし、掃除し、店番をした。

一誠堂は、むろん関東大震災（大正十二年・一九二三）での被災を経ている。

震災では、神田の古書街は潰滅した。

一誠堂はもっとも復興がはやく、焼あとにテント張りの仮り店を出し、古本をうずたかく積みあげた。客が殺到して、新聞のニュースになったという。

このあたり、のちの太平洋戦争後と異る。

太平洋戦争後は日本そのものが価値をうしなって古本が見むきもされなかったのに対し、震災は価値観の連続のなかでおこった異変だったことがわかる。

一誠堂はそのあと木造の★310仮普請《かりぶしん》の大きな店をたてた。反町さんが入った店は、その仮普請のほうであった。

〃小僧さん〃というのは、主家の家族と睦《むつ》みあわねばならない。この人は、酒井家のこどもたちと仲よくなった。

写真でみる反町さんは、高齢とはとてもおもえないほどにいきいきした童顔である。こどもたちにきっと好かれたのにちがいない。

一誠堂酒井宇吉家の長男は大正三年うまれの賢一郎さんで、当時府立一中に通う少年だった。その後東京商大（いまの一橋大）を出て、家業と酒井宇吉の名を継ぐ。

本は古本になると、真価だけで生きてゆくのである。良書でしかも絶版本というのが高い。

たとえば、★311山田孝雄《やまだよしお》（一八七三～一九五八）の著作が、反町さんの若いころ、良書の見本のようなものだったらしい。

山田孝雄は富山中学中退だけの学歴で、日本の国語学を確立した人である。その『奈

★310 一時しのぎの建築物。

★311 明治～昭和期の国語学者、国文学者。東北帝国大学教授、神宮皇学館大学長、貴族院議員などを歴任する。独自の文法理論を立て、国文学の研究を行った。

良朝文法史』や『平安朝文法史』は、反町さんの〝小僧時代〟、定価の七、八倍はしたという。

神田では、業者の市《いち》が立って、セリがおこなわれる。市《いち》の建物は駿河台《するがだい》下の交叉点の近くにあった。ふつう店主が市《いち》にゆくのだが、反町さんは店に入って早々、主人にたのんで市に出してもらった。

ある日、市に洋書が出た。フリードリッヒ・ヒルト（Friedrich Hirth）というコロンビア大学の初代シナ学教授の著作で、中国文明は西方に起源があるという趣旨の本である（"THE WESTERN ORIGIN OF CHINESE CIVILIZATION"）。

反町さんは、この本が、欧米では高値の珍本とされていることを耳にしていた。以下のことは、知識は力というはなしである。

右の本がセリに出ると、この人は声をあげ、わずか一円八十銭で落とした。日雇労働者の日当が、昭和二年では一円九十八銭（『値段の風俗史』）のころのことである。

そのあと、洋書専門の原広《はらひろし》さんという人に見てもらうと、それをゆずってほしいという。原さんが十倍の値をつけた。反町さんは即座に売った。

反町さんはよく働き、五年半つとめて、独立した。

この人にとって一誠堂は故郷のようなものであった。『一古書肆の思い出』にも、一誠堂のその後の発展をたたえるくだりがある。「堂々たる世界的古書肆」であるという。

本のセリの様子

自分がかつていた会社をこのようにほめることができるのは、人生の幸福のひとつに相違ない。

神田神保町の尚美堂《しょうびどう》が、「かんだ」というタウン雑誌を出している。その一一七号に、〝神田に生きる〟という連載欄があって、二代目酒井宇吉氏が登場している。

酒井さんにも、こんなはなしがある。昭和十八年、戦況のわるいころに大阪に出張し、帰りのキップがとれなかった。

やむなく北陸まわりで東京をめざし、途中、金沢で下車した。

古書店や骨董屋を見てあるいたところ、ある店で一冊の古写本に出会った。『拾遺和歌集《しゅういわかしゅう》』であった。『古今和歌集』や『後撰《ごせん》和歌集』にもれた歌を拾遺《ひろ》って勅撰した本で、一説に撰者は花山《かざん》天皇★312（九六八～一〇〇八）であるという。写本は鎌倉時代の正応《しょうおう》年間（一二八八～九三）である。

これを掘りだしたのは、酒井さんの三十歳のときである。なんとも眼力というほかなく、それも、一誠堂の店員が反町さん以来、古典籍を学びあったおかげだと、雑誌「かんだ」はいう。

古典籍の世界は、なお英雄たちが生きているのである。

★312 九六八年～一〇〇八年没。第六十五代天皇。冷泉《れいぜい》天皇の第一皇子。歌人としても有名。

三人の茂雄

またしても、神田と本のはなしである。

本というのは、こわれやすい。

このことについて、二十年ほど前に読んだ随筆がある。筆者の名は失念した。その筆者が、むかし岩波茂雄《いわなみしげお》をその社長室に訪ねて話していると、編集部員が、できあがったばかりの本をもってきた。

岩波はいきなりその本を床《ゆか》にたたきつけたというのである。

「本が堅牢★313であるか、ためしているのです」

と、岩波が、いった。

似たような話がある。

先年、故人になった『本屋風情《ほんやふぜい》』の著者岡茂雄《おかしげお》のことである。

岡茂雄が神田駿河台《するがだい》下で文化人類学のための岡書院を興して困難な経営をつづけてい

★313 丈夫で壊れにくいこと。

たとき、出す本ごとに、たたきつけのテストをしていたという。

このことは、子息の岡並木《なみき》氏（静岡県立大教授）からきいた。

「それは、岩波さんの逸話じゃありませんか」

と、先日、電話のときにいうと、岡並木さんは、あかるい声で、

「そうでしょうか。私は、父だけがそんなことをするとおもって、おかしかったのです」

ということだった。

どうも、この二人はどこか周波数が共通していて、逸話が混線するのかもしれない。

双方、信州人《しんしゅう》である。岩波茂雄は明治十四（一八八一）年うまれで、岡茂雄はそれより十三わかい。

共通点をさがすと、どちらも一目的でもって出版業をはじめたことである。岡は士官学校出の陸軍中尉だったが、文化人類学が勃興してきたので、それを支《さき》える出版社が存在せねばならないという使命感から、大正十三（一九二四）年、岡書院を創《はじ》めた。

岩波茂雄も、自分が専攻した哲学のために岩波書店を興したといえる。

いこじ★314な点も、似ていなくもない。いこじさは信州人の風土病だという説があるそうだが、剣呑《けんのん》だから、私は与《くみ》しない。

★314 〝依怙地・意固地〟と書く。つまらないことに意地を張ること。

どちらも茂雄である。これに古典籍の大通《だいつう》である反町茂雄《そりまちしげお》さんを加えると、三人の茂雄がそろう。

神田は、明治以来、法律学校のまちである。法律学校が、明治大学になったり、中央大、専修大、日大になったりした。

それだけに法律関係の良書は古本屋さんで数多くあつかわれる。

反町茂雄さんが昭和二年、神田神保町《じんぼうちょう》の一誠堂書店に〝小僧さん〟として入ったころ、鳩山秀夫《はとやまひでお》（一八八四〜一九四六）の『日本債権法総論』が名著として尊敬されていた。

民法学者鳩山秀夫は天才的な法学者として知られる。その履歴をみると、明治四十三（一九一〇）年、東大法学部助教授のときに官命で欧州に留学し、大正五（一九一六）年、教授になった。

反町茂雄さんは東大法学部に在学したから、鳩山教授の講義をきいたはずである。〝小僧〟になって早々、市《いち》に出ると、鳩山博士の『日本債権法総論』が、セリに出た。『一古書肆《こしょし》の思い出』（平凡社刊）のなかでつぎのくだりは、新米の〝小僧〟としての反町さんの胸の高鳴りがつたわってくるようである。

初めて見るセリ市は、気迫のするどい戦場でした。連合会は、当時日本一のセリ市

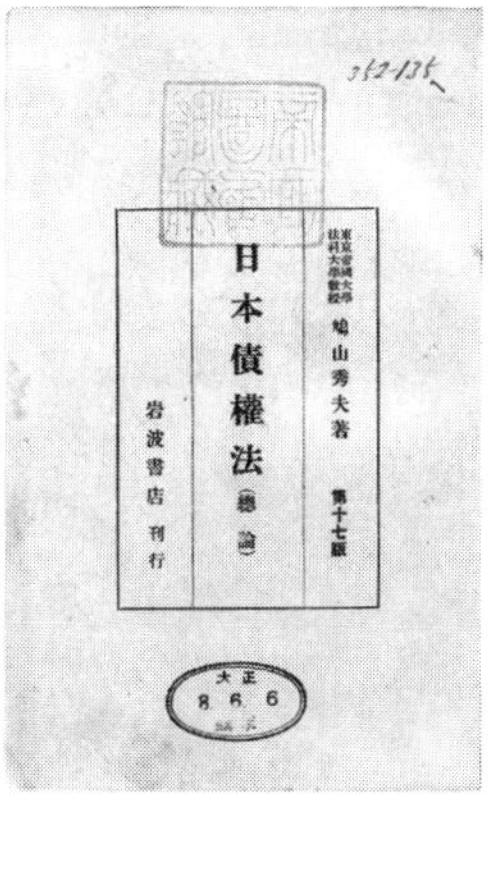

『日本債権法総論』

だったでしょう。セリ手（振り手）が、眼前に置き並べられた古本の列の中から、手速く一冊を抜いて、胸のあたりまで上げると、トタンに、

「鳩山の『債権』！」

と、高く口ばやに叫ぶ。間髪《かんはつ》をいれず、

「二円五十!!」

と、六、七人の声が飛ぶ。

『日本債権法総論』は、大正七年の刊行で、出版元は、岩波書店である。岩波が出版をはじめたのは大正二年だから、創業わずか六年で古本になっても声価の高い本を刊行していたことになる。

新本での定価は三円二十銭だった。セリでは二円五十銭で落ちた。

むろん絶版本ではなく、おなじ神田の岩波書店から刊行されつづけていたから、稀少性としての高値はつかない。

でありつつ、つまり現役の本が、古書市で定価すれすれで売買されるというのは、それだけその本に力があるということになる。古書籍の棚にならべればその日のうちに売れるかもしれず、いわば回転がいい。だから利は薄くていい。

私は、神田神保町を歩きながら、

「鳩山の『債権』！」

という、セリ手のシゲチャンの高い声をおもいだした。反町さんによると、通称シゲチャンは永森良茂、年は二十七、八、相場に通暁していて、しかもときに冗談も飛ばすという天才的な人だったそうである。

ちょうど、駿河台の明治大学法学部で、一九九〇年度の卒業予定者が「債権法」で大量に落第し、卒業できなかった、という新聞記事を読んだばかりだっただけに、昭和二年の夏ごろのある日、神田の市《いち》でたかだかと叫ばれた「鳩山の『債権』！」が、ひときわおかしかったのである。

本を床に投げつける話にもどす。このことは岡茂雄の、癇症病《かんしょうや》み★315といっていいほどの良心のつよさに由来する。こわれやすい本を、性分として造ることができないのである。ひとつには幼年学校・士官学校を経た軍人だからという想像もできる。軍人は、兵器・陣営具《じんえいぐ》の堅牢さを大切にし、つねに磨きあげる。

「父は、造本の要諦のひとつは、書物をこわれないようにすることだと、つねづねいっていました」

★315 とても潔癖な性質。神経質なこと。

岡並木さんが、いう。

「ですから、岡書院では装幀《そうてい》という言葉は使わず、装釘《そうてい》といっていました」

なんだか、装釘とは、軍馬の蹄《ひづめ》に★316蹄鉄《ていてつ》でも打ちつける（装蹄《そうてい》という）ような文字ならびである。

しかし装釘の釘は〝装《よそお》い釘《くぎ》うつ〟という意味で、れきとした中国熟語である。

「そうてい」

とは、『広辞苑』によると、「書物を綴じて表紙などをつけること」とある。

さらに「製本の仕上装飾、すなわち表紙・見返し・扉などの体裁から製本材料の選択までを含めて、書物の形式面の調和美をつくり上げる技術。また、その意匠」とある。

『広辞苑』はいうまでもなく新村出《しんむらいずる》（一八七六〜一九六七）の編で、岩波書店の刊である。そうていをどんな漢字で表記しているだろうとおもい、見返しのあたりをめくってみると、「装幀★317安井《やすい》曾太《そうた》郎《ろう》」とあった。

このへんのことは、ややこしい。『広辞苑』のその項では、そうていの漢字表記として「装丁・装釘・装幀」とある。

しかも（　）を入れて、（本来は、装《よそお》い訂《さだ》める意の「装訂」が正しい用字）とある。

要するにこのことばは、漢字のあて方が不安定なのである。

小学館の『日本国語大辞典』には、新村出の「装釘か装幀か」という文章の大意が出

★316 馬のひづめに打ちつけて、ひづめの損傷を防ぐ鉄具。

★317 一八八八年〜一九五五年没。洋画家。フランスに渡り、ピサロやセザンヌの影響を受ける。独自の写実様式を確立する。文化勲章受章。

ている。

それによると、明治のある時期まで、本をつくることは〝製本〟というだけで済んだ。ところが明治末期になって——つまり出版文化が発展して——装本の美術工芸的要素が強まるにつれ、〝製本〟にかわって装《よそお》い釘《てい》じる意味の中国古来の熟語「装釘」が使われはじめた、という。つまり、明治末期に、装釘という表記が世間に顔を出すのである。その新村出博士が、ご自身の編の『広辞苑』に「装幀　安井曾太郎」とされているとなると、博士は、世の一般の例にならわれたことになる。

岡茂雄の場合、世の慣《なら》いにさからって〝装釘〟という熟語に固執したあたりに、性格的片鱗がうかがえる。

馬の蹄に蹄鉄をはめ、釘をうちこむ。行軍に出発するにあたって、

「装蹄は、大丈夫か」

と、いちいち点検してまわった岡中尉と、造本の堅牢をたしかめる岡書院の店主とは、同一人物なのである。本はいのちあるかぎり行軍してゆく。

げんに、岡書院の本は、こわれなかったらしい。

大正十三（一九二四）年に創業した岡書院という小さな出版社は、十八、九年つづき、

太平洋戦争が激化するころ、消えるように休止した。店主が四十代で応召したためであった。

しかし、岡書院が出した本は古書籍界で行軍しつづけている。

古書籍界におけるそれらの値は、晩年の岡茂雄が買いもどせないほどの高値になっていた。出版人としての見えざる勲章といえるのではないか。

昭和二（一九二七）年といえば、岡茂雄が創業して三年経ったころである。

岩波茂雄は、岡茂雄という新進の出版人が同郷人ときき、おなじ信州人の古今書院の店主橋本福松を通じ、飯を食おうといってきた。岡は、面識がないから遠慮する、とことわった。橋本が、再三翻意をせまると、

「いや、ごめんだね」

ひとのたすけをうけずにやりたいというのが、岡の性格だった。

二、三日して、もう一度橋本福松が翻意をうながしにきた。やっと岡は承《う》けた。

神田の昌平橋をわたって右に折れた路地なかに、「末《すえ》はつ」という小さな鳥料理屋があり、そこを指定されて待っているうちに岩波茂雄がやってきた。

岡の『本屋風情』によると、岩波は「荒削りのごつい、★318辺幅《へんぷく》を飾らぬ事業家肌という印象」だったという。どうも好意あふれる描写とはいえない。

★318 うわべ、みなりのこと。

話が始まると岩波さんは大声で「実に驚いたよ。岩波を知らん早稲田の学生がいたよ」と、遠慮会釈もなくいい放って「ワッハハハ」と笑った。

ちょっと傲慢ではないか、と岡はおもったのにちがいなく、「その剛腹さには呆れかえった。が、私に最も欠けたものを岩波さんは持っていることを知り、深刻に考えさせられた」（『本屋風情』）という。

このあたり、岡はひょっとすると大正時代の文学愛好者だったかもしれない。

大正文学は精緻だが、自他の些末な欠点に過敏で、狭量であることが知的な、あるいは良心的態度だとおもいこむところがあった。たとえばこの場の岩波茂雄的な人間風景に、ユーモアを感じるところが、大正文学にはなかった。

「深刻に考えさせられた」

という、岡茂雄の大正文学的良心が、岡自身の行き方を苦しいものにしたかのようでもある。

たとえば、岡は『広辞苑』のような百科事典的要素をもつ国語辞典を、昭和初年、最初に企画した人なのである。京都の新村出博士と精密にうちあわせ、結局はそれを編集するだけの組織をもたないために曲折を経てしまった。

ところが、結果として『広辞苑』は、二十年後に岩波書店から出た。丸谷才一《まるやさいいち》[★319]氏にいわせると、「もし『広辞苑』がなかったら、戦後の日本の社会というものは、ずいぶん違っていたろうと思うんです。ずっと不便だったんじゃないでしょうか」（雑誌「東京人」一九九一年五月号）というほどの存在になった。

岡茂雄は、出版人というより、『本屋風情』でも察せられるように、すぐれた文学者であったのかもしれない。

明治の夜学

夜学を書こうとしている。

明治（一八六八〜一九一二）は、もっと世界のひとたちから文明史的に研究してもらっていいとおもうのだが、この稿では、その時代の象徴のひとつとしての夜学にふれたい。

★319 一九二五年〜二〇一二年没。昭和後期〜平成時代の小説家、評論家、英文学者。短編小説『年の残り』で芥川賞《あくたがわ》を受賞する。代表作に『たった一人の反乱』『忠臣蔵とは何か』『樹影譚《じゅえいたん》』『輝く日の宮』など。

へつらうが如き夜学の教師かな

虚子の句で、底意地がわるい。

この人ははじめから捨ててかかっているところがあって、しかもうまれつきドスの利いた目をもっていた。

夜学は、たれの目からみても、表むきは、けなげなのである。しかし虚子はけなげさを句にしようとはせず、かといって、世の中は損得勘定だともいわない。世の中が損得であろうはずがないことを一面の虚子は知っている。この句はその両面を剣の峰《みね》でこらえている。

そこへゆくと、江戸っ子の★320万太郎《まんたろう》（久保田《くぼた》）は、いきである。

夜学子《やがくし》や鏡花小史《きやうくわせうし》をよみおぼえ

まじめに勉強していた夜学子が、ふと人生はそれだけではないことを、★321泉鏡花の小説を読むことで、知る。

鏡花はいうまでもなく擬古的虚構と耽美《たんび》的な文体でもって、女性の情趣を大時代なまでに表現した人である。

★320 一八八九年〜一九六三年没。大正〜昭和期の小説家、劇作家、俳人。下町《したまち》の人びとの生活や情緒《じょうちょ》を描いた。代表作に『末枯《うらがれ》』『春泥《しゅんでい》』など。

★321 いずみ・きょうか＝一九七三年〜一九三九年没。明治〜昭和前期の小説家。尾崎紅葉に入門し、繊細優美な文体で浪漫的・神秘的な作風を展開した。代表作に『照葉《てりは》狂言』『高野聖《こうやひじり》』など。

万太郎は、句のなかで、〝鏡花小史〟と称《よ》んでいるのがいい。小史とはいうまでもなく自分自身が、雅号の下につけることばだが、この場合、他人である万太郎がそのようによぶところが、言葉の活用としておもしろい。

〝鏡花小史〟とよぶことで、鏡花の古風さも出てくるし、鏡花的世界が、全集の書棚を見るように一瞬であらわれる。音《おん》のならびもいい。

同時に〝鏡花小史〟によって、それを読みそめる夜学子のきわどさまで出ている。堕落のはじまりをにおわせる。

★322「降る雪や明治は遠くなりにけり」の★323中村草田男《なかむらくさたお》の『季寄せ』の「夜学」の項に、

図形《づけい》一つに取組む師弟夜学灯（橋本月登）

という句が出てくる。まことに素直な夜学の句で、型どおりの感動があらわれているが、虚子や万太郎の俳味からは遠い。

ただ、〝図形一つ〟によって、工科系統の夜学だということがわかる。工科の教育には大小の道具が必要で、その道具の使い方は、教わらねばわからず、教わってはじめて生涯のめしのたねになる。夜学生の人生の息づかいまであらわれているといえば、よみとりすぎだろうか。

★322 句集『長子《ちょうし》』に収められている中村草田男の句。大雪の日に母校を訪れた際に生まれた句だとされている。

★323 一九〇一年〜一九八三年没。昭和期の俳人。「ホトトギス」同人として活躍するがのちに離脱し、俳句雑誌「万緑《ばんりょく》」を創刊する。

★324 国木田独歩《くにきだどっぽ》（一八七一～一九〇八）の父は、明治の小吏であった。★325 播州竜野《ばんしゅうたつの》藩士で、明治初年、東京下谷徒士町《したやかちまち》（御徒町《おかちまち》）の旧藩邸ですごした。旧藩邸には殿様の脇坂氏が住んでいて、幼少の独歩は、そこで江戸時代の残映を見たかとおもわれる。

父の専八は、裁判所書記として、一時期、山口県熊毛《くまげ》郡麻郷《おごう》村に住み、独歩は少年期をそこですごした。

近所に桂という没落士族（長州《ちょうしゅう》藩）の家があって、その家の長子の紀《ただす》という子が、独歩の幼なともだちだった。

桂紀《かつらただす》は、独歩の★326『非凡なる凡人』のモデルである。

このモデルについては、山口県柳井《やない》市の谷林博《たにばやしひろし》氏の研究がある（『青年時代の国木田独歩』）。

それによると、桂紀の祖父は、旧幕時代、『真書太閤記』三百巻を十年がかりで筆写した人だという。なにやら江戸期の泰平が、この一事でわかるような気がする。

紀の父を軍一といい、長州人らしく幕末の風雲時代に奔走した人である。維新になって帰国すると、蛤《はまぐり》の養殖事業をはじめたりして、失敗し、家産をうしなった。

谷林博氏の前掲の本に、桂紀の明治四十四（一九一一）年の手記がかかげられている。

★324 明治時代の詩人、小説家。現実性を追究する作品を発表し、自然主義文学の先駆けとして評価された。代表作に『武蔵野《むさしの》』『運命』など。

★325 播磨国《はりまのくに》（兵庫県南部）竜野地方に置かれた藩。

★326 若者が集まって互いに友人を噂《うわさ》し合った際に、一人が語った桂正作《しょうさく》という電気技手の話として展開する短編小説。

手記というのは、紀による桂家の家系雑記である。

末尾に付記した自分自身についての文章が朴訥《ぼくとつ》で、塩味がつよく、小説である『非凡なる凡人』以上に、明治人の真骨頂がよく出ている。

父ハ天保十四年ニ生レテ泰平ニ養育サレテ維新ノ難関ニ苦闘ス。

からはじまり、自分自身におよぶ。

予ヤ真固《しんこ》ノ明治子《めいじし》ニシテ全然武ヲ知ラズ世界文明ノ児ナリ。

明治子《めいじし》を明治っ子とよむべきかどうかはわからない。「世界文明ノ児ナリ」というのが、まことにいい。

ちょっと話をかえる。

漱石の『こゝろ』についてである。主人公として〝先生〟とよばれる人物が登場する。〝先生〟は帝大を出て、父祖の遺産で無為の生活を東京で送っている。やがて明治がおわると自殺する。作品では、〝先生〟自身の手記が、その倫理的事情を明かすことになる。

漱石自身、明治の終焉《しゅうえん》については深刻な感慨をもっていたような気配《けはい》があるが、それが〝先生〟に投影しているとみられなくはない。

作品の後半の手記のなかで、〝先生〟はいう。

私は妻《さい》に向ってもし自分が殉死するならば、明治の精神に殉死するつもりだと答えました。

『こゝろ』の〝先生〟にはよくわからないところがあって、このあたり、唐突な気がしないでもない。漱石はこの作品を、新聞小説として、明治の終焉のあとで書いた。

おそらく素材をあたためていたころ、明治四十五（一九一二）年七月三十日、明治天皇の崩御という事態がおこる。作品のなかでも、★327御不例《ごふれい》の報が、時代の痛烈な不安要素として出てくる。

ともかくも、市井に★328韜晦《とうかい》している『こゝろ』のなかの〝先生〟でさえ、〝明治の精神〟という意味やや不明ながら、激越なことばをつかうのである。

『非凡なる凡人』の主人公は、『こゝろ』の〝先生〟とはちがい貧窮の境涯から出て、学歴といえるほどのものはないながら、「世界文明の児ナリ」と胸を張っているのであ

★327 貴人に対して用い、通常の状態でないという意で、病気であることを指す。

★328 自分の本心や才能、地位、身分などをつつみかくすこと。人の目をくらますこと。

る。さらにはみずからを「真固ノ明治子」とも規定する。明治人のふしぎなところといっていい。

小学校を終えると、独歩は県立山口中学校にすすんだが、桂紀は家の事情で銀行の給仕になった。

やがて少年の身で上京し（明治二十七年）、小説によると、新聞売りをしたり、〝砂書き〟という大道商売をしたりして、厘銭《りんせん》をかせぐ。

夜は神田の夜学校に行って、専ら数学を学んで居たのである。（『非凡なる凡人』）

ここで、神田の夜学が出てくる。

現実の独歩のほうは、すでに上京していた。独歩は明治二十（一八八七）年五月、十七歳で山口中学校をとびだし、神田の法律学校に入る。

神田の法律学校といえば、駿河台《するがだい》南甲賀町に明治法律学校（のちの明治大学）があり、錦町《にしきちょう》二丁目に英吉利《イギリス》法律学校★329（のちの中央大学）があり、今川小路二丁目に専修学校（のちの専修大学）があった。ただし日本法律学校（のちの日本大学）といわれた三崎町三丁目の学校は、独歩が上京した三年後に開校するから、その時期にはない。

★329 明治十八（一八八五）年、増島六一郎・菊池武夫・穂積陳重らによって設立された。

独歩が入ったのはどの法律学校だったかわからない。さらにいうと、この時期の独歩は、法律のような実用的な学問をきらったかのようであった。

一年たらずいて、翌年五月、早稲田の東京専門学校（のちの早稲田大学）に転じた。まず英語普通科に入り、そのあと英語政治科に転じ、さらに英語普通科にかわるというぐあいだった。三年在学し、校長排斥のストライキに参加して、退学する。こういう独歩が、桂糺の生き方に感動するのは、わかるような気がする。

この時期の独歩は、功名心がつよかった。★330吉田松陰に傾倒し、さらには一種の政治青年でもあり、諸事未熟で、堅実さに欠けていた。厄介なことに、そういう自分の生き方を自覚してもいた。

おそらくそんな自分を批判しつづけていたのは、かれが愛読した『西国立志編《さいごくりっしへん》』だったろう。

この本については、以前のべたことがある。

十九世紀英国の社会改良家サミュエル・スマイルズ（一八一二〜一九〇四）の★331『自助論《セルフ・ヘルプ》』を、旧幕臣だった中村正直《なかむらまさなお》（敬宇《けいう》）が感動的な名文で訳し、『西国立志編』という題にして明治四（一八七一）年に静岡で刊行した。明治期を通じてロングセラーになり、福沢諭吉『学問のすゝめ』などとともに、明治の青年にもっとも影響をあたえた本といえる。

★330 よしだ・しょういん＝一八三〇年〜一八五九年没。幕末の思想家、教育者。長門《ながと》萩《はぎ》（現在の山口県萩市）の自宅に松下村塾《しょうかそんじゅく》を開き、高杉晋作《しんさく》や久坂玄瑞《くさかげんずい》、山県有朋《やまがたありとも》、伊藤博文《ひろぶみ》など多数の著名人を育成した。

★331 西洋の歴史上の人物数百人の成功談を集め、他に依存せず自分の努力によって道を切り開くことを説いた啓蒙《けいもう》書。

独歩は、『非凡なる凡人』の主人公を、その愛読者にし、「余《よ》を作りし者は此書《このしよ》なり」といわせている。さらには、

「工業で身を立つる決心だ」

といわせ、また蒸気機関を発明したワット★332や、また炭鉱夫の子から身をおこして蒸気機関車を開発したジョージ・スティヴンソン★333を尊敬させてもいる。

独歩は、東京で主人公と出会って、食事にさそわれるのである。主人公がそこで三食の食事をとるという労働者むきの食堂で、独歩はひるみ、箸をとりかね、やがて反省する。

あゝ此飯《このめし》は此有為《このゆうい》なる、勤勉なる、独立自活して自《みずか》ら教育しつゝ、ある少年が、労働して儲け得た金で、心ばかりの馳走をして呉れる好意だ、それを何ぞや不味《まず》そうに食《くら》うとは！

実際には、桂紀は独歩より七歳もおさなかった。小説のなかにおける食堂のくだりが現実の両者のあいだにあったとすれば、独歩は七つ下の少年にめしをおごられたことになる。独歩としては腑甲斐《ふがい》ない感じもするが、その腑甲斐なさも、独歩をして『非凡な

★332 ジェームズ・ワット。一七三六年～一八一九年没。イギリスの機械技術者。船大工の子としてスコットランドの港町グリーノックに生まれる。

★333 一七八一年～一八四八年没。一八一四年に蒸気機関車を製作した。マンチェスター～リバプール間の鉄道建設許可を得て成功を収める。

る凡人』を書かせるばねになったのかもしれない。

主人公は、小説のなかで、神田で数学をまなんだあと、「二十八年の春になって、彼は首尾よく工手《こうしゅ》学校の夜学部に入学し得たのである」という。

モデルの桂礼の手記にいう。

具《つぶさ》ニ艱苦《かんく》ヲ嘗《な》メテ遂ニ電気工学ヲ専攻シ是《こ》レヲ以テ渡世ノ術トナス。

この一行に桂礼の万感がこめられている。「具ニ艱苦ヲ嘗メテ」とあるだけで、手記には工手学校というような校名は出ていない。

「渡世ノ術トナス」というあたりに、『自助論』的な〝明治の精神〟があるのではないか。さらにいえば、夜間で電気工学をまなんだことが、桂礼が胸を張って自負するところの「世界文明ノ児ナリ」ということであったのだろう。文明とは、この場合、電気のことである。

卒業して、技手（ぎしゅ、ぎて）になった。

大学出が技師で、そういう学歴をもたない者が何らかの手段によって一定の技術を獲得した場合、技手という。月給十二円也。大学出の技師なら、初任給四、五十円以上という時代であった。

小説では横浜の会社に就職するとある。

桂紀の手記では横浜船渠《ドック》会社で、その電気工場および会社の発電所に勤務することになる。

柳井市の谷林博氏は、その著『青年時代の国木田独歩』のなかで、桂紀の遺族を訪ね、その後について取材している。それによると、桂紀は五十一歳で死ぬまで電気の技術で渡世したというのである。

桂紀はほどなく横浜船渠を辞職し、あるいはその技術を買われたのか、九州にわたったらしい。小倉、門司でつとめ、五島《ごとう》にわたって福江の会社にもつとめた。最後は松山市中村町に移って、伊予《いよ》鉄道電気株式会社に職を奉じた。身分は技師であった。

桂紀が工手学校の夜間部で電気を勉強していたころは、世間にはすでに電灯や電信・電話は存在したものの、「電動機、水力電気、電気鉄道等ハ帝国ニ殆ンド絶無ノ時機ナリシナリ、即チ時期、甚ダ適切ナリシナリ」(『手記』)という。先見の明があったと暗に誇っているあたりも、『自助論』的自負といっていい。

以上、明治の夜学の功をたたえた。

同時に、夜学を季語（秋）に組み入れた明治の俳人の感覚はほめてよさそうにおもえる。

ついでながら、山本健吉編の『季寄せ』の「夜学」の項に、「秋の夜は燈火親しむべき夜学の好季節として、季語とする」とある。[★334]

夜、そのつもりで駿河台の坂をくだってみたが、いまの東京は灯火が多すぎて、季語としての夜学の実感も情趣もなかった。さらにいうと、定時制とか第二部などという戦後の呼称では、季語になりそうにない。

法の世

作州《さくしゅう》[★335]津山（岡山県）に、箕作《みつくり》といううめずらしい姓の家があり、代々秀才を出したことで知られる。

稀姓ながら、たいていの百科事典に、すくなくともつぎの代表的な五人の名は出ている。年代順にならべると、

★334 やまもと・けんきち＝一九〇七年〜一九八八年没。評論家。雑誌「俳句研究」を編集し、独自の批評的世界を開拓した。

★335 作州は現在の岡山県北東部にあたる美作国《みまさかのくに》の異称。津山は、その国府が置かれていた。

箕作阮甫《げんぽ》（一七九九～一八六三）
箕作秋坪《しゅうへい》（一八二五～八六）
箕作麟祥《りんしょう》（一八四六～九七）
箕作佳吉《かきち》（一八五七～一九〇九）
箕作元八《げんぱち》（一八六二～一九一九）

その源流は作州津山藩の藩医箕作丈庵《じょうあん》というひとにあったようで、その子阮甫から名声が大いにあがった。阮甫は蘭学をまなび、医家としての著作も少なくない。時代がなお啓蒙期だったから、手引き書のような著作である（『外科必読』『産科簡明』など）。

が、時代は阮甫の医学より語学のほうを必要とした。天保十（一八三九）年、幕府の天文方《てんもんがた》の訳員《やくいん》としてまねかれた。当時、まだ幕末の風雲期ではなかったが、対外問題がやかましくなってきたため、幕府としては阮甫のように西洋語のできる者を諸藩からひきぬかざるをえなくなったのである。

阮甫の半生は、そのまま幕末対外交渉史だった。嘉永六（一八五三）年にははるか西走して長崎でロシア使節に応接し、翌年の安政元（一八五四）年には東奔して下田でロシア使節と会い、同年、アメリカ使節とも折衝した。やがて幕府が設けた洋学機関蕃書《ばんしょ》調所《しらべしょ》の教授になる。

箕作秋坪はおなじ作州津山の菊池氏の出である。阮甫の養子になり、阮甫同様、洋学をもって幕府につかえた。

他は、麟祥をのぞき省略する。要するに箕作姓は、一族をあげて幕府と明治政府のために肝脳《かんのう》★336を労しぬいたといっていい。

箕作麟祥は、阮甫の孫である。

旧幕のころ、阮甫や秋坪同様、洋学をもって幕府につかえ、蕃書調所での教授をつとめた。

幕末のぎりぎりの慶応三（一八六七）年、幕府から派遣され、短期間ながらフランスに留学した。ただし帰国したときは幕府が瓦解し、明治政府になっていた。

箕作麟祥のことはしばらく措《お》き、維新早々の新政府についてふれる。

新政府は、当初、どんな国家をつくっていいか、わからなかった。戯画的にいえば、私はどこへ行ったらいいのでしょう、と辻で人にきいているようなものであった。

「法にむかいたまえ」

という人がいた。

★336 肝臓と脳髄。転じて、肉体および精神。

「法とは、すなわち国です。国をつくるというのは、法をつくることです」

比喩《ひゆ》的にいえば、国家は鳥籠のようなものです。鳥籠の竹材の一筋一筋が法で、法制もしくは法体系をつくりあげれば、国家になります、というようなことを教えた人がいたのではないか。さらに想像すると、

「法が上にあります。王も民もその下にいます」

ともいったりしたのではないか。

最大の助言者の名はわかっている。フルベッキである。Guido Herman Fridolin Verbeck（一八三〇〜九八）。

東京の青山墓地でねむっているこの人は謙虚な性格だったが、もしかれが、

——私の助言が、明治日本の基礎をつくった。

といったとしても、ホラではない。ただし無料奉仕ではなく、明治政府から高額な報酬をもらってはいたが。

フルベッキにふれる。写真をみると、端整な顔だちをしている。

オランダのユトレヒト州のうまれで、当時のオランダの中流家庭の風《ふう》として、幼少のころに英、仏、独の三カ国語を学んだ。

このことは、誕生早々の日本にとって、うってつけだった。一八六八年、蘭、英、仏、米、露という国々が、内戦中の日本をとりまいてかたずをのむうちに新政権がうまれ、

旧幕府の対外条約を継承した。うまれながらに、国際社会に入った。すでにのべたように、あたらしい日本は、

「私はどんな国になればいいのでしょう」

と、無言ながら、国々に問いかけている。

「英国の意見はこうです。フランスは、こういっています」

というように、フルベッキならその語学力を大いに活用した。オランダ人だから、蘭学一本やりだった日本人にかれのことばはよくわかる。

それにかれは、オランダの利害を背負っていなかった。

さらには、職業技術ももっていなかった。もし土木家であったり医者だったりすれば、ついその専門にとらわれて助言もせまくなったにちがいないが、日本にとって幸いだったのは、かれが一般教養しかもっていなかったことだった。

なにしろ母国のオランダで就職口がないままアメリカにわたり、どういう人生を持とうかとさがしまわっているうちに、神学校に入って牧師になってしまった人なのである。

神学校を出てから、アメリカの海外伝道組織に入り、宣教師として長崎にきた。来日したのは安政六（一八五九）年である。安政条約調印[337]の翌年にあたる。

ときに幕府の長崎奉行所は済美館という英語学校をひらいていたが、フルベッキはその教師になった。やがて肥前《ひぜん》佐賀藩が長崎に致遠館という英語を主とする洋学校をひ

★337 安政五カ国条約＝江戸幕府が、アメリカ、イギリス、フランス、オランダ、ロシアの五カ国との間に結んだ修好通商条約。大老井伊《いい》直弼《なおすけ》が、勅許《ちよつきよ》を得ずに独断で調印した。

らいたので、そこでも教えた。

その長崎致遠館に佐賀藩士大隈重信《おおくましげのぶ》★338（一八三八〜一九二二）が入校してきたことが、運命の転機になった。大隈はかれから英語を学び、また政治・経済から初等算術までまなんだ。大隈の生涯の教養は、フルベッキによって充電された。

この時期、肥前佐賀藩はただの藩にすぎなかった。鳥羽伏見での対幕戦で薩長土三藩が勝ったあと、右の三藩は後半にくる戦いに自信がなかったため、肥前佐賀藩をさそった。この藩は洋式化された陸海軍と、徹底した藩士教育によって、多くの人材をもっていた。

佐賀藩士大隈重信はとくにきわだっていて、明治二年という早い段階に、すでに新政権の外交と財政の実権をにぎり、新国家の構想も、粗々《あらあら》ながら抱いていた。その知恵袋が、フルベッキだった。

大隈は明治二年、東京で重職につくとともに、長崎からフルベッキをよんだのである。大隈のことだから、

——あなたと私で日本をつくるのです。

と、いったかもしれない。大隈はフルベッキの給料の出所《でどころ》として、開成学校（幕府の蕃書調所・開成所の後身。東京大学の前身）の教師とし、明治早々のころの立法機関である公議所の顧問にもした。

★338 明治〜大正時代の政治家。立憲改進党の総裁となり、民権運動を進めた。第一次伊藤内閣、黒田内閣では外務大臣として条約改正にあたり、また二度にわたって内閣を組織した。

つまりは、日本建設の奥の院ともいうべき場所に、助言者フルベッキはすわったのである。かつて自分自身の方途もきめかねていたフルベッキとしては、夢のような運命だった。

ついでながら、フルベッキには国籍がなかった。

かれの故国のオランダは、五年以上本国を離れていると、国籍がなくなるのである。また滞米期間がアメリカ国籍をとるには短かすぎたので、アメリカ市民でもなかった。フルベッキは、誠実に、さらにはじつに有能にその任を果たすのだが、ここではこれ以上かれにふれていとまがない。ともかくも明治初期政権の切迫した状況が、かれの存在によって象徴されればいい。

箕作麟祥のことである。

かれもまた、大いそぎで国家をつくろうとする明治初期政権の手品のたねであった。新政府は外国の法典を手に入れては、箕作麟祥に翻訳させ、そのつど会議をひらいた。

「とても私にはむりだ。留学させてもらいたい」

と、箕作は悲鳴をあげた。

いかに秀才でも、法律知識があるわけではなかったから、パリででも法律を学んで正確を期したかったのである。

しかし新政府にはそんな時間的余裕はなかった。すでに国家があり、国民を擁していて、法がない状態など、一日でも早くおわらせねばならなかった。

とくに、大隈とおなじ肥前佐賀出身の★339江藤新平《えとうしんぺい》（一八三四〜七四）は司法関係を担当していただけにあせっていた。

「箕作さん、誤訳でも大体でもいいんです。おかしい箇所はこちらでいろいろ推量する。拙速にやってほしい」

江藤は、明治三年からは制度局の責任者になった。

かれは民権的気質の濃い人だけにとくに民法が好きで、ぜひ自分の手で民法法典を編みあげたいとおもっていた。その上、すでにフランス刑法を訳した箕作麟祥に惚れこんでもいた。

江藤は、海外をしらなかった。

が、異能の人物だったから、箕作の訳文の断片をみただけで、法とはなにかという本質を察した。さらには、法を通じて近代国家がどういうものであるかがわかってきたかのようでもあり、そういうことが、かれにとっての政敵である薩長人に対する自負を深めていた。

このため、箕作の手もとで翻訳が二、三枚できると、むしりとるようにして読み、ときにはすぐさま会議で検討した。

★339
幕末〜明治時代初期の政治家。法制関係の要職を歴任し、司法制度の整備や警察制度の統一に力を尽くした。明治六（一八七三）年、征韓論に敗れて辞職し、佐賀の乱と呼ばれる政府への反乱を引き起こした。

伊勢《いせ》桑名藩士で、加太邦憲《かぶとくにのり》（一八四九～一九二九）というひとがいた。明治維新の成立のとしが二十歳であった。

かれの桑名藩は戊辰《ぼしん》[★340]のとき〝賊藩〟になって全藩謹慎を命ぜられたため、この若者は藩外に出ることができなかった。

その謹慎が解けて、明治三年、加太邦憲は洋学をまなぶために東京にむかった。さきまわりしていうと、加太邦憲は後年司法界に入り、大阪控訴院長を最後に官界を退き、第五代目の関西法律学校の校長になるひとである。この学校が明治三十七（一九〇四）年関西大学になったとき、初代学長をつとめた。

かれの東京への道中は劇的で、池鯉鮒《ちりゅう》（知立）の宿《しゅく》で、チョンマゲを切ってザンギリ頭になったという。時代は、はげしくうごいていた。

上京するまでこの若者は縫殿介《ぬいのすけ》という、時代劇の登場人物のような名だった。上京してから、兵衛とか右衛門とか介《すけ》というのは官名だからいけないというおふれが出て、邦憲にあらためた。

維新早々の東京は、江戸とはくらべものにならないほどさびれていた。江戸名物の一つだった大名屋敷も人気《ひとけ》がなく、門を閉ざしていた。

八月、当時、名の高かった箕作麟祥の家塾に入るのである。

★340 戊辰《ぼしん》戦争。新政府軍と旧幕府軍の一年半（慶応四／明治元〈一八六八〉年～明治二〈一八六九〉年）に及ぶ一連の戦い。京都で起こった鳥羽《とば》・伏見《ふしみ》の戦いから始まり、旧幕府軍の最後の拠点である箱館《はこだて》五稜郭《ごりょうかく》の陥落によって、新政府軍の勝利として戦いは終わった。

旧幕時代、幕府や諸藩の学者は、自宅を私塾にして学問を書生にわかちあたえるという慣習があったが、箕作麟祥の場合もそうで、旧幕時代、評判が高かった。屋敷兼家塾は、神田神保町《じんぼうちょう》にあった。勤務先（旧蕃書調所）の近くに居を定めていたのである。加太邦憲には、自伝がある。『自歴譜』（岩波文庫）というもので、そのなかに箕作塾に入門するくだりがある。

入門して見れば豈図《あにはか》らんや、同塾は何にか事情ありて数月前に一旦塾生を解放せりとて、当時、塾生は僅かに英学生を併せ二十名以内に過ぎず、先生の授業もなく……。

そんなありさまだったのは、麟祥が「翻訳御用掛」であるため、家塾どころでなかったのにちがいない。

加太邦憲は、そのとし大学南校に入った。校長は旧幕府の洋学者だった加藤弘之《かとうひろゆき》（一八三六〜一九一六）で、教頭はさきにふれたフルベッキであった。

やがて司法卿江藤新平は、司法省法学校をおこすことになる。日本最初の法律学校である。加太邦憲は、大学南校から横すべりしてその第一期生になった。

そこで、ようやく箕作麟祥に親しく接することができた。

箕作は翻訳御用掛のほかに、大学博士と司法丞《しほうじょう》★341を兼ねていた。

加太によれば、箕作は〝仏国五法〟（民法・訴訟法・商法・刑法・治罪法）の翻訳に没頭しており、それも苦しげだった。

難解の点多きよりフルベッキに就き質疑せしも、往々要領を得ず。

と、『自歴譜』にある。

翻訳の困難さは、法律用語一つずつに、それに見あう日本語や、似合った概念が日本にすくなかったことにもよるだろう。箕作は、日本語からして創《つく》り出してゆかざるをえなかったのである。『自歴譜』のなかでも、箕作がこまりきって、江藤司法卿に留学を乞うくだりがある。江藤はむろんそれを一蹴し、

「こちらから人をやって学ばせるより、むこうから専門家をつれてくればよい。そのフランス人の法律家に箕作が質問すればいいのだ」

むろんその法律家には、高い金を支払う。それだけではもったいないから、その法律家を中心とする学校を興そうと江藤は考え、すぐ実行した。

それが、加太邦憲が入校した司法省法学校なのである。

★341 法務省の前身である司法省において、裁決などを行った。

神田は、法律学校のまちでもあった。それらが、明治大学、法政大学、中央大学、専修大学になってゆくのだが、以上はそれ以前、明治三年までの段階である。法律、法律、法律で、灰かぐらが立つようだった。やがて、〝法科ばやり〟の明治がやってくるのである。

法の学問

江戸時代、民事裁判のことを、公事《くじ》といった。

〝公事と病いは気ながにあつかえ〟ということわざがあったほどに、お上《かみ》のなさる民事訴訟の決着というのは、ながくかかったものらしい。

江戸の世は、すでに市場経済の時代である。

うまうまと口車《くちぐるま》[★342]に乗せられて田を奪《と》られたとか、貸した大金を返してもらえぬとか、欲と詐《いつわ》りが、農民の世界にまでひろがっている。

★342 相手をおだててだますための巧みな言い回し。

そのために公事がある。

といって、世なれぬ者にとって、訴訟が不案内な上に、奉行所への畏《おそ》れもある。そんな場合、ともかくも江戸や大坂に出て、公事宿《くじやど》にとまる。公事宿が、訴訟についてのいっさいの世話をしてくれるのである。宿の亭主のことを、公事師という。

公事宿は、大坂なら船場《せんば》淡路町《あわじまち》に密集していて、五十二軒もあったといわれる。

明治末年、大日本麦酒を興してビール王といわれた三井物産出身の馬越恭平《まごしきょうへい》（一八四四〜一九三三）は、生地の岡山県から出てきて、淡路町二丁目の公事宿播磨屋仁兵衛の養子になったという。

江戸の場合、公事宿は、馬喰町《ばくろちょう》、小伝馬町《こでんまちょう》などに集中していた。

公事師は、数人の手代をつかっていた。かれらは公事をする百姓から訴えごとの内容をきき、書類をつくり、奉行所へのあっせんをし、裁きのときには公事人についてともに出廷するのである。むろん、公事人のかわりに申したてをする。

「手前《てまえ》は、当人の身内でござりまして、ハイ。おそれながら当人になりかわりまして申しあげ奉りまする」

などと、当初は、仮りにそんな関係を言いつくろっていたろうが、やがて幕府黙認の職業になった。

さて、明治の世のことである。

維新早々、大いそぎで整備されたことについては、すでにふれた。

明治五（一八七二）年、とりあえずできあがった法（司法職務定制）によって、代言人《だいげんにん》という職と機能が、成立した。弁護士の前身といえる。ただし、当初は民事だけにかぎられていた。つまり、江戸時代以来の公事の慣習が、明治五年においても生きつづけていたのである（江戸時代、民事訴訟のことを〝公事出入《くじでいり》〟といい、刑事のことを〝吟味《ぎんみ》〟といった）。

通説では、代言人というのは、福沢諭吉の訳語だという。また原語はadvocateだという。弁護士のことをアドヴァケイトというのは、主としてスコットランドにおいてだそうである。辞書をひくと、このことばは〝他人のために代弁《プリード》する者〟とあって、代言人とはいかにもうまくつけたものだという気がする。しかし英語圏とはいえ、スコットランドという一地方のことばなのである。

そういう、いわば地方語をにらみすえてその職業の機能を想像し、訳したといえば、いかにも草創期らしいあわただしさが感じられておもしろい。明治というのは、憲法発布までの二十余年間、息せき切っていた。

江戸時代、町奉行所などがあつかう刑事（火《ひ》付《つけ》、強盗、殺傷など）の審理のことを吟味といったということは、すでにのべた。

奉行配下の与力《よりき》たちのうち、刑事専門を〝吟味与力〟という。吟味与力が事件をよくしらべ、被疑者の口述などをもとに書類をつくる。その書類のことを、すこし長ったらしい用語だが、ギンミ・ツマリノ・クチガキ（吟味詰之口書）という。そういう書類ができあがると、与力の配下の同心が、まず被疑者をおそれ入らせ、

「さあ、つめいん（拇印《ぼいん》）を捺《お》せ」

と、せまる。被疑者が、捺印《なついん》を拒む場合もある。その行為のことを、〝吟味を拒む〟といい、役人どもがうろたえる。良心的な役人なら、再吟味をする。ふつう、役人は威光を笠に着て、

「吟味を拒み候始末《しまつ》、不届《ふとどき》につき」

と、一喝し、軽罪の場合は所払《ところばら》い★343などの刑に処する。江戸なら江戸を、所払いにするのである。このようにして、吟味はお上《かみ》に属する。〝お上のご威光〟によって罪を吟味するわけだから、民間の公事師の出る幕ではなかったのである。

代言人が、刑事訴訟にも参加できるようになるのは、明治十五（一八八二）年、刑法・治罪法が施行されてからであった。古代以来、刑は上《かみ》の権威によっておこなわれるという伝統がおわり、民間（代言人）が参加することになった。この意味では、日本法

★343 居住している町村から追放し、立ち入りを禁止すること。

制史にとって近代のあけぼのだったといっていい。ただしそれでも〝お上〟という伝統はわずかに民間にゆずっただけで、なお検事のほうが上にあったような印象がある。

代言人の資格取得に試験制度が施行されたのは、明治九（一八七六）年である。数年後に、代言人は代言人組合（のちの弁護士会）に入ることを義務づけられ、その組合は、検事の監督下におかれた。そのことで、〝お上〟は安堵したのにちがいない。

職業には、変遷がある。農民や職人、商人のように古来からのものもあれば、明治後に成立したものもあり、そういうなかで、代言人という存在は、まことにはなばなしかった。

そこで、法律を教え、代言人を養成する私立学校ができた。当然ながら、それらの学校は神田界隈に集中した。

それより前、司法省が、明治初年、その省内に官立法律学校を設けた。当初「明法《めいほう》寮《りょう》」とよばれ、のち「司法省法学校」になり、さらに帝大法科になるのだが、その沿革はわずらわしいから、省く。

この官立学校（司法省法学校）は、日本の法の父というべきボアソナード★344（一八二五〜一九一〇）らフランス人教師によって教授された。自然、フランス語によるフランス法学で、学生は各旧藩からえらばれたよりぬきの秀才たちだった。卒業生には〝法律学

★344 ギュスターヴ・エミール・ボアソナード。明治政府の法律顧問として二十二年間日本に滞在。法学教育、法典編纂《へんさん》に当たり、

士〟の称号があたえられ、ほとんどが官界にすすんだが、まれに代言人になった。

「学士代言人」

と、通称されたりした。

ついで、私学が興る。

★345越前鯖江《えちぜんさばえ》の士族矢代操《やしろみさお》（一八五二〜九一）の事歴をみると、明治九年、司法省法学校を卒業したあと、かれひとりが、留学もせず、官にも仕えず、やがて講法学舎という塾をおこして法律を教授した。これが、日本人にして日本人に法律を講義した最初だった。ただし、法律用語のほとんどはフランス語であった。

『明治大学百年史』によると、この矢代操が、明治十四（一八八一）年、明大の前身である明治法律学校をおこすのである。司法省法学校の同窓で、卒業後フランスに留学した鳥取県士族岸本辰雄や山形県士族宮城浩蔵などが協力した。

前掲の『百年史』に、矢代操の講義の〝傍聴筆記〟というのが、掲げられている。明治十四年三月二十七日の講義である。

「茲《ここ》に夫（甲）、妻（乙）アリ」

というところからはじまる。

甲と乙とは夫婦仲むつまじく、一子《いっし》、丙を挙げた。ところが甲は遊所の味をおぼえ、ついに乙を離別しようとした。乙は悲嘆のあまり死を決意する。

刑法・民法を起草した。

★345 現在の福井県。

ただ、のこされるいとし子の身《ご》の上をおもうと、心がひるんだ。「是《こ》ニ於テ、妻ハ死シテ地下ニ此思《このおもひ》ヲ為サンヨリハ、寧ロ此愛子《このあいし》ト倶《とも》ニ死スルニ若《し》カズトナシ」ともに河に身を投じた。

ところが橋の下で漁をする者がいて、母子をたすけあげた。母は息を吹きかえしたが、その子は「体《からだ》薄弱ナルヲ以テ遂ニ死ス」。子を殺したことになる。

「因《よつ》テ問フ」

と、〝教員矢代操〟はいう。子とはいえ、その幼児もまた「社会ノ一人」である。その「社会ノ一人」を、その母はおのれの一存でもって死にいたらしめた。その母に「人ヲ殺スノ罪アルカ」。そういう設問である。

矢代操の「決《けつ》」というのは、乙なる婦人は、「罪ヲ犯ストキ知覚精神ヲ喪失シテ是非ヲ弁別セザル者ナルニ因《よ》リ、刑法第七十八条ニ照シ、其罪ヲ論ゼザルヲ以テ適当トス」というもので、いかにも代言人養成のための実際的講義といっていい。

明治法律学校は、明治十九（一八八六）年、有楽町から「駿河台高燥《するがだいこうそう》ノ地」に移った。神田錦町《にしきちよう》に、いまの中央大学の前身である英吉利《イギリス》法律学校もできた。明治十八（一八八五）年のことである。

司法省法学校や、明治法律学校がフランス法中心だったのに対し、イギリス法を中心とするというものであった。従って講義風景にも、イギリス風の自由、規律、公正、さらには質実という気風があったらしい。

私は法政大学の学史をもっていないから、平凡社の『世界大百科辞典』でその項をひくと、フランス法を中心とした法律学校としては、前記の明治法律学校より一年早くおこされたらしい。場所は、神田駿河台である。

当初、東京法学社とよび、二つの学科をもっていた。〝学科〟ということばはまだなく、〝局〟とよんでいた。講法局と代言局の二つをおいた。書生にとって、代言局という名称はそのものずばりの魅力的なものであったにちがいない。

明治二十二(一八八九)年、憲法[★346]が発布されるが、このとし、和仏《わふつ》法律学校という華麗なおよび名に変えた。和とは、日本法も講義する、仏とはフランス法も講義します、という意味である。

明治初年の法学者穂積陳重《ほづみのぶしげ》(一八五六〜一九二六)に、『法窓夜話』[★347](岩波文庫)という名著がある。

我輩が明治十四年に東京大学の講師となった時分は、教科は大概外国語を用いておって、(中略)明治二十年の頃に至って、始めて用語も大体定まり、不完全ながら諸科目ともに邦語をもって講義をすることが出来るようになったのであった。

★346 大日本帝国憲法のこと。明治天皇によって制定・公布された欽《きん》定《てい》憲法。翌年十一月二十九日に施行された。天皇主権を原理とする。

★347 日本近代法の制定に寄与した著者が法律に関わる百話のエッセイをまとめたもの。

とある。明治は、駈けながら法をつくり、法を教える時代だった。

いま神田神保町《じんぼうちょう》に本部をおく専修《せんしゅう》大学の前身も、この時期に誕生した。

その場所は、大通りから入りこんでいて、まわりには下町らしい住居が密集していた。

いまもその風情《ふぜい》はある。家並《やなみ》のかたまりのなかに入ると、空地が設けられていて、小さな女の子が、叫びながらすべり台を降りてきたばかりだった。見ると、

遊園地内、犬の散歩、御遠慮願います

という立札が出ている。神保町三丁目町会が立てたものである。

そういう風情のなかに、専修大学の本部が建っている。まことに雄大で、★348巍々《ぎぎ》たる高楼である。

名が、めずらしく抽象的である。専修は、センジュとよむと古い仏教語になる。私などの日本浄土思想が好きな者には、なつかしいことばである。

平安時代の叡山は、密教もあれば禅もあり、法華《ほっけ》もあれば念仏もあるといういわば総合大学だったが、そのなかにあって、とくに念仏門の場合、専修《せんじゅ》ということばがつかわ

★348 高くて大きい様子。

れた。ひたすらに称名《しょうみょう》せよ、雑行《ざつぎょう》に目をくれるな、という意味がこめられて、いわば法の要《かなめ》というべきことばであった。

沿革についての書きものをみると、明治十三（一八八〇）年、二年制の夜間学校として出発したとき、〝一技一芸を専修〟させるというのが趣旨だったという。だから、平安時代以来の伝統的な意味のなかでつかわれているのである。むろん、その後の発展として、法学だけでなく、経済、経営、商学、文学の五学部ができたが、おそらくどの学部にも、専修という態度がつらぬかれているのにちがいない。

日本大学も、憲法発布のとしの明治二十二（一八八九）年、日本法律学校として出発した。独立校舎が神田三崎町《みさきちょう》に設けられるのは明治二十九（一八九六）年である。先発の法律学校が、仏法や英法の教授を旗じるしにしているのに対し、この学校は創立の規則の第一条に、

「本校ハ日本法律ヲ教授スルヲ以テ目的トス」（『日本大学九十年史』）

とあって、〝日本〟という名称のよって来《きた》るところをあきらかにしている。日本語による日本法の教授が眼目だったのは、専修学校の場合もそうだったが、日本法律学校は校名にまでそれをかかげた。つまりは、日本語で法律を教えます、というものであった。創立者は、司法大臣として日本法典の編纂にあたった長州《ちょうしゅう》人山田《やまだ》顕義《あきよし》（一八四四～九

二）である。

山田顕義は松下村塾《しょうかそんじゅく》の出身で、戊辰《ぼしん》戦争におけるすぐれた野戦指揮官だった。★349西南戦争後陸軍中将になったりしたが、陸軍に未練をもたず、のち法典編纂にかかわり、司法大臣を歴任した。この間、法律学校の育成に努力した。

明治二十三年の開校のときの演説要旨が、高梨公之著『日本法律学校創立前後』という本に出ているそうである。『日本大学法学部創立九十年記念論文集』から、それを引用する。文章は、高梨公之のものである。

其《その》演説中最も人々の注意を引《ひき》しは、吾《わ》れ今日まで諸法律学校を保護すれども著《いちじる》しき功を挙げたるを見ず。唯《ただ》生徒の員数《ゐんずう》を過剰せしむることにのみ孜々《しし》として、専ら営利主義にのみ流れたること残念なり云々。又曰《いは》く入学試験に替《か》へ玉を出すと聞き及ぶ。真平偽乎《しんかぎか》、兎《と》も角《かく》も学校制度の腐敗思ふべし……。

論旨、苛烈というほかない。

★349 明治十（一八七七）年、西郷隆盛らが鹿児島で起こした反乱。征韓論に敗れて帰郷した西郷が、士族組織として私学校を結成。政府との対立がしだいに高まり、ついに私学校生徒らが西郷を擁して挙兵。熊本鎮台を包囲したが、政府軍に鎮圧され、西郷は郷里の城山で自刃した。明治維新政府に対する不平士族の最後の反乱。

如是閑《によぜかん》のこと

駿河台《するがだい》のあたりを歩きつつ、長谷川如是閑（一八七五～一九六九）のことをおもいだしている。

いうまでもなく、大正時代を代表する評論人である。如是閑は、日本語を愛した。さらには、職人の心という日本文化の基本的なものを愛しつつも、日本そのものを客観化した上で愛をもつという態度を忘れなかった。

九十四年を生き、その間、巨眼をもって時代を見つめつつ、細部の観察を怠らなかった。

学校は、中央大学の前身を出た。

駿河台の一角に「中央大学駿河台記念館」といういい感じの建造物がある。定礎をみると、一九八八年とあるから、できて間もないらしい。

どうも、たれでも入《はい》れるらしい。一階に、喫茶室が設けられていて、名のあるホテルによって経営されており、腰をおろしてみると、気分がいい。

壁にかかっている数点の絵までが、質のいいものなのである。奥で声をおさえた会話がリズミカルに進んでいる。大学院生らしい男女七人ばかりの客で、なにかの打ちあわせをしているらしい。

「日大の学生のようですね」

東京での学生生活を終えてまだ十年ほどの編集部の村井重俊氏が、かんのよいところをみせた。

中央大学はいまは本部まで八王子市に移されているから、学生がたえずこの記念館を利用するのは遠すぎるようで、かわりに（？）日大生のほうが――このあたりに理工学部など多くの大学施設があるせいで――利用しやすいらしい。

明治八（一八七五）年、深川うまれの如是閑の『ある心の自叙伝』（平凡社刊『日本人の自伝』第四巻）は、明治の東京の学校の風景を知る上で、まことににおいが濃い。

如是閑が、話が職人のことになると泣き、ときに号泣した、ということは、さきにふれた。かれの家は、祖父の父まで神田にあった。

祖父は江戸に数人しかいなかった公儀御用の棟梁だったという。お城の棟上げ式のときは、大名か旗本のように、★350素袍《すおう》大紋《だいもん》長袴《ながばかま》を着用して出た。

父の代になると、深川《ふかがわ》に住んで材木問屋として繁昌し、如是閑の幼少年期は絶頂のころだったらしい。

年譜をみると、明治十四（一八八一）年、深川万年町の明治小学校に入った。一年生になって最初の読本というのはアメリカのリーダーの直訳だったそうで、「およそ地球上の人種は五つに分かれたり、亜細亜《アジア》人種、欧羅巴《ヨーロッパ》人種、馬来《マライ》人種、亜弗利加《アフリカ》人種、亜《ア》米利加《メリカ》人種これなり」といったものだったそうである。

こんなむずかしい文語文を、先生がまず読み、児童が唱和した。

小学校なんざ、らちもない、といったおとなも居たのではないか。

父君の親友に、御家人《ごけにん》くずれの人がいて、あんな学校やめさせろ、といったのかどうか、ともかくも如是閑は、小学校に一年だけいて、そのあと下谷《したや》御徒《おかち》町《まち》の本島学校という、江戸時代以来の寺子屋に入れられた。

大先生は古武士のような老人で、二人の息子とともに教えてくれた。ここで主として漢文をならった。

一緒に入った如是閑の兄などは、まだ十歳未満ながら、塾主の次男から、ドイツ語をならったという。この先生は師範学校を出ていたそうである。

そこに二年いて、十歳のときの明治十七（一八八四）年、本郷真砂町《まさごちょう》十八番地の★351坪内

★350 将軍お目見得《めみえ》以上の平士や大名の家臣が着る礼装。引きずるほどの長い袴を着用し、背中などに家紋がついている。

★351 つぼうち・しょうよう＝明治〜昭和前期の小説家、劇作家、評論家。評論『小説神髄』で写実小説論を唱え、写実による近代文学の先駆者となった。シェイクスピアの研究や翻訳も行い、完訳を達成する。

逍遙（一八五九～一九三五）先生の英語塾に入れられた。如是閑の父の教育指南番ともいうべき御家人くずれは、たいした見識があったというべきだろうか。

逍遙は、名古屋の人である。

ついでながら、如是閑は終生ことばに過敏で、とくに名古屋弁についてはつねに〝あの猛烈な〟という枕言葉をつけるひとだったが、逍遙に接して、まずそのことばに感じ入ったらしい。

当時、逍遙はまだ二十六歳という白面の年齢ながら、〝猛烈〟をすっかり克服して、すずやかな江戸弁を用いていたというのである。

幼い如是閑をつれてあいさつに上《あが》った父君が、あとで、先生のことばづかいは自分たちが小さいころにきいたふるい江戸弁だ、とつぶやいたという。さすがに逍遙は日本演劇学の創始者であり、シェイクスピアの名訳者らしく、幼年の如是閑の目にも、面目がいきいきしていた。

そんな先生だったので、その言葉といい、ジェスチュアといい、一分の隙もなく、こどもの私をさえ陶然たらしめたのであった。（『ある心の自叙伝』）

逍遙の年譜をみると、この前年に東大（政治学及び理財学科）を卒業したばかりで、東京専門学校（のちの早稲田大学）の講師になり、西洋史や憲法論の訳解を教えていたが、すでにシェイクスピアの『ジュリアス・シーザー』を翻訳して公刊してもいた。

逍遙の塾生はほとんど逍遙宅に住みこんでおり、幼い如是閑にも部屋があたえられた。塾生は、老若さまざまだった。本郷の大学生もおれば、予備門の生徒もいて、多士済々というべく、たとえば草創期の人類学をやって惜しくも夭折《ようせつ》した木村政吉《きむらせいきち》もいたし、また後年、進化論を展開するあかるい無神論者丘浅次郎《おかあさじろう》★352もいた。かれら年嵩《としかさ》の書生たちが、わずか十歳の如是閑をよく可愛がってくれたらしく、かれにとってこの友人関係は終生の財宝になった。

逍遙の塾は、要するに寮のようなものだったらしく、兄貴分《あにきぶん》たちは大学にかよい、如是閑は近くの本郷小学校に通った。まことに贅沢すぎるほどのこども時代というほかない。


その後も、如是閑にとっての〝贅沢〟がつづく。

本郷小学校を卒業すると、小石川の中村敬宇《なかむらけいう》の私塾同人社に入るのである。これもまた御家人くずれのさしがねだったにちがいない。

中村敬宇というのは旧幕臣の出身で、明治時代、福沢諭吉とともに〝先生〟とよばれるのにもっともふさわしい存在だった。

★352 一八六八年～一九四四年没。生物学者。静岡県出身。東京帝国大学理科大学選科を卒業後、明治末期から昭和初期にかけて活躍した。

若くして昌平黌《しょうへいこう》教授になった人である。幕末のぎりぎりにえらばれて英国留学をし、瓦解後、静岡に住み、旧幕臣の子弟をはげますつもりでサミュエル・スマイルズの『自助論《セルフ・ヘルプ》』を翻訳して『西国立志編《さいごくりっしへん》』として刊行したことは前に述べた。明治十（一八七七）年、東京大学教授になって漢学を担当した。同十九年、元老院議官になった。

かたわら、小石川の家宅のとなりに塾舎をたてて同人社という塾を主宰していたのである。そこへ如是閑少年は入塾した。

むろん寄宿生である。学ぶ課目は、英語と数学で、かんじんの漢文は教えてもらえなかったので、同人社の近所の佐久間という先生の塾に通った。ここで『十八史略』をおそわった。

この同人社は、一年そこそこで退塾した。英語の教科書の程度が高すぎて、小学校を出たばかりのこどもにはむりだったのである。

結局、家によびもどされ、世間なみに中学校に入れられた。

中学は、この「神田界隈」でしばしば登場する神田淡路町の共立学校（いまの日暮里《にっぽり》の開成高校）で、成績がよく、飛び級で上級へすすんだ。

そのあと、「父が私のために選んだのは、明治法律学校（いまの明治大学）だった」というから、どうやら如是閑をはやりの代言人にしようとおもったらしい。ここは仏法だから、フランス語をやらねばならない。

フランス語がにがてだったのかどうか、そこを一年足らずでやめて、神田錦町《にしきちょう》にあったイギリス法の英吉利《イギリス》法律学校に転じた。明治二十二（一八八九）年、校名が東京法学院にかわったばかりだった。校舎はルネッサンス風の赤レンガの二階建で、当時の学校としては宏壮かつ装飾的な建物だったらしい。

結局、病気休学をしたり、一時就職をしたりして、明治三十一（一八九八）年、二十四歳のときに卒業した。


さきの記念館にもどる。喫茶室でコーヒーをのんでいると、村井重俊氏が、どこでもらってきたのか、

「中央大学　学員時報」

という新聞を私にくれた。★353タブロイド版十二ページで、発行所は、この建物のなかの学員本部事務局である。

まず、学員という言葉が、わからなかった。新聞の内容から察して卒業生のことらしいが、ふつう卒業生なら、校友・学友という。

「英語のフェローの翻訳かな？」

と、村井氏に同意をもとめると、この人も首をひねっている。この人は早稲田の出身

★353 普通の新聞紙の半ページ分の大きさのもの。

だが、そこでは使われていないという。写真家の長谷忠彦氏は法政の出身だが、このひとも知らない、という。

英語のフェローは、卒業生からえらばれた評議員、あるいは特別研究生をさしていて、たれもがなれるものではないが、この新聞でつかわれている学員は、卒業生や職員のすべてをさしているようである。

帰宅して辞書を幾種類かひいてみたが、出ていなかった。ところが、長谷川如是閑の『ある心の自叙伝』に出ていたのである。


法学院の職員や出身者は年一回学員会という懇親会をする。いつも上野の松源《まつげん》である例だったが……。


だから、明治三十年代に、すでにこの学校では〝学員〟がつかわれていたことになる。如是閑の父は、卒業早々のこの青年に、「こどもらしいはにかみを癒やす一つの方法だ」という理由で、命令するようにしてその会に行かせたという。場所は上野の松源で、芸者やお酌が酒席をとりもっていた。

学員という、世間通用のことばでない用語を、ことばにやかましいはずの如是閑が、注釈もなしにすらすらとつかっているのが、なにやらおかしかった。

如是閑がうまれて育った明治時代が、法制をはじめとする諸用語の大量造語時代だったことを考える必要があるかもしれない。

たとえば、憲法ということばでさえ、明治十年代のおわりごろまで不安定だったのである。

慶応二年版の福沢諭吉の『西洋事情』では〝律例〟といい、慶応四年の加藤弘之《かとうひろゆき》の『立憲政体略』では〝国憲〟と訳されており、同年の津田真道《つだまみち》★354の『泰西国法論』では〝根本律法〟になっている。この間《かん》のくわしい消息は穂積陳重《ほづみのぶしげ》の『法窓夜話』に出ている。

また、インターナショナル・ローのことを国際法と訳したのも、明治六年、箕作麟祥《みつくりりんしょう》だったという。幕末では〝万国公法〟といい、明治二年出版の訳書（福地源一郎訳）には〝外国交際公法〟とあるそうである。

すでに箕作麟祥が〝国際法〟と訳しているのに、その翌年に出た東京開成学校（のちの東京大学）の規則ではそれを無視して〝列国交際法〟になっており、混雑をきわめている。

穂積陳重は、この翻訳造語のことを〝ヨコのものをタテにする〟という比喩で言いあらわしている。その点での功が大きかったのは、津田真道、西周《にしあまね》、加藤弘之、箕作麟祥

★354 一八二九年～一九〇三年没。法学者。西周《にしあまね》、榎本武揚《えのもとたけあき》らとオランダに留学。『泰西国法論』は日本で最初の西洋法律書といわれる。

であった。

中央大学の前身の英吉利《イギリス》法律学校はそういう時代のまっただなかで興ったから、学員ということばもまた〝鋳造〟（穂積陳重が使ったことば）したのにちがいない。

ところが世間が汎用《はんよう》してくれなかったから、この大学の範囲内で残って、部外者の私どもをとまどわせているということかもしれない。


如是閑は年少の身で東京法学院に入ったため、まわりの学生のほとんどはおじさんのような年齢だった。すでに名のある新聞記者だった★355茅原華山《かやはらかざん》（一八七〇〜一九五二）や、土佐の板垣派の領袖の一人だった政治家などもいて、「それらの人達の勉強ぶりには敬服させられた」という。

如是閑は、本郷の逍遙塾や中村敬宇の同人社で、学者になろうとしているひとたちをみたが、神田の東京法学院ではそういう型のひとは見なかった。

「政治家、裁判官、弁護士、実業家、官吏、新聞記者といったような、はっきりした目標をもっているもの」

が多かったというのである。

このあたりのことは、東京法学院だけでなく、いかにも江戸以来の神田の学風がいきいきと象徴されているような感じがする。

★355 新聞記者、評論家。旧幕臣の子として東京に生まれる。明治二十五（一八九二）年に「東北日報」の記者となったのをはじめとして、「山形自由新聞」「人民」などで論説記者・主筆として活躍し、明治三十七（一九〇四）年に万朝《よろずちょう》報《ほう》社に入社した。

如是閑によると、教授によっては、生徒に朗読させるのに、

「一寸《ちょっと》そこの旦那、第何条を読んで下さい」

というひともいたそうで、そうよびかけても自然なほどに角帯姿の旦那衆がならんでいたそうである。

【本文写真、図版　提供先一覧】

国立国会図書館（16、35、40、41、43、49、126、145、160、188、227ページ）
東京大学総合図書館（20ページ）
東京大学史料編纂所所蔵模写（55、60、61、62、68、73ページ）
ニコライ堂（111ページ）
築土神社（120ページ）
ＰＩＸＴＡ（65ページ）
とくに記載のないものは、朝日新聞社および朝日新聞出版

連載・週刊朝日　一九九一年一月十八日号〜一九九一年七月十九日号
単行本……………………一九九二年四月　朝日新聞社刊
ワイド版…………………二〇〇五年二月　朝日新聞社刊
文庫版……………………一九九五年九月　朝日新聞社刊
新装文庫版………………二〇〇九年四月　朝日新聞出版刊

［校訂・表記等について］

1. 地名、地方自治体、団体等の名称は、原則として単行本刊行時のままとし、適宜、本書刊行時の名称を付記した。

2. 振り仮名については、編集部の判断に基づき、著作権者の承認を経て、追加ないし削除した新装文庫版に準じた。

司馬遼太郎（しば・りょうたろう）
一九二三年、大阪府生まれ。大阪外事専門学校（現・大阪大学外国語学部）蒙古科卒業。六〇年、『梟の城』で直木賞受賞。七五年、芸術院恩賜賞受賞。九三年、文化勲章受章。九六年、逝去。
主な作品に『燃えよ剣』、『竜馬がゆく』、『国盗り物語』（菊池寛賞）、『世に棲む日日』（吉川英治文学賞）、『花神』、『坂の上の雲』、『翔ぶが如く』、『空海の風景』、『胡蝶の夢』、『ひとびとの跫音』（読売文学賞）、『韃靼疾風録』（大佛次郎賞）、『この国のかたち』、『対談集　東と西』、『草原の記』、『対談集　日本人への遺言』、『鼎談　時代の風音』、『街道をゆく』シリーズなどがある。

司《し》馬《ば》遼太郎《りょうたろう》『街道《かいどう》をゆく』〈用語《ようご》解説《かいせつ》・詳細《しょうさい》地図《ちず》付《つ》き〉
神田《かんだ》界隈《かいわい》

二〇一六年二月二十八日　第一刷発行

著　者　司馬遼太郎
発行者　首藤由之
発行所　朝日新聞出版
〒一〇四-八〇一一　東京都中央区築地五-三-二
電話　〇三-五五四一-八八三二（編集）
〇三-五五四〇-七七九三（販売）

印刷製本　凸版印刷株式会社

Published in Japan by Asahi Shimbun Publications Inc.
ISBN978-4-02-251353-3
定価はカバーに表示してあります
落丁・乱丁の場合は弊社業務部（電話〇三-五五四〇-七八〇〇）へご連絡ください。
送料弊社負担にてお取り替えいたします。